Grado im Dunkeln

Andrea Nagele, die mit Krimi-Literatur aufgewachsen ist, leitete über ein Jahrzehnt ein psychotherapeutisches Ambulatorium. Sie betreibt auch heute noch in Klagenfurt eine psychotherapeutische Praxis. Mit ihrem Mann lebt sie in Klagenfurt am Wörthersee/Österreich und in Grado/Italien. »Grado im Dunkeln« ist ihr fünfter Kriminalroman. Neben den erfolgreichen Krimis stammt auch der Kultur-Reiseführer »111 Orte in Klagenfurt und am Wörthersee, die man gesehen haben muss« aus ihrer Feder.

Dieses Buch ist ein Roman. Handlungen und Personen sind frei erfunden. Ähnlichkeiten mit lebenden oder toten Personen sind nicht gewollt und rein zufällig.
Im Anhang befinden sich Rezepte.

ANDREA NAGELE

Grado im Dunkeln

EIN ADRIA KRIMI

emons:

Bibliografische Information der Deutschen Nationalbibliothek
Die Deutsche Nationalbibliothek verzeichnet diese Publikation
in der Deutschen Nationalbibliografie; detaillierte bibliografische
Daten sind im Internet über http://dnb.d-nb.de abrufbar.

© Emons Verlag GmbH
Alle Rechte vorbehalten
Umschlagmotiv: fotolia.com/Barbara Lechner
Umschlaggestaltung: Nina Schäfer, nach einem Konzept
von Leonaggdo Magrelli und Nina Schäfer
Umsetzung: Tobias Doetsch
Gestaltung Innenteil: César Satz & Grafik GmbH, Köln
Lektorat: Marit Obsen
Druck und Bindung: CPI – Clausen & Bosse, Leck
Printed in Germany 2019
ISBN 978-3-7408-0068-0
Ein Adria Krimi
Aktualisierte Neuauflage

Unser Newsletter informiert Sie
regelmäßig über Neues von emons:
Kostenlos bestellen unter
www.emons-verlag.de

Einem unbekannten rumänischen Lkw-Fahrer

1

»Ich habe kaum noch Benzin!« In Violettas Stimme schwang Sorge. »Ich fürchte, so schaffen wir es nicht mehr auf die Autobahn.«

»Dann lass uns gleich tanken. Hier ist es ohnehin günstiger.« Olivia bemühte sich, den oberlehrerhaften Ton aus ihrer Stimme zu nehmen. Leicht fiel es ihr nicht. Was dachte diese dumme Kuh sich dabei, mit halb leerem Tank loszufahren? Immerhin wusste Violetta, dass sie nicht bloß ein paar lächerliche Kilometer in die Pineta unterwegs waren, sondern nach Tarvis und nun von da auch wieder zurück nach Grado mussten.

»Schau, da!«, rief Olivia so schrill, dass Violetta fast das Lenkrad verriss. »Eine Tankstelle. Halt an.«

Mit quietschenden Reifen schafften sie gerade noch die Einfahrt.

»Die ist ja zum Selbertanken.«

Wieder war Olivia über Violetta erstaunt. In der Nacht war das üblich. Kaum eine Tankstelle war in der Nacht besetzt, außer jenen neben den Raststätten auf der Autobahn. Sie verzog spöttisch ihren Mund. »Was hast du denn erwartet?«

Den ganzen Abend hatte sie sich über ihre Kollegin geärgert, die, kaum dass sie Grado verlassen hatten, zum durchgedrehten Teenager mutiert war. Violetta hatte kreischend ein flackerndes Feuerzeug geschwenkt, lauthals die Songs mitgegrölt und dazu Alkohol getrunken, obwohl sie beide noch einen langen Rückweg vor sich hatten. Okay. Es war ein einziges Bier gewesen. Dennoch.

»Ich kenne mich damit nicht aus. Wie funktioniert das bescheuerte Ding?« Violetta warf ihr einen hilfesuchenden Blick zu, so als wäre Olivia die Erfinderin des automatischen Tankens. Nervös blies sie ihr dunkles Haar aus der Stirn und drückte dabei hektisch auf die verschiedenen Schaltflächen. »Ich brauche Diesel. Verdammt.«

Wiederholt presste sie den Hebel des Zapfhahns. Kein Tropfen Sprit war zu sehen.

»So wird das nichts. Lass mich mal.« Olivia schob die Kollegin unsanft zur Seite. Nach einem leichten Antippen des Buchstabens D für den gewünschten Treibstoff begann der Hahn zu tropfen. »Na, siehst du.«

Ihre Stimme klang sogar in ihren eigenen Ohren selbstgefällig. »Manchmal spinnen diese Apparate. Ich hatte einfach Glück«, schwächte sie ab.

»Danke, ich dachte schon, wir müssten die Nacht im Freien verbringen. Dabei war ich felsenfest davon überzeugt, noch genug im Tank zu haben. Ich verstehe das nicht.«

Das ganze Abenteuer war Violettas Idee gewesen.

»Hey, wollen wir nicht morgen Abend zum No-Borders-Festival nach Tarvis fahren? Ist nur ein Katzensprung. Stellt euch vor, Muse, die *Muse*, spielen dort. Einzigartig.« Zwischen zwei Bissen der obligatorischen Jause war ihre Frage laut im Konferenzzimmer verhallt.

Verwundert hatte Olivia um sich geblickt, unsicher, an wen der Vorschlag gerichtet war. Ausgerechnet an sie, an die trockene Chemielehrerin, deren Experimente von den Schülern teilweise geliebt und vom anderen Teil gehasst wurden? Doch auch einige der anderen Lehrkräfte hatten die Köpfe gehoben.

»Tarvis ist gut hundertvierzig Kilometer von Grado entfernt. Das kann man wohl kaum einen Katzensprung nennen.«

Anders als sonst reizte der pedantische Kommentar des Geografielehrers Paolo diesmal keinen der Kollegen zum Widerspruch.

»Na, sagt schon was!«

Fabrizios Entgegnung bereitete Olivias Verwirrung ein Ende. »Ich würde gern hinfahren. Mit euch beiden. Aber es wäre unfair meiner Frau gegenüber. Unsere Kleine kräht die Nacht durch, und Bibiana findet seit Wochen keinen Schlaf. Da sollte ich sie wohl besser unterstützen, statt einen auf Berufsjugendlicher zu machen.«

Violetta kicherte in ihre Serviette.

8

Fabrizio war Olivias liebster Lehrerkollege, auf ihn hielt sie große Stücke. Im Unterschied zu den anderen ließ er sich gern auf ein Schwätzchen mit ihr ein, war interessiert an ihren politischen Ansichten und den fachlichen Beurteilungen derjenigen Schüler, die sie beide unterrichteten. Außerdem lud er sie und Toto, ihren Bruder, hin und wieder zum Abendessen ein und kam manchmal sonntags bei ihnen zum Kaffee vorbei. Erst vor Kurzem hatte seine Frau ein Baby bekommen; die freudige Neuigkeit hatte sich eingestellt, als sie gerade aufgehört hatten, auf Nachwuchs zu hoffen. Wochenlang war das Strahlen nicht aus seinem blassen, rundlichen Gesicht gewichen.

»Dann eben zu zweit. Abgemacht?« Violettas Gesicht war Olivia zugewandt, sie sah sie direkt an.

Da erst hatte Olivia begriffen, dass tatsächlich sie gemeint war.

Um sie ging es also, um die farblose, ziemlich langweilige Olivia. Verlegen hatte sie sich der aufsteigenden Röte ihrer Wangen geschämt und wie ferngesteuert Violettas ihr entgegengestreckte Handfläche abgeklatscht.

»Abgemacht, Violetta. Aber du fährst.«

»Das versteht sich von selbst.«

Einen Moment lang hatte Olivia sich jung gefühlt. Um einiges jünger zumindest, als sie es mit ihren achtunddreißig Jahren war.

Ein Popkonzert. Und noch dazu eines von Muse. Zu solchen Events gingen üblicherweise ihre Schüler.

Aufgeregt hatte sie einen Espresso und ein Wasser aus dem Automaten gezogen. Violetta, die neue Kollegin an der Schule, brachte eindeutig Schwung in das verstaubte Gemäuer. Sie war witzig, unbeschwert und hatte vom ersten Tag an einen guten Draht zu den Jugendlichen und den Lehrerkollegen gehabt. Ihr Kunst- und Musikunterricht galt als originell, sie konnte ihre Schüler mit Hintergrundgeschichten berühmter Maler und Komponisten in Begeisterung versetzen. Gerade mal ein halbes Jahr hier, hatte die junge Frau mit dem wachen Blick unter dem dunklen Pagenkopf, der ihr feines, beinahe porzellanartiges Gesicht mit dem hellen Teint umrahmte, hinsichtlich der Leis-

tungen ihrer Schüler mehr Veränderung bewirkt als die meisten ihrer alteingesessenen Kollegen in all den Jahren zuvor.
Und diese quirlige Violetta hatte sich an sie gewandt. Ausgerechnet an sie. An Olivia, die graue Maus.

Das hatte sie nun davon: einen anstrengenden Abend mit einer viel zu lauten Popgruppe, jaulenden Betrunkenen und einer überdrehten Violetta, die sich schlimmer aufführte als ihre pubertierenden Schüler. Und die zudem nicht imstande war, selbstständig zu tanken. Olivias verklärtes Bild von der jüngeren Kollegin hatte sich innerhalb weniger Stunden komplett gewandelt.

Es war kühl geworden. Wolkenfetzen jagten über einen blassen Mond hinweg. Fröstelnd zog Olivia die dünne Strickjacke enger um ihre Schultern.

»Soll ich fahren?«, bot sie halbherzig an.

»Wieso das denn? Jetzt ist doch alles wieder in Ordnung.«

Träum weiter, dachte Olivia und beschloss, ihre Kollegin von nun an mit anhaltendem Schweigen zu strafen. Eine Methode, die bei ihrem Bruder Toto gut funktionierte.

Violetta startete ihren Fiat und plapperte unbekümmert auf Olivia ein. Dass ihre Beifahrerin stumm blieb, schien sie nicht zu bemerken.

Die mühsame Fahrt durch die unendlich scheinende Tunnellandschaft auf der Autobahn begann. Eine schwarze Höhle ging fast übergangslos in die nächste über.

Olivia trat kalter Schweiß auf die Stirn. Tunnel, Aufzüge und enge Räume bereiteten ihr Unbehagen.

Wieder wurden sie von einem weit aufgerissenen Tunnelmaul verschluckt.

Und Violetta stieß neben ihr einen Schrei aus.

»Das Auto reagiert nicht mehr! Es bleibt stehen. Was soll ich tun?« Hektisch schnappte sie nach Luft. Ihre Finger krampften sich um das Lenkrad, bis die Knöchel weiß hervortraten.

»Gib doch Gas!«, herrschte Olivia sie an.

Violetta drückte das Gaspedal durch, doch der Wagen wurde langsamer.

»Starte noch mal.«

Es gab ein knirschendes Geräusch, als Violetta den Zündschlüssel drehte. Jedoch keine Reaktion. Unerbittlich rollte das Fahrzeug mitten im Tunnel aus.

Sie blieben stehen. Auf der rechten Fahrspur. Neben ihnen donnerten in unregelmäßigen Abständen blinkende und hupende Autos vorbei. Einen Pannenstreifen gab es nicht.

Olivia blies die Wangen auf und ließ zischend die Luft entweichen. Sie spürte, wie ihr Herz zu hämmern begann. Sekundenlang hielt Furcht sie umklammert, trieb alle Farbe aus ihrem Gesicht, verhinderte jeden vernünftigen Gedanken.

Neben ihr zitterte und weinte Violetta hemmungslos. »Wir werden sterben.«

Das Weinen wurde lauter, wurde erst schmerzhaft, dann unerträglich und löste Olivia aus ihrer Schockstarre.

»Notruf. Wir müssen Hilfe holen. Sofort!«, schrie sie und fingerte mit bebenden Händen nach ihrem Smartphone.

Sie wählte die Nummer. 113.

»Euronotruf, wie können wir Ihnen helfen?«

»Wir stehen im Tunnel. Das Auto fährt nicht weiter.« Ihre Stimme klang rau.

»Wo? Bezeichnen Sie Ihre Position.«

Ehe Olivia antworten konnte, entriss Violetta ihr das Telefon.

»Wir werden sterben. Holen Sie uns hier raus!«, rief sie panisch. Mit schreckgeweiteten Augen fuhr sie Olivia an: »Wie heißt dieser verdammte Tunnel? Schnell, sag!«

»Ich weiß es nicht, ich habe nicht darauf geachtet«, gab Olivia ratlos zurück, und Violetta schien endgültig die Fassung zu verlieren.

»Keine Ahnung, irgendwo!«, brüllte sie in den Hörer. »Ein Tunnel ist wie der andere. Gleich kracht es, und wir sind tot!« Weinend warf sie das Smartphone nach hinten auf die Rückbank und drückte die Finger an ihre blutleeren Wangen.

Olivia war innerlich wie erstarrt. Sie nahm jede Kleinigkeit überdeutlich wahr. Ihre Tunnelphobie war allem Anschein nach berechtigt, aber sie empfand keine Genugtuung.

»Es ist sinnlos.« Violetta klammerte sich wimmernd an das

Lenkrad wie an einen Rettungsring. »Die finden uns nicht rechtzeitig. Wir überleben das nicht.«

Beim nächsten dicht neben ihnen vorbeidröhnenden Vierzigtonner begann Olivia, ihre Kollegin hart an der Schulter zu rütteln. »Wir müssen hier raus«, erklärte sie nachdrücklich. »Sonst gehen wir wirklich drauf. Der Wagen ist eine tödliche Falle.«

Sie stieß die Beifahrertür auf und sprang aus dem Wagen.

»Los, mach schon!«, brüllte sie und beugte sich wieder ins Wageninnere, um Violetta am Ärmel zu packen. »Nicht auf der Fahrerseite, bist du lebensmüde?«

Draußen wichen sie an die Tunnelwand zurück, quetschten ihre zitternden Körper eng an den rauen Beton.

»Wir müssen zu einer der Nischen, zu den Notrufsäulen.«

Violetta war völlig aufgelöst vor Angst. Erbarmungslos zog Olivia die sich heftig sträubende Kollegin mit sich. Unter dem Hupen und Blinken der vorbeirauschenden Autos hasteten sie an der Tunnelwand entlang.

»Wir haben nicht mal Warnwesten an«, jammerte Violetta, die hinter ihr lief und immer wieder gegen Olivia stolperte, unter heftigem Schluchzen.

»Das spielt jetzt keine Rolle. Reiß dich zusammen.«

Ganz bewusst hatte Olivia während der letzten Minuten auf Lehrerinnen-Modus umgeschaltet. Es war die einzige Möglichkeit, nicht vollständig die Kontrolle zu verlieren.

Keine Nische, keine Notrufsäule. Keine Möglichkeit, Schutz zu finden, sich irgendwo unterzustellen. Die Tunnelwand zog sich ohne Unterbrechung schier endlos dahin, und es stank unerträglich nach Abgasen und Benzin.

»Ich kann nicht mehr«, wimmerte Violetta und blieb ruckartig stehen.

Da, wie aus dem Nichts: grelles Blaulicht, Sirenengeheul.

»Die Polizei, Gott sei Dank!« Violetta taumelte und glitt schluchzend zu Boden.

Neben ihnen blieb ein Einsatzfahrzeug stehen, ein weiteres hatte die Spur mit ausreichend Sicherheitsabstand zum Fiesta rund dreihundert Meter entfernt blockiert. Zwei Polizisten sprangen heraus.

»Wie … wie haben Sie … uns gefunden?«, stammelte Olivia.
»Durch die Webcam«, lautete die knappe Antwort.
»Wir müssen sofort Ihren Wagen aus dem Tunnel schleppen.
Er blockiert die Fahrbahn. Ein Wunder, dass noch keiner hinein-
gekracht ist.« Die Stimme des zweiten Polizisten klang schroff.
Das Glück der späten Stunde, dachte Olivia und bekreuzigte
sich dankbar, als sie zurückhasteten. Im Wagen warf sie einen
Blick auf die Uhr. Seit ihrem Notruf waren läppische sieben
Minuten vergangen. Sieben Minuten, die ihr wie Stunden vor-
gekommen waren.

Während die Polizisten das Abschleppseil zwischen den beiden Fahrzeugen spannten und die Karabiner einhakten, versuchte sie, ihre bebende Kollegin zu beruhigen. Leicht fiel es
ihr nicht, viel lieber hätte sie Violetta durchgerüttelt und ihr
eine geklebt, ihr buchstäblich Besinnung eingehämmert. Was
erlaubte sich das dumme Ding, sich derart gehen zu lassen? War
ihrer Kollegin keinen Augenblick der Gedanke gekommen, dass
die Situation im Tunnel auch ihr an die Nieren ging? Durch
Violettas Aussetzer war Olivia in die Rolle der Beschützerin gedrängt worden. Dabei hätte sie jetzt selbst Zuspruch gebraucht.

Der jüngere der beiden Autobahnpolizisten trat an die Bei-
fahrerseite und sprach ruhig, aber bestimmt durch das geöffnete
Fenster mit der heulenden Violetta. »Wir verlassen jetzt gemeinsam den Tunnel.«

Nach seiner Anweisung legte Violetta den Leerlauf ein und
löste die Handbremse. Der Polizist lief nach vorn und stieg bei
seinem Kollegen ein, der langsam losfuhr. Mit einem Ruck
spannte sich das Abschleppseil, und der Fiat rollte nach vorn.

»Der Trottel rast wie ein Formel-1-Pilot«, jammerte Violetta aufgelöst, »gleich krachen wir in ihn hinein.« Ihre Zähne
knirschten hörbar, und die Finger ihrer rechten Hand umklammerten den Griff der Handbremse.

»Immer mit der Ruhe. Die wissen schon, was sie tun.« Zu
Olivias eigener Überraschung klang ihre Stimme gelassen. Beruhigend legte sie ihre Hand auf Violettas Arm.

Dann spuckte das Tunnelmaul sie aus, und die dunkle Nacht
nahm sie auf.

»In Sicherheit. Endlich.« Olivia seufzte tief und überging Violettas Fluch, als der Fiat Stoßstange an Stoßstange mit dem Einsatzfahrzeug auf dem Pannenstreifen zum Halten kam. Erleichtert kletterte sie aus dem Wagen und stellte mit Verwunderung fest, wie schnell Violetta wieder in ihr altes kokettes Ich schlüpfte, sobald die Gefahr überwunden schien und sie den Carabinieri gegenüberstanden.

Der Wagen parkte nun knapp hinter der Tunnelausfahrt. Inzwischen war das zweite Polizeiauto mit Blaulicht und Folgetonhorn hinzugekommen. Die Alarmblinkanlage sendete ein flackerndes Hellrot in die Dunkelheit, das sich mit dem sich drehenden Blaulicht der Einsatzfahrzeuge mischte. Insgesamt ein unruhiges Farbenrauschen.

Geblendet schloss Olivia für einen Moment die Augen. Die grellen Abbilder auf ihrer Netzhaut waren unangenehm, doch allmählich beruhigte sich ihr Atem, und ihr Herz schlug wieder regelmäßiger.

Drei Carabinieri sprachen mit Violetta, die jetzt ein wenig abseits stand. Olivia meinte, sie zwischendurch kichern zu hören. Erst als der vierte Polizist sich ihr näherte, bemerkte sie, dass es sich um eine Frau handelte. Freundlich sprach die Beamtin auf sie ein. Sie wirkte übermüdet und hatte dunkle Augenringe. Ihr Tonfall war beruhigend, aber auch eine Spur belehrend, als sie Olivia darüber aufklärte, dass sie beide haarscharf einem Unfall entgangen waren, der tödlich hätte enden können.

All das wusste Olivia natürlich. Sie war jedoch immer noch viel zu geschockt und vor allem viel zu erleichtert, um patzig zu reagieren. Sie hörte einen der Polizisten auflachen und schämte sich plötzlich ihrer Aufmachung.

Violetta hatte einen Mini an, Stiefel, die über die Knie reichten, und ein weit ausgeschnittenes ärmelloses Top. Ihre Lederjacke lag auf der Rückbank des Autos. Olivia trug enge graue Jeans – extra für das Popkonzert erstanden –, hohe Ankleboots und unter der dünnen Wolljacke ein schwarzes Leibchen mit der glitzernden Aufschrift »Amuse«, worüber ihre sechzehnjährige Cousine Emilia und deren Freundin Nicola sich vor Lachen die Bäuche gehalten hatten. Die hellen Haare hatte sie am Hin-

14

terkopf zu einem hohen Pferdeschwanz zusammengebunden. Albern kam sie sich in diesem Partyoutfit vor, richtiggehend deplatziert. Sie hätte einiges darum gegeben, der Polizei in ihrer üblichen konservativen Kleidung gegenüberzustehen.

Als einer der Polizisten Violetta eröffnete, den falschen Treibstoff getankt zu haben, war sein leicht belustigter Tonfall nicht zu überhören. Violetta verneinte mit heftig schwingendem Bob. »Diesel stand auf der Zapfsäule, Diesel haben wir getankt«, erwiderte sie trotzig.

Olivia war sich da nicht mehr so sicher, außerdem stieß ihr das kollektive »Wir« unangenehm auf.

»Also, Ladys, wir fahren dann los. Der Abschleppwagen ist verständigt und muss jeden Moment hier sein.«

»Wie bitte? Sie lassen uns allein zurück? Mitten in der Nacht? Das kann nicht Ihr Ernst sein!«

»Auf uns warten zu Hause auch schöne Frauen.«

Mit der Unverschämtheit des Polizisten, ihre Situation mit einer leichten Anzüglichkeit ins Lächerliche zu ziehen, kam ein Anflug von Angst zurück. Olivia wandte sich an die Beamtin. »Sie als Frau verstehen sicher, warum wir nicht ohne Ihren Schutz auf den Abschleppdienst warten können. Nicht wahr?«

»Machen Sie sich keine Sorgen, der junge Mann, der den Abschleppwagen fährt, ist zuverlässig und wird in wenigen Minuten bei Ihnen sein. Er kommt aus Pontebba und macht das nicht zum ersten Mal.« Ihre Worte wirkten besänftigend, doch Olivia war der Hauch Gleichgültigkeit darin nicht entgangen.

Funkgeräte schnarrten. Einer der Polizisten antwortete und winkte die anderen zu sich. »Unfall auf der Autobahnauffahrt Carnia Tolmezzo. Wir müssen absichern.«

»Bitte lassen Sie uns hier nicht allein.« Violettas Stimme kippte. »Es ist dunkel und die vielen Lkws und … Zwei von Ihnen könnten doch mit uns warten.«

Olivia erkannte sofort die Zwecklosigkeit dieser Bitte.

»Es ist sinnlos, wir müssen uns fügen«, sagte sie zu ihrer Kollegin. »Außerdem sind ja schon wieder einige Minuten vergangen, seit sie den Abschleppservice verständigt haben, es wird sicher jeden Moment jemand auftauchen.«

»Richtig«, bekräftigte der ältere Polizist, »setzen Sie sich ins Auto und steigen Sie nicht mehr aus. Es kann nicht mehr lange dauern, das versichere ich Ihnen.«

Gemeinsam marschierten sie die paar Schritte zurück zum Auto. Violetta kletterte umständlich über den Beifahrersitz. Olivia setzte sich verkrampft neben sie und spürte vom Nacken aufsteigende Kopfschmerzen. Sie fühlte sich grauenhaft. Vor sich die Schlusslichter der abfahrenden Einsatzfahrzeuge, neben sich die schon wieder weinende Violetta.

Längere Zeit saß Olivia einfach nur da und bemühte sich, gleichmäßig ein- und auszuatmen, um die im Hintergrund in ihr lauernde Panik in Schach zu halten. Allmählich versetzten die monotonen Geräusche der vorbeirauschenden Autos und das gleichmäßige Aufleuchten der Warnblinker sie in einen schläfrigen Zustand, und sie schloss erschöpft die Augen.

Das Schniefen neben ihr setzte jäh aus und ging abrupt in einen Schrei über. »Ich halte es nicht mehr aus. Schau doch. Schau!«

Olivia öffnete die Augen wieder und sah, was ihre Kollegin so aus der Fassung brachte. Im Wageninneren war es dunkel geworden, das flackernde Rot hatte aufgehört zu leuchten.

»Jetzt hat die Warnblinkanlage auch noch den Geist aufgegeben«, stellte Olivia erschrocken fest. »Das hat uns gerade noch gefehlt.« Sie spürte, wie ihre Beine unkontrolliert zu zittern begannen.

Diesmal war es Violetta, die das Kommando übernahm. »Raus. Keine Sekunde länger dürfen wir hier sitzen. Wir sind ein ungesichertes Geschoss.«

Hastig stiegen sie aus dem Fahrzeug. Violetta, die der Mut bereits wieder verlassen hatte, klammerte sich an Olivia, und gemeinsam brachten sie ein paar Schritte Sicherheitsabstand zwischen sich und den Fiat.

Es war kühl geworden. Der Mond hatte sich hinter dichten Wolken verborgen.

Hand in Hand standen sie da, die scharfen Kanten der Leitplanken im Rücken. Hinter ihnen ein gähnender Abgrund, um sie herum Dunkelheit, die nur von den Scheinwerfern sich nähernder Fahrzeuge durchbrochen wurde.

Immer wieder wandten sie sich von scharfen Lichtkegeln geblendet ab.

In jedem größeren Auto, das aus der Tunnelröhre rauschte, meinten sie, den Abschleppwagen zu erkennen, doch jedes Mal wurde ihre Hoffnung enttäuscht, jedes Mal verzagten sie mehr.

»Da hat einer das Licht ausgeschaltet, als er eben an uns vorbeigefahren ist. Das ist doch nicht normal.« Violettas Stimme klang ängstlich.

Olivia schüttelte unwillig den Kopf. »Hör auf, uns zusätzlich Angst zu machen. Das hast du dir eingebildet. Ich habe nichts gesehen.«

Ausufernde Phantasien mussten im Keim erstickt werden, sie machten die ohnehin kaum erträgliche Situation nur noch schlimmer.

»Wahrscheinlich hast du recht.« Violetta stimmte ihr halbherzig zu und nahm erfreulicherweise Abstand davon, das Thema zu vertiefen.

Sofort kam ihnen ihr Zeitgefühl abhanden. Bald schon hatten sie genug vom stetigen Donnern der Schwertransporter, die viel zu nahe an ihnen vorbeidröhnten, genug von Benzin und Dieselgestank.

»Dürfen die so spät überhaupt noch unterwegs sein? Gibt's da nicht so etwas wie Nachtruhe?« Violettas Stimme klang dünn.

»Keine Ahnung«, antwortete Olivia und wich vom Sog eines vorbeibretternden Porsches zurück.

Immer wieder wurden sie von den unterschiedlich heftigen Luftwellen der Fahrzeuge erfasst, die sie und ihr etwas entfernt stehendes Auto erzittern ließen.

»Wir warten schon ewig. Jetzt reicht's endgültig«, sagte Olivia mit einem Mal scharf und sehr laut, um sich selbst Mut zu machen. »Ich rufe jetzt die Polizei an und mache denen ordentlich Dampf. Wenn der Abschleppwagen nicht innerhalb von zehn Minuten bei uns ist, dann steht das übermorgen im ›Il Piccolo‹. Genau das werde ich denen sagen. Dann schauen wir mal, wie schnell wir von der Straße herunter sind.«

Dass mir das nicht schon früher eingefallen ist, dachte sie zornig und fummelte in den Hosentaschen ihrer engen Jeans.

»Wo ist mein Handy? Ich muss es verloren haben«, stellte sie gleich darauf irritiert fest. »Gib mir deines. Beeil dich.«

»Ich habe es zu Hause gelassen«, antwortete Violetta, eingeschüchtert von Olivias strengem Ton, und fügte zerknirscht hinzu: »Deins liegt im Auto. Ich habe es nach hinten geworfen, im Tunnel, als wir mit der Polizei telefoniert haben und die uns mit Fragen löcherten.«

»Das darf doch wohl nicht wahr sein. Hysterische Ziege«, murmelte Olivia und stapfte zornig die wenigen Meter auf den Wagen zu. Wieder wurde sie von einer Druckwelle erfasst und drehte sich weg vom Luftstrom. Rasch öffnete sie die Tür und kroch ins Wageninnere. Wo war das Ding? Auf der Rückbank lag nur Violettas Jacke.

Sie bückte sich und tastete den Boden unter den Sitzen ab.

Ihr Kopfschmerz war inzwischen beinahe unerträglich, und Olivia ärgerte sich, keine Tabletten mitgenommen zu haben. Endlich spürten ihre suchenden Finger das Smartphone. Sie schälte sich aus dem Wagen.

»Ich habe das Handy gefunden!«, rief sie und machte sich auf den kurzen Rückweg.

Doch der Pannenstreifen vor ihr war leer.

Von Violetta keine Spur.

»Violetta, wo bist du?«

Erschrocken beugte Olivia sich über die Leitplanken und starrte in die Tiefe. Gähnende Dunkelheit schlug ihr entgegen.

War sie abgestürzt?

»Violetta!« Immer ängstlicher schrie sie den Namen ihrer Kollegin.

Irgendwann hielt sie atemlos inne. Sie begann haltlos zu zittern.

Violetta war fort, hatte sich in Luft aufgelöst, war einfach verschwunden. Wie vom Erdboden verschluckt, von der Bildfläche wegradiert.

Wie war das möglich?

Sie war so konzentriert auf der Suche nach ihrem Handy gewesen, hatte außer ihren Kopfschmerzen nichts wahrgenommen.

Ganz allein, ungeschützt und mitten in der Nacht hilflos einer Situation ausgeliefert, die sie nicht verstand, stand sie da und spürte, wie Tränen ihre Wangen benetzten.

Warum hatte sie nichts bemerkt, nichts gesehen?

Und dann, schlagartig, breitete sich ein eisiges Gefühl in ihr aus. Violettas ängstliche Worte klangen in ihren Ohren: »Da hat einer das Licht ausgeschaltet, als er eben an uns vorbeigefahren ist. Das ist doch nicht normal.«

War da etwa was Wahres dran gewesen? War der Typ wiedergekommen und hatte Violetta geholt?

Langsam ließ Olivia sich, die Leitplanke im Rücken, zu Boden gleiten. Mit bebenden Fingern stellte sie die Verbindung zur Polizei her.

»Euronotruf, wie können wir Ihnen helfen?«

»Meine Freundin wurde eben entführt.«

2

Violetta schlug die Augen auf.

An den Rändern geriet die Landschaft aus den Fugen, zerfloss im nächtlichen Blau. Es war gespenstisch still. Alles schien unwirklich. Verzerrt. Der Alptraum, aus dem sie hochgeschreckt war, hielt sie noch immer umfangen.

Ein kalter Luftzug ließ sie frösteln.

Sie versuchte, ihre Arme zu heben, doch die gehorchten ihr nicht. Ein Gewicht lastete auf ihr, presste die Luft aus ihrer Lunge. Fügte ihr Schmerzen zu.

Ganz ruhig. Gleich bist du wach. Ein Glas Wasser, ein Aspirin, um die dröhnenden Schmerzen in Kopf und Hals zu bändigen, und danach wieder einschlafen. Diesmal ohne verstörenden Traum.

»Schlampe«, höhnte eine kratzige Stimme. Speicheltropfen landeten in ihrem Gesicht. Glühende Augen schwebten über ihr.

Ein tiefes Röcheln. War sie das?

Violetta öffnete ihre Lippen zu einem Schrei. Bog ihren Körper. Sie musste aufwachen.

Ein heftiger Schlag traf ihre Wange, dann legte sich ein scharf riechender Pelz auf ihre Nase und ihren Mund.

Dunkelheit erfasste sie, ein ohnmächtiger Schlaf.

Irgendwann schreckte sie wieder hoch.

Ein Rütteln, ein Zerren.

Spinnenbeine wischten über ihr Gesicht. Käfer krabbelten auf nackter Haut. Ihre Augenlider begannen zu flattern. Ein zentnerschwerer Druck lastete auf den Augen. Es gelang ihr kaum, sie einen Spaltbreit zu öffnen, und auch dann sah sie nur verschwommen. Tränen bildeten kleine Seen, durch die sie erst tauchen musste.

Helles, lautes Rufen.

Ein Engel beugte sich über sie. Wunderschönes Blondhaar

floss an zarten Wangen entlang. Der rosa Mund bewegte sich, formte Worte, deren Sinn sie nicht erfassen konnte.

Hoch über ihr stand ein fahler Mond hinter wogenden Baumwipfeln.

Autogeräusche einer nahen Straße drangen zu ihr durch.

»Sie muss trinken.« Ein dunkler Lockenkopf zeichnete sich scharf hinter dem Engelsgesicht ab.

Ihr Nacken wurde von einer starken Hand gestützt, und durch ihre halb geöffneten Lippen floss kühles Wasser in ihren Mund. Sie verschluckte sich und begann zu husten. Ihre Kehle tat weh. Wie zugeschnürt. So eng.

War sie im Himmel? War das der sagenumwobene Nektar?

Keuchend versuchte sie, sich aufzusetzen. Um sie herum verwischten die Konturen. Sie musste sich anstrengen, fokussieren. Musste klarer werden. Es gelang ihr nicht.

Stimmen, eine helle, eine raue, redeten auf sie ein, forderten etwas von ihr, das sie nicht verstand.

Instinktiv hob sie die Hände und legte sie schützend vor ihr Gesicht.

Die Stimmen sprachen jetzt miteinander, hatten von ihr abgelassen.

Einzelne Wörter erreichten sie.

Ambulanz. Polizei. Hilfe.

Langsam, ganz langsam nur, verflüchtigte sich die Benommenheit, langsam wich auch der Druck von ihren Augenlidern, langsam öffnete sich die Kehle. Es gelang ihr, die Flüssigkeit zu schlucken und danach durchzuatmen.

Sie wurde hochgehoben, stand einen Moment lang auf wackeligen Beinen, die gleich darauf unter ihr nachgaben. Hätten die Arme der Engel sie nicht umschlungen, sie wäre gefallen.

»Wir müssen sie ins Krankenhaus bringen.«

»Nein!« Ihr Schrei war nicht mehr als ein Krächzen.

Violetta bäumte sich auf.

Träge hob sich der Nebel in ihrem Kopf.

Das hier war kein Alptraum. Von ihrem Bett, ihrem Schlafzimmer keine Spur.

»Olivia?«

War die nicht eben noch hier gewesen?

Wo aber war sie selbst?

Erschrocken blickte sie an sich hinab.

Ihre Beine waren bis auf die Stiefel nackt, der Mini über die Hüften geschoben, kein Slip. Ihre Finger tasteten unter ihr Top. Ein Stück Stoff war eng um ihren Hals geschlungen. Sie zog und riss daran und hatte schließlich ihren BH in der Hand.

Violetta begann zu weinen.

»Gut. Alles wird gut«, murmelte die raue Stimme durch ihr Schluchzen hindurch.

Immer noch musste sie von starken Armen gehalten werden, war nicht in der Lage, selbstständig zu stehen.

»Bitte«, stammelte sie, und ihre Zähne klapperten, »bitte. Was ist passiert?«

Die schönen Augen des blonden Engels sahen sie eindringlich an. »Wir müssen dich ins Krankenhaus bringen. Du stehst unter Schock.« Die Stimme klang sanft, doch ein fester Unterton ließ keinen Widerspruch zu. »Vorn ist eine Bank. Wir setzen uns kurz.«

Violetta wurde mehr getragen, als dass sie lief. Von ihr abgewandt, ergänzte die Stimme leise: »Sie kann sich kaum auf den Beinen halten und friert. Ich hole die Decke aus dem Auto.«

Erst als sie eine Flasche mit Wasser geleert hatte, kam sie ein wenig zu sich. Jeder Schluck kostete Überwindung und tat doch so gut. Die beiden besorgten Gesichter vor ihr waren jetzt deutlicher zu erkennen.

»Was ist geschehen? Wie komme ich hierher?«

»Kannst du dich an gar nichts erinnern?« Die Frage kam vom dunklen Lockenkopf.

»Da ist nichts. Mein Gehirn fühlt sich an wie in Watte gewickelt. Ich bekomme keinen klaren Gedanken zusammen. Mir ist schwindlig und schlecht.« Sie räusperte sich. »Wo sind wir?«

»Auf einem Parkplatz.«

»Bei einer Raststätte?«

»Nein. Carnia Ovest. Ein paar Kilometer dahinter. Das hier ist Claire, meine Frau, ich bin Maurizio. Wir haben einen Ausflug gemacht. Auf dem Rückweg haben wir hier angehalten, weil wir die Plätze tauschen wollten.«

Also doch keine Himmelserscheinungen, sondern Menschen aus Fleisch und Blut.

»Violetta«, stellte sie sich mit schwacher Stimme vor. Ein Nachtvogel flog an ihnen vorbei. Mein Gott, war ihr kalt. Ihre Gedanken drehten sich. »Wo ist Olivia? Ich verstehe das nicht. Eben war sie noch da. Daran erinnere ich mich.« Violetta zog die kratzende Decke enger um ihre Schultern. Sie roch nach feuchtem Hundehaar.

»Olivia?« Die beiden sahen sich ratlos an.

»Sie ist meine Kollegin an der Schule.«

Violetta stockte. Das Konzert in Tarvis. Die Tankstelle. Der Tunnel. Die Panne. Das nicht enden wollende Warten auf der unheimlichen Autobahn.

All das fiel ihr jetzt wieder ein, stand deutlich vor ihren Augen. Sie konnte sich an jedes Detail erinnern. Olivia hatte die Polizei rufen wollen.

Und dann nichts mehr.

Als hätte jemand das Licht ausgeknipst.

»Panne. Wir hatten eine Panne. Die Polizei war bei uns. Olivia und ich haben auf den Abschleppdienst gewartet. Es hat so unerträglich lange gedauert. Stunden. Sie ging zum Auto, um ihr Handy zu holen. Ich sehe noch ihren Rücken vor mir und weiß, dass ich dachte, der Pferdeschwanz steht ihr gut, sie sollte das Haar öfter so tragen. Es macht sie weniger streng, lässt sie jünger wirken.«

Die blonde Claire beugte sich zu ihr. »Was geschah dann?«

»Nichts. Ab da weiß ich nichts mehr.« Violetta begann wieder zu weinen. Ihr Hals schmerzte bei jedem Wort. »Wo habt ihr mich gefunden?«

Die beiden wechselten einen Blick.

»Wir haben da vorn angehalten«, Maurizio deutete auf einen Wagen mit geöffneten Türen, »und sind ausgestiegen. Plötzlich sahen wir einen Mann aus der Wiese springen, zu einem Auto laufen und ohne Licht davonrasen. Wir waren erstaunt, dachten uns zuerst aber nicht viel dabei. Dann hörte Claire ein Wim-

23

mern. Wir vermuteten ein Tier, das ausgesetzt oder angefahren wurde, und sahen nach. Dann fanden wir dich.«

Claire nahm vorsichtig ihre Hand. »Du warst nicht bei Bewusstsein. Anscheinend haben wir jemanden gestört. Hast du Schmerzen?«

»Ja. Überall.« Violetta sah verstohlen an sich hinab. War sie vergewaltigt worden? Sie wusste es nicht.

»Wir bringen dich jetzt nach Udine ins Krankenhaus. Du musst durchgecheckt werden.«

»Nein, ich geh da nicht hin.«

Die beiden sahen sich hilflos an und redeten leise miteinander. »Okay. Wir leben in Grado, und dort kennt Claire eine Commissaria. Wir bringen dich zu ihr. Alles andere wäre unverantwortlich.«

»Ich wohne auch in Grado«, sagte Violetta erleichtert. »Ja, bringt mich bitte nach Hause.«

Sie wollte nichts anderes als eine heiße, endlos lange Dusche und einen Cognac. Und schlafen. Schlafen und vergessen. Auch das, woran sie sich nicht mehr erinnern konnte.

Morgen. Ja, vielleicht würde sie morgen zur Polizei gehen. Aber das wollte sie dem besorgten Pärchen erst sagen, wenn sie Grado erreicht hatten.

Als sie auf wackeligen Beinen mit den beiden zu ihrem Wagen ging, zog Violetta den Saum ihres Minis hinunter. Der Slip blieb verschwunden.

Maurizio startete den Motor, blinkte und fuhr mit Abblendlicht auf die Autobahn. Als er aufblendete, begannen Erinnerungen in Violettas Kopf zu rumoren.

3

Maddalena Degrassi schreckte, vom schrillen Klingeln ihres Telefons geweckt, aus einem traumlosen Schlaf.

Benommen rieb sie sich die Augen. Wieder einmal war sie viel zu spät ins Bett gekommen, um dann noch lange wach zu liegen. Zu viele ungelöste Probleme kreisten in ihrem Kopf.

»Ja?«, murmelte sie heiser.

»Zoli hier. Commissaria, Sie sollten herkommen.« Er hielt inne und fügte ein ergebenes »Bitte« hinzu.

Typisch Piero Zoli, dachte Maddalena. Bloß keine Details am Telefon verraten. Wenigstens bekam sie von ihm einen ordentlichen Espresso serviert. Der Kollege hatte stets eine chromfarbene Thermoskanne, gefüllt mit herrlich duftendem starken Kaffee, bei sich. »Von Mama, frisch gemahlen und aufgebrüht«, wie er stolz behauptete.

»Ich mache mich auf den Weg«, brummte sie und sprang aus dem Bett. Der Steinboden unter ihren nackten Füßen machte ihr wieder bewusst, dass sie sich in einer neuen Behausung befand, und sie seufzte.

Wann immer sie durch die großen, leeren Räume wanderte, den Staub in den Ecken aufwirbelte und den Geistern der Vergangenheit lauschte, beschlich sie ein unangenehmes Gefühl. Das Gefühl, nicht hierherzugehören. Immer noch fühlte sie sich hier fremd. Erst vor Kurzem war sie in die alte, verwinkelte Villa an der Meerpromenade gezogen. Zuerst überrascht und glücklich darüber, dieses wundervolle Haus von der verstorbenen Angelina Maria Cecon geerbt zu haben, hatte sich schnell Unbehagen eingestellt.

Insgeheim vermisste Maddalena ihre alte Wohnung. »Mein Schuhkarton mit Aussicht« hatte sie die winzige Unterkunft mit dem Minibalkon liebevoll genannt.

Wollte sie sich in diesem Haus je heimisch fühlen, musste sie schon bald beginnen, einiges zu ändern. Sie würde die Holzböden in den Dielen abschleifen und neu versiegeln, die

Wände streichen, ausmisten und nach und nach die Zimmer neu einrichten müssen.

Neben ihrer Arbeit auf dem Kommissariat war dies eine gewaltige Herausforderung. Helfer würde sie brauchen und eine Menge Geld. Ihre Kollegen konnte sie allerdings schwerlich zu Arbeiten in ihrer Villa einteilen. Oder gar ihren nächsten Vorgesetzten, den Polizeichef? Sie musste grinsen, als sie sich den grimmigen Commandante auf einer wackeligen Leiter vorstellte, mühsam, mit einem Pinsel in der Hand, die Balance haltend.

Kurz dachte sie an Franjo und daran, dass sie das gemeinsam in Angriff hätten nehmen können. Sie wischte über ihre Augen, um die aufkeimende Traurigkeit zu vertreiben.

Seit Monaten hatte sie nichts von ihm gehört, sich auch monatelang nicht bei ihm gemeldet.

Nach einer kurzen Dusche, hastig geputzten Zähnen und einem schlampig aufgetragenen Make-up beschloss sie, sich trotz der Dringlichkeit in Zolis Stimme eine Zigarette zu gönnen. So viel Zeit musste sein.

Mit einem Glas Leitungswasser stand sie kurz darauf barfuß in Jeans und Kapuzenjacke auf der Terrasse und rauchte. Unter ihr wogte das dunkelgraue Meer. Weit draußen am Horizont glommen die silbernen Lichter vereinzelt dümpelnder Boote.

Maddalena mochte das leise Plätschern der Wellen bei Ebbe, mehr noch gefiel ihr, sie bei starkem Wind laut rauschend an den Felsen brechen zu hören und sehen zu können, wie die weißgraue Gischt sprühte.

Das Glas ließ sie auf der Terrasse stehen, den Zigarettenstummel kickte sie in Richtung Wasser. Eine Unart, sie wusste das. Obwohl sie schon häufig die Promenade, die hier »Diga« genannt wurde, getroffen hatte, konnte sie von dieser Marotte nicht lassen. Selbstverloren folgte ihr Blick der glühenden Spur.

Drinnen schlüpfte sie rasch in ihre Lederstiefel, verknotete ihre dunklen Locken lose am Hinterkopf und machte sich auf den Weg.

Eigentlich war es bereits früher Morgen. Bald würde der Tag grauen. Und doch war es viel zu früh, um geweckt zu werden, viel zu früh, um zur Arbeit zu gehen. Insbesondere für einen Sonntag. Aber Verbrechen nahmen keine Rücksicht auf Tageszeiten.

Maddalena schwang sich aufs Rad und strampelte durch die noch ruhige Innenstadt in Richtung Polizeistation. Nur ein paar schimpfende Möwen durchbrachen weit vorn im Parco delle Rose, der großen Parkanlage der Stadt, die frühmorgendliche Stille. Sie fuhr parallel zum jetzt menschenleeren Strand, trat dabei kräftig in die Pedale. Der herbe Geruch des Meeres vermischte sich mit dem würzigen der gepflanzten Bäume und Sträucher.

Grado beschenkte die im kargen Karst geborene Maddalena reich: ein wenig Wald, Rosen, Salz, die Lagune und dazu das Meer. Sie sollte zufrieden sein und damit aufhören, sich kleinlich darüber zu ärgern, zu dieser frühen Stunde ihren Dienst antreten zu müssen.

Am Ende des Parks, schräg gegenüber vom Sportplatz, tauchte unvermittelt der hässlich gelbe Bau ihrer Dienststelle vor ihr auf. Sie stellte ihr Rad außerhalb des Zaunes ab, der das an einen Hochsicherheitstrakt erinnernde Gebäude umgab. Automatisch tippte sie den Code ein, die Gittertür schwang auf, und Maddalena fuhr mit der Karte über den Sensor des Haupteingangs.

Erst vor Kurzem waren diese elektronischen Hürden installiert worden.

»Da derzeit die ganze Welt um uns herum explodiert, müssen wir uns in diesem Gebäude besser schützen. Auch vor Grado machen Terroristen nicht halt. Erledigen wir also unsere Hausaufgaben«, hatte der Polizeichef, der cholerische Commandante Scaramuzza, händereibend gemeint. Die meiste Zeit mit anderen wichtigen Staatsbeamten in offizieller Mission unterwegs, hatte das »Wir« wohl eher denen, die hier täglich ihrem Dienst nachgingen, gegolten.

Zu Beginn ihrer Tätigkeit als Commissaria der Polizeistation war Maddalena häufig mit ihrem Vorgesetzten zusammengekracht, doch in letzter Zeit gelang es ihr, über die Aussagen und Anweisungen ihres Chefs zu lächeln und sie, so gut es ging, zu ignorieren, statt aus Ärger über ihn die Wände hochzuklettern. Wahrscheinlich war sie inzwischen abgeklärter, älter, verwittert von Sand und Wind.

Im Gebäude atmete sie tief den vertrauten, muffigen Geruch ein und fand sich augenblicklich in einer anderen, altmodischen Welt wieder, die sich komplett vom Äußeren des Gebäudes unterschied. Die Holzdielen knarrten bedrohlich unter ihren raschen Schritten.

Noch bevor sie ihr Büro erreichte, spürte sie die Anwesenheit eines anderen hinter sich.

»Zoli, Sie haben mich erschreckt.«

Im künstlichen Licht des Flurs kam ihr sein Gesicht noch schmaler und die Nase noch gekrümmter vor als sonst. Er wirkte schuldbewusst.

»Ist schon gut«, beruhigte sie ihn. »Also, was gibt es so verdammt Dringendes?«

Zoli begann zu berichten, und gemeinsam marschierten sie zu ihrem Büro.

»Claire«, begrüßte Maddalena kurz darauf ihre Besucherin, eine flüchtige Bekannte mit wunderbar blonden Haaren, die sie vor wenigen Monaten im Pilateskurs kennengelernt hatte.

Sie mochte die junge Frau, die ihren französischen Namen stolz vor sich hertrug wie eine Bourbonenlilie, zudem wie ein Engel aussah und vor Witz und Charme nur so sprühte. Sie und ihr Ehemann Maurizio, ein sympathisch wirkender Endzwanziger mit dunklen Locken, der jetzt ein wenig verloren neben ihr saß, hatten im Winter in der Innenstadt ein Papierwarengeschäft übernommen und kämpften nun mit den Anfangsschwierigkeiten jeder Neugründung.

»Maddalena, gut, dass du da bist«, sagte Claire aufgeregt, »wir haben vermutlich einen Vergewaltiger vertrieben.« Sie holte aufgeregt Luft und ergänzte: »Die Frau dort haben wir auf einem Parkplatz gefunden.«

Claire wies mit ihrem mit hellrosa Nagellack versehenen Zeigefinger auf die geöffnete Tür zum Nebenzimmer. Die bleiche Frau mit dem dunklen Pagenkopf, die dort mit einer Wolldecke um die Schultern zusammengesunken auf einem Plastiksessel kauerte, hatte Maddalena nicht gleich bemerkt. Eine Beamtin in Uniform stand an den Schreibtisch gelehnt und sprach mit ihr.

»Einen Moment.« Maddalena, die von Zoli bereits über die Umstände informiert worden war, ging ins benachbarte Büro, das sich Zoli und sein Kollege Lippi teilten. »Danke, Beltrame«, sagte sie an die Polizistin gerichtet. Rita Beltrame, die Tochter eines Allgemeinmediziners hier aus der Stadt, war erst vor Kurzem zu ihnen gestoßen. Aufgeweckt und unkompliziert, hatte sie sich in Maddalenas Team schnell unentbehrlich gemacht. Gut, dass sie sich heute mit Zoli die Nachtschicht teilte.

»Commissaria, das ist Signora Violetta Capello. Sie ist Lehrerin und lebt hier in Grado, allein, wie sie sagt«, entgegnete Beltrame. »Ich wollte ihre Angehörigen verständigen, aber die sind in Turin. Sie möchte ihre Eltern lieber nicht beunruhigen und es ihnen später persönlich erzählen«, fuhr sie fort. »Ich habe einen Wagen mit einer weiteren Kollegin angefordert, sie müsste jede Minute hier sein.«

Maddalena nickte anerkennend. Genau das gefiel ihr so an Beltrame, sie dachte mit und wusste, wie wichtig bei Vergewaltigungsopfern weibliche Betreuung war.

»Signora Capello«, Maddalena beugte sich vor und verlieh ihrer Stimme ein weiches Timbre, »bevor ich Sie befrage, werden meine Kolleginnen Sie zur Untersuchung ins Krankenhaus bringen.«

»Nein, dort will ich nicht hin.« Die Panik in Signora Capellos Stimme war unüberhörbar. »Ich möchte nach Hause und endlich unter die Dusche. Es ist grauenvoll, widerlich, ich fühle mich beschmutzt. Versteht hier denn niemand, was ich gerade durchmache?« Sie begann zu weinen.

»Doch, wir verstehen Sie. Sehr gut sogar«, sagte Maddalena freundlich. Sanft, aber bestimmt legte sie eine Hand auf ihren Unterarm. »Es ist dennoch wichtig, dass Sie untersucht werden, nicht nur wegen der Spurensicherung. Sie wurden vermutlich betäubt. Möglicherweise benötigen Sie Medikamente oder eine Infusion. Das Ganze wird nicht lange dauern, das versichere ich Ihnen, und die Ärztinnen, die sich um Sie kümmern werden, sind sehr erfahren und äußerst vorsichtig. Glauben Sie mir, ich kann mir vorstellen, wie furchtbar das alles für Sie sein muss, doch man wird es Ihnen so angenehm wie möglich machen.«

»Der Kollege Zoli hat uns bereits in Monfalcone angemeldet, Signora Capello. Ihre Untersuchung wird ohne Wartezeit erfolgen.« Beltrame reichte der zitternden Frau eine lila Wolljacke. Wahrscheinlich von Zolis Mama, dachte Maddalena.

Violetta Capello nickte widerwillig.

»In Ordnung. Gleich nach der Untersuchung beginnen wir mit der Einvernahme.«

»Wenn ich im Krankenhaus fertig bin, will ich nach Hause gebracht werden. Ich bin erschöpft und kann mich ohnehin an nichts erinnern. Das habe ich den beiden, die mich gefunden haben, auch schon gesagt. Und mir ist schwindelig«, wandte Violetta matt ein.

Maddalena wandte sich unbeeindruckt an Beltrame. »Fahrt am besten gleich los.«

Während die Polizistin Violetta Capello mit einem sanften Druck ihrer flachen Hand an deren Schulter zur Tür hinausgeleitete, kam Zoli in den Raum, das Telefon in der Hand. Eine blaue Ader, die Maddalena inzwischen gut kannte, trat auf seiner Stirn hervor. »Ich habe eben die Meldung erhalten, dass eine Lehrerin aus Grado, eine Olivia Merluzzi, Signora Capello beim Euronotruf als entführt gemeldet hat. Die Kollegen aus Tolmezzo haben die Suche jetzt abgeblasen und bringen Signora Merluzzi zu uns.«

»Sehr gut. Vielleicht haben wir in ihr eine Zeugin. Rufen Sie Lippi an und sagen Sie ihm, er soll sich schleunigst auf den Weg machen. Ich brauche ihn bei den Befragungen.«

»Schon geschehen«, entgegnete Zoli eifrig.

»Brav.« Maddalena lächelte ihn an, und Zoli wurde rot.

»Sobald Signora Merluzzi ankommt, bringen Sie sie in mein Büro und sprechen mit den Kollegen aus Tolmezzo. Und dann würde ich mich über einen kleinen Kaffee freuen. Aus Ihrer Thermoskanne.«

Zoli grinste und salutierte. »Wird gemacht, Chefin.«

30

Zufrieden ging Maddalena zurück in ihr Büro. »So, Claire, jetzt zu euch beiden.«

Das junge Ehepaar saß mit hängenden Schultern auf den unbequemen Stühlen.

Maddalena setzte sich ihnen gegenüber an ihren Schreibtisch und sah sie aufmerksam an. »Wollt ihr etwas trinken?«

Beide verneinten, und Claire zog mit einem dankenden Lächeln eine Wasserflasche aus ihrer Umhängetasche.

In diesem Moment betrat der stets etwas atemlose, übergewichtige Lippi mürrisch grüßend den Raum und rückte einen Stuhl an die Breitkante des Schreibtisches. Anders als Zoli begegnete er seiner Chefin seit jeher mit Vorbehalten.

»Lasst uns beginnen.« Maddalenas Stimme hatte einen festen Klang. Lippi schaltete das Diktiergerät ein. Zudem zog er sein Heft, das er überallhin mit sich führte, aus der Tasche und nahm einen Kuli aus dem Köcher auf Maddalenas Schreibtisch. »Woher seid ihr gekommen?«

Maurizio räusperte sich. »Wir fahren alle paar Monate nach Österreich ins Casino. Wir mögen die Spannung und beobachten gern die anderen Leute. Und auch wenn wir nur den Eintritt verspielen, Velden ist schön und das Essen dort gut. Diesmal ist es spät geworden, ich war müde. Claire wollte mich ablösen und den Rest der Strecke fahren. Deshalb hielten wir an.«

»Warum auf dem Parkplatz Carnia Ovest und nicht auf der Raststätte Campiolo, die knapp davorliegt?«

»Da ist es doch viel zu voll. Wir wollten nur kurz stehen bleiben, da wären uns die Menschenmassen und Riesenansammlungen von Bussen, Lkws und Pkws bloß lästig gewesen. Auf den Raststätten geht's, egal, zu welcher Stunde, immer lebhaft zu.«

Lippi nickte verständnisvoll. Und Maddalena dachte, dass der Täter das wohl auch so gesehen hatte.

»Wir hielten an, stiegen aus und ließen die Türen offen, da wir nur die Plätze tauschen wollten. Im nächsten Moment sahen wir einen Mann von der Wiese zu seinem Auto laufen. Er sprang hinein und fuhr davon. Es ging alles sehr schnell.«

Maurizio sah zu seiner Frau, die bestätigend nickte und ergänzte: »Das war irgendwie eigenartig, aber wir dachten zuerst nicht weiter darüber nach. Dann dachte ich, ich hätte ein Tier gehört, und wurde neugierig. Es hätte ja angefahren worden sein können. Die Vorstellung, unser Volpone liegt verletzt neben der Straße und keiner hilft, hat mich dazu veranlasst, die Wiese dort, wo wir den Mann gesehen hatten, abzusuchen. Und da fanden wir dann die Frau. Sie lag wimmernd auf dem Boden, und wir fürchteten, dass sie schwer verletzt wäre. Ihr Unterleib war entblößt.«

Lippi starrte sie fragend an. »Volpone?«

»Unser Hund. Ein Irish Setter.«

»Weiter.« An Lippi gerichtet, winkte Maddalena ungeduldig ab.

»Zeig der Commissaria, was man der Armen um den Hals gewickelt hatte«, forderte Maurizio seine Frau auf.

Claire zog eine Plastiktüte aus ihrer Tasche und reichte sie Maddalena.

Zoli und sie wechselten einen schnellen Blick, als sie den Inhalt erkannten.

Die beiden hatten sich zwar vom Tatort entfernt, aber wenigstens die Geistesgegenwart besessen, den BH einzutüten.

»Saubere Arbeit«, bemerkte Lippi.

»Maurizio hatte die Idee.« Claire, die den ironischen Unterton überhört hatte, sah ihren Mann liebevoll an. »Zuerst haben wir geschaut, ob die Frau, Violetta, überhaupt ansprechbar ist. Wir redeten auf sie ein und haben ihr sogar leicht auf die Wange geklapst. Als sie dann reagierte, halfen wir ihr auf. Wir mussten sie stützen, sie konnte sich nicht allein auf den Beinen halten. Und erinnern konnte sie sich an nichts. Sie lallte, aber nicht wie eine Betrunkene. Sie roch auch nicht nach Alkohol.«

Maddalena bat Zoli, das Fenster zu öffnen. Frische Morgenluft strömte in den Raum.

»Wie sah der Mann aus?«

»Es war ja dunkel«, begann Maurizio, wurde aber von seiner Frau unterbrochen.

»Er war groß und breitschultrig, mit einem dunkelfarbenen Sweater, die Kapuze tief ins Gesicht gezogen. Ich habe ihn aber leider nur von hinten gesehen.«

Maddalena stutzte. »Warum bist du dir dann so sicher, dass der Mann seine Kapuze ins Gesicht gezogen hatte?«

»Ich bin mir auch hundertprozentig sicher«, warf Maurizio ein.

»Ja, aber warum?«

»Weil der Baumwollstoff des Sweaters sich in seinem Nacken spannte. Und das geht nur, wenn die Kapuze weit nach vorn gezogen wird.«

Gut, das klang schlüssig. Die beiden schienen sehr genau zu beobachten. Alles in allem brauchbare Zeugen.

Maddalena zog ihre eigene Kapuzenjacke aus. »Zoli, kommen Sie bitte mal her. Stellen Sie sich vor mich.« Sie forderte ihn auf, in die Jacke zu schlüpfen und sich umzudrehen. »Und jetzt ziehen Sie die Kapuze so weit es geht in Ihre Stirn.«

Wirklich, der Stoff spannte sich, als wäre er kurz vor dem Zerreißen. Ein Hinweis darauf, dass der Mann unter keinen Umständen erkannt werden wollte, also höchstwahrscheinlich derjenige war, der Violetta Capello das angetan hatte. Maddalena wusste jedoch, dass es nicht reichte, einen Menschen weglaufen gesehen und eine fast ohnmächtige, verletzte Frau gefunden zu haben, um einen verlässlichen Zusammenhang, eine Täter-Opfer-Verbindung, herzustellen. Auch wenn der logische Schluss diese Vermutung nahelegte.

Sie zog ihre Jacke wieder an und setzte sich.

»Welches Auto fuhr der Verdächtige?«

»Es war dunkel, und er raste ohne Licht davon«, begann Claire zögernd, und Maurizio setzte etwas informativer nach: »Wir waren mit unserem blauen Lancia unterwegs. Sein Wagen war viel kleiner als unserer, aber dunkler, ich glaube, er war schwarz und von der Form her eventuell ein Japaner.«

»Na ja. Viel ist das nicht.« Unschlüssig klopfte sie mit einem Lineal gegen die Schreibtischkante. »Warum habt ihr uns nicht sofort verständigt?«

Sie hatte schärfer gefragt als beabsichtigt, und Claire sah sie erschrocken an.

»Ich ... wir ... wir fanden das besser so, weil ...«, hob sie an, wurde aber von ihrem Ehemann am Weiterreden gehindert.

»Maddalena, lassen Sie mich das erklären. Claire und ich wollten sofort die Polizei rufen und Signora Capello ins Krankenhaus nach Udine fahren. Wir waren zwar müde und etwas überfordert von der Situation, hatten jedoch ganz sicher nicht die Absicht, einen Fehler zu begehen oder Ihre Arbeit zu behindern. Aber die Arme weigerte sich standhaft, ins Krankenhaus gebracht zu werden. Sie wollte auch keine Minute länger auf dem dunklen Parkplatz bleiben und schon gar nicht warten, bis die Polizei kommt. Wir konnten sie nur dazu bewegen, mit uns nach Grado zu fahren, zu Ihnen.«

»Ich mache Ihnen keinen Vorwurf, aber so ein Vorgehen ist sehr ungewöhnlich.«

»Vergewaltigungen stehen für uns nicht auf der Tagesordnung. Wir halfen, so gut wir konnten«, sagte Claire. »Hätten wir weiterfahren sollen?«

Bevor Lippi, der mit gerunzelter Stirn zum Sprechen ansetzte, etwas erwidern konnte, erschien Zoli mit einer Kanne Kaffee und einigen Bechern.

»Diesen Energiestoß brauchen wir jetzt alle«, bemerkte Maddalena zufrieden. »Danke, Kollege.«

Während sie einschenkte, berichtete Zoli, dass er sich mit den Kollegen aus Tolmezzo gründlich ausgetauscht hatte. Signora Merluzzi stünde nun außerdem für die Vernehmung durch die Commissaria zur Verfügung.

»Perfekt«, sagte Maddalena und übersah geflissentlich den spöttischen Blick, mit dem der füllige Lippi seinen eifrigen Kollegen musterte. »Wir machen jetzt folgendermaßen weiter: Lippi, holen Sie bitte mit dem Dienstwagen den Polizeizeichner. Er soll anhand der Beobachtungen des Ehepaars Casella ein Phantombild anfertigen.«

»Phantombild?« Claire sah sie zweifelnd an. »Wir haben sein Gesicht doch nicht erkennen können.«

»Es geht dabei ebenso um seine Statur, die Art der Kleidung und so weiter. Wir haben die Erfahrung gemacht, dass die Fragen des Zeichners die Erinnerung der Zeugen anfeuern. Außerdem hat Signora Merluzzi ihn ja vielleicht ebenfalls gesehen und kann etwas beitragen«, erklärte Maddalena. »Bis der Mann eintrifft, befrage ich die Lehrerin. Zoli, Sie holen die Zeugin und übernehmen von Lippi das Diktiergerät. Haben Sie schon etwas von der Kollegin Beltrame gehört?«

Zoli verneinte und verließ mit Lippi und dem Ehepaar Casella den Raum.

Maddalena stellte sich ans Fenster und starrte gedankenverloren in den noch kühlen, aber sonnigen Morgen. Es gab einiges zu tun. Sie musste schnellstmöglich alle Zeugenaussagen aufnehmen, die Suche nach dem Wagen des Täters voranbringen und sich mit den Polizeistationen von Monfalcone, Udine und Triest vernetzen, um nachzufragen, ob in letzter Zeit ähnliche Verbrechen zur Anzeige gebracht worden waren. Natürlich bekamen sie ständig Meldungen herein, denen sie nachgingen, aber es war erfahrungsgemäß besser, sich persönlich bei den Ermittlungsbehörden zu erkundigen. Zu leicht wurden sonst wichtige Details übersehen.

Sie atmete durch und strich sich unwillig die Locken, die sich aus ihrem nachlässig geschlungenen Knoten gelöst hatten, aus dem Gesicht.

Vom nahen öffentlichen Strand drang Hundegebell zu ihr herüber. Sie öffnete die Fensterflügel weit und atmete tief die frische Meeresluft ein.

Während der Einvernahme von Claire und Maurizio hatte ihr privates Handy einige Male vibriert. Jetzt zog sie es aus der Tasche ihrer Jeans – nur um im nächsten Augenblick ungläubig auf die rot gefärbten Nummern der Anrufe in Abwesenheit zu starren.

Franjos Mutter hatte versucht, sie zu erreichen.

Ihr Herz zog sich schmerzhaft zusammen.

War ihm etwas passiert?

4

Violetta ekelte sich vor dem fauligen Geschmack in ihrem Mund. Sie grauste sich vor dem Schweißgeruch, den ihr Körper bei jeder ihrer Bewegungen absonderte. Sie stank bestialisch. Fremd.

Die Polizistin fuhr schweigend. Wie spät es war, wusste Violetta nicht, sie hatte jegliches Zeitgefühl verloren. Wenigstens war es inzwischen hell geworden. Eine zweite Polizistin saß auf dem Beifahrersitz und telefonierte leise, ein Gespräch privater Natur, das sich um einen Kindergarten, Frühstücksflocken und Windpocken drehte. Violetta versuchte, sich auf die gemurmelten Worte zu konzentrieren, sie sehnte sich verzweifelt nach der Normalität eines gewöhnlichen Alltags, nach einer Normalität, die ihr komplett abhandengekommen war.

Eigentlich stand sie immer noch neben Olivia auf der Autobahn und wartete auf den Abschleppdienst, der sie aus ihrer misslichen Lage befreien sollte. Immer noch spürte sie intensiv die Angst, die sie erfasst hatte, als die Warnblinkanlage den Geist aufgegeben und sie erneut aus dem Wagen getrieben hatte, an den Straßenrand, wo sie den Blicken vorbeifahrender, gierig glotzender Männer ausgeliefert waren.

Ja, sie hatte Furcht vor diesen Männern empfunden und regelrecht geschlottert vor Angst, einer könnte stehen bleiben, um sie zu bedrohen, auszurauben oder Schlimmeres. Sie hatte Panik gehabt, dass ein Auto in sie hineinkrachen und sie dabei ums Leben kommen könnten. Dass der Abschleppdienst sie vergessen hatte und sie gezwungen wären, die Nacht auf der dunklen, grauenvollen Autobahn zu verbringen.

Bei allem Schrecklichen hatte diese Furcht, diese Angst dennoch etwas Angenehmes an sich gehabt, etwas Vertrautes: Sie war real.

Damit konnte sie umgehen.

Nicht jedoch mit dem, was danach passiert war.

Der Verlust des Zeitfensters vom letzten Bild an, das sie auf dem Pannenstreifen bewusst wahrgenommen hatte – Olivias auf dem Rücken wippender Pferdeschwanz –, bis hin zu dem über ihr schwebenden Engelsgesicht löste blankes Entsetzen in ihr aus. Die fehlende Erinnerung hatte etwas Unwirkliches, etwas Irreales, das sie zutiefst verstörte.

Nicht zu wissen, was ihr oder mit ihr geschehen war, ließ sie trotz aller Verschwommenheit und allem Diffusen eines überdeutlich erkennen: dass sie jegliche Kontrolle über sich, über die Situation verloren hatte. Sie, Violetta, die stets den Überblick brauchte, die genau kalkulieren konnte, welche Reaktion ein bestimmtes Verhalten hervorrief, war auf einmal ohne Orientierung.

Bisher war sie die alles Überstrahlende gewesen, die kokette, lebendige, charmante Person, die mit ihrer Liebenswürdigkeit jeden um den Finger wickeln konnte und dies auch voller Überzeugung tat. Freilich steckte hinter diesem Auftreten Kalkül, doch genau deshalb war für sie nichts unmöglich gewesen. Und wenn sie in den Medien von den Schrecken, Unglücken und Verbrechen gelesen hatte, die an Unschuldigen begangen worden waren, hatte sie sich selbst unerschütterlich versichert: Das sind die anderen, mir passiert so etwas sicher nicht.

Es war ihr alles gelungen, was sie angepackt hatte.

In einer magischen Glücks-Glocke hatte sie sich befunden.

Und jetzt war es, als hätte jemand diese Schutzhülle mit Gewalt von ihr gerissen.

Sie war nun eine der anderen. Und sie war sich selbst fremd geworden. Von einer Sekunde zur nächsten.

Früher hätte sie die vorbeiziehende Landschaft betrachtet, sich über originelle Wolkenformationen amüsiert, Menschen, Tiere, Gegenstände in ihnen erkannt, jetzt ließ ihre Umgebung sie kalt. Die Kälte, die sie in sich spürte, ließ auch die Welt um sie herum mehr und mehr erstarren.

Ruckartig blieb der Wagen vor der Poliklinik in Monfalcone stehen. Ihr war, als rissen die Polizistinnen die Türen geradezu auf, um dem Gestank, den sie verbreitete, zu entkommen.

Die beiden Frauen nahmen sie in die Mitte. Was fürsorglich gemeint war, hatte einen bitteren Beigeschmack. Violetta kam sich vor wie eine Strafgefangene auf dem Weg zum Jüngsten Gericht.

Kein Wort wurde gesprochen, die Stille lastete schwer auf ihr. Wie gern hätte sie weiter dieses Plappern über Kindergärten, Windpocken, Frühstücksflocken und Pausenbrote gehört.

»Da sind wir«, sagte die kleinere der beiden Frauen und unterbrach das Schweigen schließlich doch.

Violetta fand sich in einem steril wirkenden Flur wieder.

Wie war sie hierhergekommen?

Hatte ihr Kurzzeitgedächtnis zwischendurch ausgesetzt?

Entwickelten sich ihre Erinnerungslücken jetzt zum Dauerzustand?

Eine Krankenschwester nahm sie in Empfang und begleitete sie in das Untersuchungszimmer, in dem eine Ärztin mit Nickelbrille auf sie wartete.

Violetta fand dieses Aufgebot an Frauen lächerlich. Eine durch und durch überflüssige Aktion.

Wollte man ihr die Begegnung mit Männern auf ewig ersparen?

Auch das Gefasel der Polizistin, dass es gute Psychotherapeutinnen in Grado, Monfalcone und Triest gebe, hatte sie abgestoßen. Sie brauchte keine Quacksalberinnen. Was sie brauchte, war eine lange, siedend heiße Dusche und eine ordentliche Portion Schlaf.

Danach könnte sie aufstehen und wie gewohnt weitermachen. Tests schreiben lassen, die Projektgruppen anfeuern, Prüfungen abnehmen. Alles würde sein wie immer, wie gewohnt, wie gehabt.

Hatte man sie in der Schule entschuldigt?

Welcher Tag war heute überhaupt?

Anstatt den Gruß der Ärztin zu erwidern, fuhr Violetta sie an: »Keine Untersuchung, nichts. Ich muss mich waschen und dann zum Unterricht. Unentschuldigtes Fernbleiben wird von unserem Direktor nicht toleriert.« Sie schüttelte die führende Hand der Krankenschwester ab. »Arbeiten hier nur Frauen? Oder haben Sie die Männer weggesperrt, weil deren Anblick einem Vergewaltigungsopfer nicht zuzumuten ist?«

Blicke wurden gewechselt, und Violetta fühlte Wut in sich aufsteigen, so stark wie selten zuvor.

Mit einem Mal begann ihr Unterleib heftig zu schmerzen. Auch die Haut brannte, und ihr Hals fühlte sich wie zugeschnürt an. Ihr Herz begann zu rasen, und kalter Schweiß sammelte sich auf ihrer Stirn.

»Hat es Ihnen die Sprache verschlagen?«, fragte sie kurzatmig, als niemand ein Wort sagte.

Nie würde sie selbst so unprofessionell mit anderen Menschen umgehen, diese Weiber standen völlig neben der Spur.

»Was?« Jetzt erst bemerkte sie, wie krächzend ihre Stimme sich anhörte. Ein Gefühl von Verlassenheit, von unendlicher Trauer, überwältigte sie.

»Heute ist Sonntag. Sie müssen nicht unterrichten.«

Die Stimme der Ärztin mit der Nickelbrille war sanft, so sanft, dass sie Violettas Wut noch mehr entfachte.

»Bitte entspannen Sie sich, wir nehmen Ihnen jetzt Blut ab«, sagte die Schwester und wies auf einen Stuhl.

Entspannen? Blutabnahme war doch keine Yogaübung. Wie, zum Teufel, sollte sie sich dabei entspannen?

Als ihr Blut schließlich in das Röhrchen rann, kam Violetta sich seltsam losgelöst vor. Ihr war, als schwebte sie und beobachtete das Ganze von oben.

»Sie kippt uns gleich um«, hörte sie die weit entfernte Stimme der Ärztin sagen, die jetzt gar nicht mehr sanft klang. »Legen Sie eine Infusion an.«

Erst später, auf dem gynäkologischen Stuhl, konnte Violetta wieder einigermaßen klar denken. Diese Untersuchung war lästig und völlig sinnlos. Außerdem schmerzhaft. Wenn sie wirklich einer vergewaltigt hatte, war er wohl kaum so blöde gewesen, ihr, quasi als Vermächtnis, seine DNA zu hinterlassen.

Endlich wurde sie in ein Krankenzimmer gebracht und durfte duschen. Die einzige Auflage war, die Tür nicht zu versperren.

Wohl eine halbe Stunde hatte sie unter dem heißen Strahl gestanden, als die Krankenschwester zurückkam und sie aufforderte, sich abzutrocknen und das bereitgestellte Nachthemd überzuziehen.

Violetta nahm ein Handtuch vom Heizkörper und frottierte sich trocken, bis ihre Haut rot wurde und brannte. Dann wischte sie einen Kreis in die dunstbeschlagene Fläche über dem Waschbecken – und sah sich einem unbekannten Gesicht im Spiegel gegenüber.

Eine ältere Frau mit strähnig feuchtem Haar, eingefallenen Wangen und bläulichen Schatten unter den glanzlosen Augen starrte sie an. Um ihren Hals hatten sich rötliche Flecken zu einer Kette aus Würgemalen zusammengefügt.

Haltlos begann Violetta zu weinen.

»Wo ist frische Kleidung? Keiner hat mir gesagt, dass ich bleiben muss. Jetzt trage ich einen hässlichen weißen Krankenhauskittel. Das war nicht ausgemacht.«

»Dottoressa Zamponi hat angeordnet, dass Sie eine weitere stabilisierende Infusion bekommen sollen. Bitte haben Sie noch etwas Geduld, Signora Capello. Sie stehen noch unter Beobachtung, möglicherweise wurden Sie betäubt. Wir müssen die Blutanalyse aus dem Labor abwarten. Vorhin wurden Sie kurz ohnmächtig. Sie müssen sich ausruhen. Ich gebe Ihnen etwas, damit Sie ein wenig Schlaf finden.«

Violetta schüttelte automatisch den Kopf, schluckte die ihr gereichte Tablette aber widerspruchslos.

Langsam rückte alles in endlose Ferne, und eine weiche Wolke legte sich um die Gegenstände im Raum. Alles verschwamm.

Sie war gerade bereit loszulassen, da wurde die Tür aufgerissen, und Olivia betrat den Raum, dicht gefolgt von einem bulligen Mann.

»Violetta, du Ärmste. Ich bin vor Sorge um dich beinahe vergangen. Nach meiner Aussage musste ich einfach kommen und mich überzeugen, dass mit dir alles okay ist. Was ist passiert? Geht es dir gut? Toto, mein Bruder«, sie deutete auf ihren Begleiter, »hat mich hergefahren, ich selbst bin immer noch viel zu aufgewühlt.«

Die Konturen der Geschwister begannen vor Violettas Augen zu tanzen. Noch im Hinüberdriften freute sie sich, dass zumindest Olivia bei dem ganzen falschen Getue nicht mitzumachen schien. In ihrem letzten Moment scheinbarer Klarheit schätzte sie sogar deren Rücksichtslosigkeit, ein männliches Wesen ins Krankenzimmer eines Vergewaltigungsopfers zu schleppen. Dann umfing sie erlösende Dunkelheit.

5

Mit einer Flasche Wasser in seiner Hosentasche und zwei Kaffeebechern in der Hand hinkte Toto den Flur entlang. Seine Schritte waren ungleichmäßig, sodass die dunkle Flüssigkeit an die Ränder der Pappbecher schwappte.

Ungeduldig winkte Olivia ihren Bruder zu sich. »Gib schon her. Was hat so lange gedauert? Ich wollte bereits eine Vermisstenmeldung aufgeben.«

Noch während sie sprach, schämte Olivia sich wegen dieser Taktlosigkeit. Vor Kurzem erst hatte sie ihre Kollegin doch tatsächlich als vermisst gemeldet.

Toto kniff seine Lippen zusammen. Wortlos reichte er ihr den Kaffee und ließ sich in eine der Hartplastikschalen fallen. Diese orangefarbenen Sitze sahen aus, als kämen sie direkt aus der Requisitenkammer eines billigen utopischen Films, außerdem klebte nackte Haut, die mit dem Kunststoff in Berührung kam, unweigerlich daran fest.

Das Krankenhaus hätte mehr Wert auf Komfort für die Wartenden legen müssen. Klar, überall war das Geld knapp, Olivia kannte das zur Genüge aus ihrem Schulalltag, aber eine Ausrede war das kaum. Sie fand, dass man den Menschen, die sich hier aufhalten mussten, durch ein freundlicheres und bequemeres Interieur wenigstens das Gefühl einer oberflächlichen Sicherheit vermitteln sollte. Über solcherlei Nachlässigkeit ärgerte Olivia sich häufig.

Sie schüttelte sich demonstrativ.

»Ist dir kalt?« Toto warf ihr einen besorgten Blick zu. »Soll ich nach einer Decke fragen?«

Um Gottes willen. Allein die Vorstellung war grauenvoll. Wer wusste denn, wer sich so eine Krankenhausdecke zuletzt umgehängt hatte, welche zerschundenen Glieder damit schon verhüllt worden waren.

»Danke. Nicht nötig.«

Ihr Bruder murmelte Unverständliches. Bei jedem Schluck

von seiner Latte macchiato gab er ein schmatzendes Geräusch von sich, das klang, als würde er an einem fetttriefenden Hühnerbein nagen. Olivia spürte ein nervöses Kribbeln auf ihrer Haut. Sie fand diesen seichten Milchkaffee ohnehin unpassend für einen dreiunddreißigjährigen Mann.

Heute hielt sie die Marotten ihres Bruders noch weniger aus als sonst. Das lag vermutlich an ihrer Nervosität. Sie hatte die ganze Nacht nicht geschlafen und ihre Kleider seit dem Konzert gestern nicht wechseln können.

Immer noch spürte sie die Strapazen der Nacht, die Ängste, die sie auf der Autobahn ausgestanden, und die Panik, die sie überwältigt hatte, als Violetta wie vom Erdboden verschluckt gewesen war.

Zu all dem kam die enervierend lange Vernehmung durch die Commissaria. Maddalena Degrassi hatte deutlich gezeigt, wie unzufrieden sie mit Olivias Schilderung der Ereignisse war. Ein richtiges Verhör war es gewesen, und die schreckliche Frau schien immer noch nicht genug zu haben. Hier in der Klinik sollte sie auf sie warten und für weitere Fragen bereitstehen. Dachte dieses verhinderte Laufstegmodell etwa, sie, Olivia, hätte etwas mit Violettas Verschwinden zu tun? Genauso hatten sich ihre impertinenten Fragen nämlich angehört. Unmissverständlich der Vorwurf der Commissaria, im alles entscheidenden Augenblick ihr Handy gesucht, statt auf die arme Violetta geachtet zu haben.

Aber wie hätte sie ahnen sollen, dass so etwas passieren würde? Olivia hatte weder die Geräusche eines stehen bleibenden Fahrzeugs noch einen einzigen Laut von Violetta vernommen. Wie denn auch, ständig waren Lkws, Pkws, Wohnwagen, Motorräder und Busse aus der Tunnelröhre gebraust, um als dunkle Schatten an ihnen vorbeizuziehen. Natürlich hatte sie, im Auto den Boden nach dem Handy absuchend, den Straßenlärm nicht beachtet. Daraus konnte ihr aber keiner einen Vorwurf machen, das wäre absurd.

Wenn überhaupt, müsste sich der Vorwurf an ihre Kollegin richten. So herausgeputzt war Violetta nämlich – das zugeben zu müssen, darum kam man nicht herum – das perfekte Opfer für einen Sexualstraftäter gewesen, eine »Pretty Woman«, und zwar *vor* der Verwandlung durch den Einkauf mit Richard Geres Kreditkarte. Der schwingende Bob, die roten Lippen, der extrem kurze Mini, das zu tief ausgeschnittene Top, die ordinären Stiefel … Insgesamt aufreizend und mit viel zu viel nackter Haut.

Vielleicht hatte der Typ ja gedacht, da stünde eine Autobahn-Prostituierte? Wundern dürfte man sich darüber nicht. Und so war eben alles aus dem Ruder gelaufen. Eine schreckliche Sache. So etwas wünschte man keinem. Nicht einmal einer, die das Unheil geradezu herausforderte.

»Du zitterst noch immer. Soll ich dir nicht doch −«

»Nerv du nicht auch noch«, wies sie Totos zaghafte Fürsorge schroff zurück. Rastlos klopfte sie mit ihren unlackierten, eingerissenen Nägeln auf die harte Kante des Plastikstuhls. Das Warten auf die Commissaria zerrte an ihren Nerven. Zunehmend bereute sie ihr Entgegenkommen. »Bist du hungrig?«

»Immer.«

Das hätte sie Toto nicht fragen müssen. Wie oft hatte sie mit ihm über gesunde Ernährung gesprochen? Gewiss Hunderte Male. Geduldig war sie gewesen, manchmal auch streng, doch es war vergebens. Stets hatte ihr Bruder unbeeindruckt reagiert und all ihre Bedenken mit einer Handbewegung vom Tisch gewischt.

»Klar«, seufzte sie resigniert und gab ihm ihre Brieftasche. »Hol dir etwas vom Büfett. Aber nichts Fettes.«

Schwerfällig wuchtete Toto sich hoch und machte sich auf den Weg. Sein Hemd war aus dem Hosenbund gerutscht und gab die Sicht auf eine helle Speckwulst frei. Olivia vermutete, dass ihr Bruder insgeheim stolz auf seine Rettungsringe war.

Im Bruchteil einer Sekunde hatte sie es sich anders überlegt. »Warte!«, rief sie.

Missmutig humpelte er zurück und legte ihr die Geldbörse auf den Schoß.

»Olivia, mein Magen knurrt.«

»Wenn du so weitermachst, bist du innerhalb von ein paar Monaten zuckerkrank. Ich habe keine Lust, dich pflegen zu müssen.« Sie seufzte und versuchte, die Müdigkeit aus ihren Augen zu wischen. Ihre Knie zitterten immer noch.

Die letzte Nacht war die schlimmste in Olivias Leben gewesen. Kein Wunder, dass sie aus dem Schlottern nicht mehr herauskam. Und jetzt dieses stumpfsinnige Herumsitzen und sinnlose Warten. Es war doch klar, dass sie nichts zum Auffinden des Täters beitragen konnte.

Sie wusste, dass sie sich ihrem Bruder gegenüber unfair verhielt. Toto, der es doch gut mit ihr meinte. Der alles in seiner Macht Stehende für sie tun würde und dem sie als Dankeschön jeden kleinen Genuss versagte.

Was konnte der arme Wicht schließlich dafür, dass er mit einem verkrüppelten Fuß geboren wurde? Mit einem »Klumpfuß«, wie seine Mitschüler seit der Vorschule hämisch gesagt hatten. Kinder konnten so grausam sein. Sie wusste das nur zu gut von ihren eigenen Schülern. Da wurde schon gemobbt, kaum dass ein schwächlicher Brillenträger mit ängstlichen Augen die Klasse betrat. Und einer mit Hinkebein hatte es ungleich schwerer.

Was im Kaiserreich China Lotos- oder Lilienfuß genannt wurde und dort als Schönheitsideal galt, wurde in der westlichen Welt sachlich als Deformation beschrieben und im ICD 10, der internationalen statistischen Klassifikation der WHO von Krankheiten, unter dem Begriff »Dysmelie« zusammengefasst. Es gab einige Arten und Unterarten. Totos angeborene Fehlbildung des linken Fußes nannte sich Amniotisches-Band-Syndrom und ging auf eine Stoffwechselerkrankung ihrer Mutter zurück.

Olivia hatte die besseren Karten gezogen. Sie war verschont geblieben.

Toto tat ihr natürlich leid, er war ihr Bruder, und der Umstand, dass er beschädigt und sie heil zur Welt gekommen war, löste manchmal heftige Schuldgefühle in ihr aus. Aber er ließ sich auch gehen. Als er damals, er war noch ein Kind, vor dem großen Hund geflüchtet war, konnte er laufen wie alle anderen auch. Er war sehr bequem, und dass er kognitiv etwas eingeschränkt war, machte die Sache nicht besser.

Andererseits ärgerten sie seine Fresssucht, seine geistige Trägheit und seine körperliche Unzulänglichkeit in vielen Bereichen. Fast alles musste sie für ihn erledigen, was andere selbstständig taten. Neben dem Alltagskram, den lästigen Behördenwegen und Arztbesuchen hatte sie ihn, getragen von starkem Engagement und vielen Förderstunden, durch die Schuljahre gelotst, später unter großer Mühe einen Job für ihn gefunden. Toto schien die Arbeit im Baumarkt Spaß zu machen. Werkzeuge sortierte er gern.

Olivias ständiges Schwanken im Umgang mit ihm, zwischen Ungeduld und Verzärtelung, störte sie selbst am meisten. Aber so war es nun einmal, vor allem, weil sie sich schon sehr früh – er war gerade mal zehn, sie fünfzehn Jahre alt gewesen – fast ausschließlich allein um ihren Bruder hatte kümmern müssen.

Das Drama ihrer Kindheit war der Tod ihrer Eltern, die Folgen des Unglücks prägten das Leben der Geschwister bis heute.

Nach dem qualvollen Sterben ihrer Mutter an Krebs und dem bald darauf folgenden Selbstmord ihres Vaters hatte man versucht, Toto und Olivia zu trennen, da es niemanden gab, der sie gemeinsam aufnehmen wollte. Olivia war über sich hinausgewachsen, sie hatte vehement darauf bestanden, mit Toto im Elternhaus bleiben zu dürfen. Denn ihrem behinderten Bruder durfte man das gewohnte vertraute Umfeld nicht nehmen.

Einfach war dieser Kampf nicht gewesen. Die vorübergehenden Versuche, sie bei Pflegefamilien unterzubringen, erwiesen sich als brutal. Allerdings hatte das Jugendamt weder mit Olivias Kampfgeist noch mit ihrer Raffinesse und Durchsetzungskraft gerechnet. Bis zum Bürgermeister war sie vorgedrungen, bis zum Präsidenten des Kinderschutzbundes, bis zu den obersten Behindertenvertretern.

Das Büro der Wohlfahrt hatte von dort ordentlich Druck bekommen, und nach langem Hin und Her war man sich schließlich einig geworden. Die Geschwister hatten im elterlichen Heim bleiben dürfen. Eine Schwester ihres Vaters, Tante Antonella, die nur ein paar Häuser weiter in derselben Straße wohnte, hatte eingewilligt, offiziell die Obhut zu übernehmen. Ihre Unterstützung beschränkte sich zwar auf hauswirtschaftliche Tätigkeiten. Olivia, der dafür schlicht die Zeit fehlte, wusste das aber durchaus zu schätzen. Der mütterliche Zuspruch fehlte ihnen nicht.

Die Nähe der Tante brachte zudem einen nicht zu unterschätzenden Vorteil: Caterina, Totos und ihre kleine Cousine. Olivias damals zehnjähriger Bruder war in das vier Jahre jüngere Mädchen vom ersten Tag an geradezu verliebt gewesen. Er spielte mit ihr ihre kindlichen Spiele und las ihr in seiner langsamen Art stundenlang vor. Toto, der durch den Tod der Eltern besonders gelitten hatte, blühte in Anwesenheit des kleinen Mädchens auf. Und er wurde noch einmal zum Kind, als Jahre später Caterinas Schwester Emilia zur Welt kam. Wieder schien der nunmehr siebzehnjährige Toto nur in Anwesenheit des heranwachsenden Mädchens glücklich zu sein.

»Sie können jetzt einen Moment zu Signora Capello hinein«, sagte eine ältliche Krankenschwester, die unbemerkt an sie herangetreten war. Toto sprang auf und stolperte dabei über seine Wasserflasche. Genervt verdrehte Olivia die Augen.

Sie hatte gar kein Verlangen, nochmals bei ihrer Kollegin vorbeizuschauen. Schließlich war sie nur wegen der Bitte der Commissaria noch hier. Doch es blieb ihr kaum etwas anderes übrig.

Jetzt, am frühen Nachmittag, war Violettas Krankenzimmer von einem diffusen Licht erfüllt. Und die Patientin, stellte Olivia erschrocken fest, sah grauenhaft aus, noch schlimmer als heute Morgen unter Einfluss des Schlafmittels, das man ihr verabreicht hatte. Wie ein Gespenst. Sie schien seit dem Popkonzert um Jahre gealtert zu sein.

»Ich habe dir eine Zeitung mitgebracht, damit du dich ein wenig ablenken kannst.« Sorgfältig legte sie das Hochglanzmagazin auf die Bettdecke.

»Danke«, murmelte Violetta und schob die Zeitschrift achtlos beiseite.

Toto zupfte am Kragen seines Hemdes. »Vielleicht mag deine Freundin lieber etwas über Gärten, Werkzeuge oder Tiere?«, flüsterte er.

»Gib Ruhe, Toto. Mode passt für Violetta perfekt.«

Violetta nickte ergeben.

»Sag mir, was los war.« Olivia spürte so etwas wie Neugier und schämte sich dafür.

Violetta warf ihr einen verwunderten Blick zu und schnäuzte sich in ein Papiertaschentuch.

Toto zog ein ordentlich gefaltetes Stofftaschentuch aus seiner Hosentasche und streckte es verlegen in Richtung Bett.

Violetta machte eine abwehrende Handbewegung. »Ich will nicht darüber reden. Es gibt auch nichts zu sagen. Alles, was ich noch weiß, ist, dass dein Pferdeschwanz über deinen Rücken baumelte. Und dass dir das steht. Heute gefällst du mir nicht so gut.«

Irritiert tastete Olivia nach ihren Haaren, die strähnig hinunterhingen. Irgendwann musste sich das Haargummi gelöst haben.

»In so einer Situation interessiert dich meine Frisur?«, fragte sie erstaunt. »Du musst doch gesehen haben, dass einer stehen blieb. Immerhin bist du bei ihm eingestiegen.«

»Das reicht jetzt.« Unbemerkt hatte eine Schwester das Zimmer betreten und enthob Violetta einer Antwort. »Sie regen die Patientin unnötig auf, gehen Sie bitte.«

Das wollte Olivia ohnehin. Nach einem kurzen Gruß verließ sie mit Toto den Raum.

Auch auf die Commissaria würde sie nicht mehr warten. Es war genug.

Als sie sich in der Via Milano aus Totos behindertengerecht umgebautem Fahrzeug quälte, fiel ihr ein, dass heute Sonntag war.

Wie hatte sie das vergessen können?

»Toto«, sagte sie alarmiert, »wir sind bei Tante Antonella zum Kaffee eingeladen und ziemlich spät dran. Bitte entschuldige mich bei ihr. Ich muss duschen, mich umziehen und komme dann nach.«

Ein Strahlen ließ Totos Gesichtszüge aufleuchten, für einen Moment sah er beinahe attraktiv aus.

6

Toto brauchte mehrere Versuche, um die Tür zu öffnen. Er und seine Schwester hatten jeder einen Schlüssel zum Haus seiner Tante, so wie Tante Antonella und seine Cousinen Caterina und Emilia welche zu ihrem Haus hatten. Das war gut so und richtig. Sie waren schließlich eine Familie. Toto, Olivia, Emilia, Tante Antonella und Caterina. Und Onkel Federico, doch den hatte vor ein paar Jahren leider der Schlag getroffen.

»Emilia!«, rief er. »Ich bin da.« Voller Vorfreude humpelte er ins Wohnzimmer, doch nur Tante Antonella lächelte ihm entgegen. Enttäuschung machte sich in ihm breit.

Keine Emilia, keine Caterina.

Dass Caterina nicht einfach mal so zum sonntäglichen Nachmittagskaffee aus Florenz kommen konnte, war Toto klar. Er verstand es, auch wenn ihm seine Cousine schrecklich fehlte. Schließlich hatte sie damals sein Herz als Erste erobert und war über viele Jahre seine engste Verbündete geblieben. Endlos lange hatte er ihr vorgelesen und jedes ihrer Verstecke im Haus und am Strand gefunden und mit ihr geteilt. Aber jetzt war sie verheiratet, mit Enzo, dem Buchhalter, einem langweiligen Mann, der Totos Späße nicht verstand und viel zu weit weg lebte. Wenn die beiden mit ihrem Sohn zu Besuch kamen, was selten genug vorkam, blieben sie kaum einmal über Nacht, und Toto durfte nicht mit Francesco spielen. Caterina hätte nichts dagegen, aber Enzo wollte es nicht.

Totos Gesicht verzog sich zu einer Grimasse.

»Schön, dass du da bist, mein Lieber. Spät, aber doch.« Tante Antonella zögerte, blickte um sich, sah demonstrativ suchend von einer Ecke zur anderen, dann hin zur Haustür, schüttelte dabei ihre grauen Haare und schnaubte geräuschvoll durch die Nase. »Nanu, heute allein? Wo ist Olivia?«

Sie zog eine ihrer dicken Augenbrauen in die Höhe und danach die andere. Das tat sie einige Male. Toto bewunderte sie dafür. Er grinste und versuchte erfolglos, es ihr nachzumachen.

Warum Olivia, seine Cousinen und Nicola, die beste Freundin von Emilia, darüber nie lachen konnten, verstand Toto nicht. Er jedenfalls fand die Grimassen, die seine Tante schnitt, zum Umfallen komisch. Wenn sie die Zunge weit herausstreckte und sich damit an die Nasenspitze tippte oder den Zeigefinger der linken Hand mit der rechten so weit nach hinten bog, dass der Nagel den Handrücken berührte, hielt Toto sie für einen Gummimenschen. Einmal hatte sie ihm sogar gezeigt, wie schön sie ihre Zehenspitzen in den Mund stecken konnte. Sie hatte mit überkreuzten Beinen auf dem Küchenboden gesessen und den Fuß mit der Hand zu den Lippen geführt. Toto hatte sich vor Lachen zerkrümelt und versucht, es Tante Antonella nachzumachen.

Es war ein großer Spaß für alle gewesen, Emilia und Nicola waren danach vom Kichern ganz rot im Gesicht.

Später, als sie wieder in ihrem Haus gewesen waren, hatte Olivia ihm jedoch erklärt, dass die beiden Mädchen nicht über die Tante, sondern über ihn gelacht hätten. Und mit Tante Antonella müsse sie mal ein ernstes Wörtchen reden, hatte sie noch gemeint.

An diesem Abend hatte Olivia ihm verboten, sich seine Lieblingsserie »Ein Engel auf Erden« anzusehen, stattdessen sollte er über sein unmögliches Benehmen nachdenken. Das hatte Toto nicht gefallen, und seitdem lachte er nur noch hinter vorgehaltener Hand, wenn die beiden Mädchen dabei waren.

»Toto.« Tante Antonella schlang ihre Arme um ihn und drückte einen Kuss auf seine Stirn. »Du bist ja ganz in Gedanken. Warum bist du allein? Sag schon.«

»Sie wurde vergewaltigt.«

»Wie bitte?« Sie schob ihn ein Stück von sich weg und starrte ihn an.

Verlegen zuckte er die Achseln.

Seine Tante setzte sich aufs Sofa und winkte ihn zu sich. Sie war ganz blass geworden.

»Wo ist Olivia jetzt? Im Krankenhaus?«

»Nein. Zuerst war sie bei der Polizei. Ich habe sie dort abgeholt und dann erst ins Krankenhaus gebracht. Mit meinem Auto.«

Er war immer noch stolz auf seine bestandene Führerschein-
prüfung.

Tante Antonella schaute ihn entsetzt an und atmete in kurzen
Zügen, stoßweiße.

Toto verstand ihre Aufregung nicht. »Violetta hat fast die ganze
Zeit geschlafen.«

»Wer ist Violetta?«

»Na, die Vergewaltigte.«

»Toto.« Erleichtert nahm sie seine Hand. »Nicht unsere Olivia
wurde vergewaltigt, sondern eine andere Frau? Gott sei Dank.
Warum sagst du das nicht gleich? Mir ist fast das Herz stehen
geblieben!«

Ganz verstand er nicht, warum die Tante jetzt glücklich war.
Vergewaltigung war ein Verbrechen. Machte es denn einen Unterschied, ob es Olivia oder ihrer Freundin passiert war?

»Ach, Toto«, murmelte sie, »dir kann man einfach nicht böse
sein.« Sie stand auf. »So, und jetzt gibt es ein gutes Stück von
der Mandeltarte.«

Kaum hatte sie das köstliche Wort ausgesprochen, lief ihm
das Wasser im Mund zusammen. Doch er zögerte, bevor er den
ersten Bissen nahm.

»Wo sind die Mädchen?«, fragte er besorgt. Er fand es nicht
okay, dass die beiden nicht hier waren. Das gehörte sich nicht.

»Die passen heute Nachmittag auf das Baby von Fabrizio und
Bibiana auf.« Sie warf einen Blick auf ihre Armbanduhr. »Sie
müssten aber bald zurück sein.«

Toto freute sich darüber so sehr, dass er statt der üblichen zwei
Stücke heimlich noch ein drittes verschlang. Seine Tante hätte es
nicht bemerkt, die holte gerade frischen Kaffee aus der Küche,
aber Olivia kam just in diesem Moment ins Wohnzimmer und
begann sogleich mit dem Schimpfen.

Toto fand, dass seine Schwester oft nach dem Strand direkt
vor ihrer Haustür roch. Auch jetzt hatte sie einen Schwall Meeresluft mitgebracht. Er mochte diesen Duft nach Salz, Algen,
Sonnenmilch, Sonne, Wind und Pommes.

Olivia war unruhig, kaum dass sie die Kaffeetasse zum
Mund geführt hatte, setzte sie sie schon wieder ab. »Antonella«,

sagte sie zu Tante Antonella, »wie viel Stück hattest du von der Tarte?«

»Mädchen, natürlich noch keines. Wo denkst du hin? Ich wollte auf dich und die anderen warten. Aber nun erzähl mir doch erst einmal, was geschehen ist. Toto machte ein paar beunruhigende Andeutungen. Ist Violetta die Kollegin aus der Schule, die dich gestern zum Konzert nach Tarvis mitgenommen hat? Ich dachte zuerst, *du* wärest vergewaltigt worden.«

»Toto redet dummes Zeug.« Olivia hob den Zeigefinger und stieß damit in Totos Richtung. »Und wie oft muss ich dir noch sagen, dass du eines Tages am Zucker sterben wirst, wenn du so weiterfutterst?«

»Zwei Mal noch«, erwiderte er kleinlaut, »nur noch zwei Mal musst du es sagen, danach höre ich mit den Süßigkeiten für immer und ewig auf. Versprochen.«

Der hilflose Blick seiner Schwester und das Lachen seiner Tante freuten Toto. Beides ging in plötzlichem Türenschlagen unter.

»Hallo!«, rief Emilia im Hereinkommen und schleuderte ihren Rucksack in eine Ecke. »Kleine Kinder können echt anstrengend sein. Immer dieses Geplärr.« Hinter ihr stand Nicola.

Totos Herz machte einen Sprung.

Nicola war schön. Hundertmal schöner als jede Puppe, die er jemals gesehen hatte. Ihr rötlich blondes Haar floss über ihr T-Shirt wie die Wellen, die bei Flut über den hellen Sand wogten. Und sie roch nach Zimt.

Als Toto sie das erste Mal bewusst wahrgenommen hatte, wusste er sofort, dass ihm die Schwarze Madonna aus der kleinen Kapelle der Marienkirche auf der Insel Barbana, die er alle paar Monate mit seiner Schwester besuchte, ein Zeichen gegeben hatte. Das war auf der Geburtstagsparty seiner Cousine gewesen, Emilia und Nicola gingen noch in den Kindergarten. Er durfte damals manchmal ein paar Stunden auf die beiden Kleinen aufpassen. Sie mochten es gern, wenn er mit ihnen am Strand Federball spielte, Sandburgen baute, ihnen vorsang oder vorlas. Und bunte Murmeln warf.

Bis zu jenem Tag, an dem etwas passiert war, über das Toto nicht nachdenken wollte.

»Hallo, Toto, altes Haus.« Seine Cousine strich ihm liebevoll über das Haar.

Nicola lächelte ihn scheu an.

Toto machte einen Schritt auf sie zu. »Schöne Elfenlocken.« Er wollte darüberstreichen, genau wie Emilia es bei ihm getan hatte, aber Nicola wich einen Schritt zurück, so als fürchtete sie sich vor ihm.

Er wurde traurig. Nicola war doch sein Liebling.

»Olivia!«, rief er, doch seine Schwester hörte ihn nicht, sie war vertieft in ein Gespräch mit Tante Antonella.

Emilia verstand seine Seelenqual sofort. Sie hatte ihn eben lieb.

»Nicola«, wies sie ihre Freundin zurecht, »Toto will doch nur über dein Haar streichen. Er mag dich, so wie er mich mag. Du bist für ihn wie eine Schwester, wie eine Cousine.«

»Immer musst du ihn verteidigen. Ich mag das nicht, dass er mich anstarrt und wie ein Heiligenbild verehrt.«

»Ach, komm schon.« Emilia griff nach einer von Nicolas Locken und hielt sie Toto hin. Sofort fuhr er mit den Fingerspitzen über das seidige Haar und begann, wie ein Kater zu schnurren. »Jetzt reicht es aber, du bist ein Mensch und keine Katze, Toto«, schalt ihn seine Cousine augenzwinkernd und ließ Nicolas Locke los.

»Engelshaar wie auf dem Christbaum«, brummte Toto. Er sehnte sich danach, die Locken noch einmal berühren zu dürfen.

Zaghaft streckte er seine Hand aus.

»Schluss!«

Auf einmal stand Olivia vor ihm.

»Wie oft muss ich es dir noch sagen? Lass die Mädchen in Ruhe.«

Hundertmal noch, dachte Toto und senkte den Kopf. Er spürte das Blut in seinen Wangen. Jetzt sah er sicher aus wie ein knallroter Luftballon.

Emilia und Nicola waren in Emilias Zimmer verschwunden. Beschämt trottete Toto zur Holzstiege, die das Parterre mit dem ersten Stock verband. »Ich muss mein Gesicht und die Hände waschen«, sagte er leise, aber niemand hörte ihm zu.

Nachdem er sich mit eiskaltem Wasser besprüht hatte, stand Toto einige Zeit im Badezimmer vor dem Spiegel. Er sah so ernst aus, und seine Wangen waren fleckig rot. Die hellen Haare standen strubbelig vom Kopf ab. Und er hatte ein Vollmondgesicht. Einmal hatte Nicola gesagt, er sehe aus wie ein großer Teddybär, den ein Kind auf dem Spielpatz vergessen hat. Seine Schwester hatte das nicht komisch gefunden. Und er auch nicht. Obwohl er den Teddybären in den Spielzeuggeschäften wirklich ein bisschen ähnelte.

Warum hatten andere Männer Bärte oder Bartschatten und er nur einen leichten Flaum?

Vielleicht würde er mehr wie die anderen Männer aussehen und weniger wie ein großer Teddybär, wenn er die Tabletten, die er von Olivia bekam, nicht mehr nähme?

Diese Frage hatte er sich schon unzählige Male gestellt, seine Medizin bisher aber weiter genommen. Er wollte nicht, dass Olivia böse auf ihn wurde. Sie sah dann so hässlich aus.

Vielleicht sollte er so tun, als würde er die Tabletten schlucken, sie aber ausspucken, sobald seine Schwester das Zimmer verließ? Vielleicht bekäme er dann einen dichten, wolligen Bart, der sein rundes Gesicht verbarg.

Darüber musste er nachdenken.

Von unten drangen die aufgeregten Stimmen seiner Schwester und Tante zu ihm. Sie sprachen über einen Tunnel und die Polizei und über die Vergewaltigung. Toto hatte das alles schon mehrmals gehört und fand es langweilig.

Er wollte hinuntergehen und sie bitten, über etwas Lustiges zu reden, da wurde seine Aufmerksamkeit von einem silbernen Papier gefesselt.

Vor Emilias Zimmer lag die glänzende Hülle von Nicolas Kaugummi. Es war ihm vorhin im Wohnzimmer aufgefallen, dass sie den gelblichen Streifen aus der Verpackung geschält und dann mit ihren porzellanfarbenen Zähnen darauf herumgekaut hatte.

Schnell bückte er sich, hob das Papier auf und roch daran. Kirsche. Ja, der Geschmack passte zu ihrem roten Mund.

»Das war richtig unheimlich«, hörte er Nicola auf einmal

sagen. Die Tür zu Emilias Zimmer stand einen Spaltbreit offen. Toto schlich sich an und spähte hinein.

Nicola schüttelte sich. Die rötlichen Locken schlängelten sich um ihr ovales Gesicht.

»Blödsinn. Das war eben Toto. An dem ist nichts unheimlich. Du kennst ihn doch. Er verehrt dich, seit du im Kindergarten warst. Ich finde das süß. Toto ist der harmloseste Mensch auf der ganzen Welt. Ich würde ihm mein Leben anvertrauen.«

»Auch nach dem, was er getan hat, als wir in die zweite Klasse gingen?« Nicola warf ihr Haar zurück und drehte sich um. »Da ist er schon wieder!« Ihre grünen Augen funkelten böse. »Glaubst du mir jetzt, dass er völlig spooky ist? Emilia, wach auf! Er verfolgt uns.«

So schnell er konnte, hinkte Toto die Treppe hinunter. Er wollte nichts mehr hören. Er wollte nach Hause, um dort Zuflucht und Schutz vor Nicolas schimpfender Stimme zu finden.

7

Die Abendwolken versteckten ihre rosa Federn unter dem Grau. Es wurde langsam dunkel.

Maddalena fuhr bei Palmanova von der Autobahn ab. Der Tag war anstrengend gewesen und immer noch nicht vorbei. Sie hatte einen weiteren Termin, ein Treffen mit einem Kollegen aus Triest, vereinbart. Auffallend ähnliche Fälle mussten besprochen, Ergebnisse abgeglichen werden.

Erschöpft stellte sie ihr Dienstfahrzeug auf dem Parkplatz der »Casa Bianca« ab. Sie hatte diesen Ort als Treffpunkt gewählt, weil er auf dem Weg nach Grado lag und auch für den Kollegen aus Triest leicht zu erreichen war. Außerdem mochte sie die Atmosphäre und das Essen in der urigen Trattoria.

Müde schloss Maddalena die Augen und lehnte sich zurück. Sie war ein paar Minuten zu früh und ließ die Ereignisse der letzten Stunden noch einmal träge an sich vorbeiziehen.

Nachdem der Phantomzeichner auf Basis der spärlichen Angaben von Claire und Maurizio Casella zwei Bilder angefertigt hatte, war ein hysterisches Kichern in Maddalena hochgestiegen. Eine kopflose Gestalt, eine Art Torso, war auf dem ersten Papier abgebildet, näher einem Geist als einem Menschen. Auf dem zweiten Blatt sah sie die Kreatur von hinten, den Kopf verhüllt von einer dunklen Kapuze. Immerhin ließ sich dadurch die Statur des Täters ausmachen. Es handelte sich wohl um einen stämmigen, großen männlichen Erwachsenen, bekleidet mit Jeans und dunkelfarbener Sweatshirtjacke. Claire hatte ihn auf um die dreißig geschätzt, allerdings hinzugefügt, sich keinesfalls festlegen zu können. An mehr hatten die beiden sich nicht erinnert. Durch Maddalenas hartnäckiges Nachfragen war Maurizio noch eingefallen, beim Davonlaufen des Mannes dessen Schuhe wahrgenommen zu haben. Er glaubte, dass es sich um hoch geschnittene helle Turnschuhe der Marke Converse gehandelt haben könnte.

Olivia Merluzzi hatte zwar kurz mit dem Zeichner gesprochen, dabei aber nur immer wieder betont, überhaupt nichts bemerkt, gehört oder gesehen, also nichts wahrgenommen zu haben.

Maddalenas Sympathie für die verkrampft wirkende Lehrerin hielt sich in Grenzen. Mit starrem Gesichtsausdruck hatte sie die Befragung durch ihre unzugängliche Art blockiert. Möglicherweise resultierte dieses Verhalten ja aus Schuldgefühlen ihrer Kollegin gegenüber. Maddalena musste bedenken, dass Signora Merluzzi durch Violetta Capellos Verschwinden, die Panne im Tunnel und die lange Warterei auf der nächtlichen Autobahn ebenfalls unter Schock stand. Trotzdem, sie hatte im Krankenhaus nicht wie abgemacht auf Maddalena und Zoli gewartet, sondern war einfach abgehauen und hatte sich dadurch einer weiteren Befragung vorerst entzogen.

Sie öffnete die Augen und massierte ihren steifen Nacken. Unbedingt musste sie die Verspannungen wegbekommen, wollte sie nicht eine tagelange Migräne in Kauf nehmen. Nach einer Tour de Force wie dieser machte sich ihr HWS-Syndrom stets unangenehm bemerkbar und ging oft nahtlos in schwere Kopfwehattacken über.

Der Tatort, der Parkplatz Carnia Ovest, war für das Spurensicherungsteam eine wahre Herausforderung gewesen. Da Claire und Maurizio die Polizei nicht sofort verständigt hatten, war seit der Tat viel zu viel Zeit verstrichen, um eine einfache Spurenlage vorzufinden. Inzwischen hatten etliche Autos gehalten und deren Insassen gegessen, getrunken oder ihre Notdurft verrichtet. Dabei waren mögliche Spuren zum großen Teil verwischt oder überdeckt worden. Zudem hatte es geregnet.

Claire und Maurizio hatten eingewilligt, vor Ort noch einmal minutiös die Abläufe nachzuvollziehen. Obwohl die beiden seit dem Vorfall keine Minute geschlafen hatten, waren sie bemüht gewesen, sich jedes Detail in Erinnerung zu rufen, hatten ausführlich auf alle Fragen geantwortet und ihre Wahrnehmungen immer wieder selbstkritisch hinterfragt. Die Anstrengung hatte Maddalena ihnen deutlich angemerkt. Sie wollten helfen, das war unverkennbar.

Vielleicht hatte Maddalena ihre Fragen anfänglich auch zu

scharf formuliert und die beiden dadurch verunsichert. Ihr war bewusst, dass sie zu schnell die Geduld verlor, aber im Moment war ihr das egal.

Die bittere Tatsache war die, dass das Spurensicherungsteam den Parkplatz zwar abgeriegelt und akribisch untersucht, jedoch nichts Brauchbares gefunden hatte.

Ein beunruhigender Ort. Selbst am helllichten Tag hatte die Stelle auf der Wiese im Schatten der hohen Bäume eine düstere Stimmung vermittelt.

Dann hatte Maddalena in der Poliklinik von Monfalcone angerufen. Die untersuchende Gynäkologin hatte bestätigt, dass Violetta Capello Opfer einer Vergewaltigung gewesen und obendrein mit Chloroform betäubt worden war. Eine inzwischen unübliche Methode, denn seit Längerem schon wurden die Opfer von Vergewaltigern eher mit sogenannten K.-o.-Tropfen in tiefe Bewusstlosigkeit versetzt. Äther oder Chloroform gehörten als Betäubungsmittel der Vergangenheit an.

Natürlich hatte Maddalena einen Suchruf in den umliegenden Apotheken veranlasst, sie wusste jedoch, dass dies wenig bringen würde, da die Anschaffung des besagten Narkosemittels seit einigen Jahren mit strengen Auflagen verknüpft war. Sie ging nicht davon aus, dass der Täter sich das Nervengift einfach mal so in der nächsten Drogerie besorgt hatte.

Aufgeschreckt durch ein Klopfen an ihrer Fensterscheibe öffnete Maddalena die Augen und riss die Wagentür auf.

Leonardo Morokutti beugte sich zu ihr herein. »*Scusi*. Ich wollte dich nicht erschrecken, meine Schöne.«

»Ist schon gut«, wehrte sie lächelnd ab und stieg aus. Gemeinsam gingen sie durch den Innenhof zum rückwärtigen Teil des Gebäudes und betraten das Lokal.

Im Fogolar gloste ein kleines Feuer. Es roch nach dem Harz der Pinien. Angekohlte Holzscheite knisterten und vermittelten eine behagliche Stimmung.

Die Wirtin, die Maddalena von deren vorherigen Besuchen kannte, begrüßte die beiden freundlich und führte sie im ersten Gastraum zu einem Tisch. Unaufgefordert wurde ihnen eine Karaffe mit weißem Hauswein auf den Tisch gestellt.

Fast sofort begann Maddalenas Magen zu knurren.

Ihr Kollege lächelte. »Unser Beruf lässt einen nicht zuneh-men. Stress steht dir aber gut.« Er ließ seinen Blick anerkennend über ihren schlanken Körper gleiten.

»Vielen Dank. Ich finde kaum Zeit zum Essen. Und das an einem Sonntag. Eigentlich sollte ich jetzt dem Fischerchor in der Basilica Santa Eufemia lauschen.« Maddalena zuckte resignierend die Achseln.

Grundsätzlich war ihr Interesse an einem Gespräch, das zu sehr ins Persönliche abdriftete, gering. Seit der Sache mit Tomaso Tosoni, die ihr die Trennung von Franjo eingebracht hatte, ver-suchte sie, Berufliches und Privates genau auseinanderzuhalten.

»Leonardo, lass uns das Notwendige mit dem Erfreulichen verbinden«, sagte sie und lächelte ihn unbestimmt an. Sie winkte der Wirtin. »Ich bestelle jetzt ein großes, fettiges Stück Frico mit Polenta. Erst danach bin ich bereit, die Fakten mit dir durchzu-gehen.« Die Freude auf dieses deftige Käse-Kartoffel-Gericht, eine Spezialität des Hauses, ließ ihr das Wasser im Mund zusam-menlaufen.

»Perfekt. So machen wir das.« Leonardo lächelte. Seine Schwäche für sie war immer noch unübersehbar. »Fragen kostet schließlich nichts«, hatte er vor Jahren zu ihr gesagt, nachdem er sie um ein Date gebeten hatte. Damals waren sie noch auf die Polizeiakademie gegangen. »Wenn man die Antwort erträgt«, lautete ihre nicht unfreundliche, aber deutliche Erwiderung.

Erstaunlicherweise hatte Leonardo, trotz seines geringen Al-ters, bereits die halbmondförmige Glatze eines älteren Mannes. Die stand in krassem Gegensatz zu seiner jugendlichen, saloppen Art, sich zu kleiden. Seine T-Shirts mit den oft unpassenden Sprüchen erregten jedenfalls Aufsehen. Heute trug er eines mit dem Konterfei der Panzerknacker, unter dem in goldenen Lettern stand: »Kohle wollen wir alle.« Maddalena konnte ein Lächeln nicht unterdrücken.

»Freuen sich eure Verbrecher in Triest über dein Outfit?«

Jetzt grinste auch er. »Die Rate der Banküberfälle steigt da-durch natürlich beträchtlich, aber sie wissen auch, dass ich sie letzten Endes alle fasse. Es ist also reine Taktik.«

Maddalena legte die Stoffserviette auf ihre Beine und machte sich über den heißen Fladen her. Dabei erzählte sie von ihrem Fall und den Tatumständen.

»Da klingelt tatsächlich was«, hob Leonardo an, »wir hatten vor nicht allzu langer Zeit einen Vergewaltigungsversuch auf der Landstraße zwischen Palmanova und Triest, auf der Höhe von Villesse. Das Vorgehen des Täters ähnelte dem Tathergang in deinem Fall. Ich werde die Akte einsehen und nach Gemeinsamkeiten mit weiteren Fällen suchen. Ich hoffe zwar nicht, dass ich fündig werde, aber wenn doch, sollten wir uns in den nächsten Tagen noch mal verabreden, um die Details unter die Lupe zu nehmen.« Er strich sich durch das schüttere Haar. »Leider haben die Kollegen meines Wissens weder brauchbare Hinweise erhalten noch etwas gefunden, das zur Aufklärung des Verbrechens hätte führen können.«

Das überraschte Maddalena nicht. Nur etwa ein Viertel der angezeigten Vergewaltigungen führte zu einer Verhaftung des Täters, so die traurige Statistik.

Sie nickte zustimmend und balancierte gerade einen weiteren Bissen Frico auf der Gabel, als auf einmal ihr Handy zu plärren begann. Auf dem Display erkannte sie die Nummer von Franjos Mutter. Hastig nahm sie ab. Kauend murmelte sie: »Tut mir leid. Ich hätte dich noch zurückgerufen. Es ist doch nichts passiert?«

Wieder fühlte sie sich unbehaglich. Seit sie heute Mittag bemerkt hatte, dass Franjos Mutter sie zu erreichen versuchte, war da diese Nervosität in ihr.

»Aber nein. Ich feiere Montag in einer Woche meinen achtzigsten Geburtstag. Am Montagabend um achtzehn Uhr, um es genau zu sagen. Und dazu möchte ich dich herzlich einladen. Franjo bereitet mein Lieblingsessen zu. Du wirst mich doch nicht enttäuschen, meine Liebe, und absagen? Die Zahl der geladenen Gäste ist begrenzt.« Gekonnt nahm ihr Franjos Mutter die Möglichkeit einer Ausrede.

»Weiß er, dass ich auch eingeladen bin?«

»Maddy«, sagte Franjos Mutter und benutzte die Koseform ihres Namens, die bisher ausschließlich Maddalenas eigener

Mutter vorbehalten gewesen war, »es geht um mich und nicht um meinen Sohn. Also, kommst du?«

»Kann ich jemanden mitbringen?«

»Du hast schon immer getan, was du wolltest. Warum also nicht?«

Maddalenas Herz begann heftig zu pochen.

8

Violetta joggte den Strand entlang.

Sie spürte ihren Körper nicht, und ihr Kopf war leer. Sie, die sonst oft nach dem ersten Kilometer schlappmachte, völlig aus der Puste gekommen war, lief nun schon drei Kilometer, ohne das geringste Gefühl der Überforderung. Sie wuchs geradezu über sich hinaus. Doch auch ein weiteres Gefühl, jenes des Glücks, das durch freigesetzte Endorphine folgen sollte, blieb aus.

Die Dämmerung hatte schon eingesetzt, als sie das kleine Wäldchen zwischen dem freien Strand und der Pineta durchquerte. Ein kühler Wind ließ die Blätter der vereinzelt zwischen den Nadelbäumen wachsenden Laubbäume und Sträucher rauschen. Es roch intensiv nach Pinien und Zypressen.

Außer ihr war kaum jemand unterwegs. Den ganzen Tag über hatten sich dunkle Wolken vor die Sonne geschoben, ein Regenschauer hatte den anderen abgelöst. Die wenigen Touristen, die Grado im April besuchten, waren nur in der Innenstadt anzutreffen. Man erkannte sie an den Aufschriften der Hotels auf den Schirmen.

Zwischen den Bäumen verlief ein schmaler sandiger Weg. Ihm folgte sie ein paar Minuten. Dann ließ ein Geräusch, das nicht hierhergehörte, sie zusammenzucken. Erschrocken blieb Violetta stehen und drehte sich um.

Niemand war zu sehen. Dabei hatte sie eindeutig Schritte gehört. Ängstlich spähte sie in das Dunkel des Wäldchens, doch abgesehen von ein paar kreischenden Möwen schien sie allein zu sein. Noch einmal blickte sie sich um, dann sah sie erleichtert eine Hundebesitzerin aus der Ferne auf sich zukommen.

Trotzdem. Sie beschloss umzukehren.

Auf dem Weg zurück zur Isola della Schiusa, wo sie im ersten Stock eines kleinen ehemaligen Fischerhauses wohnte, blickte sie immer wieder über ihre Schulter nach hinten, selbst dann noch, als sie schon wieder durch die belebten Gassen der Altstadt lief. Sie schalt sich selbst kindisch.

Sechs Tage waren vergangen, seit sich ihr Leben verändert hatte. »Vorfall« nannte sie nun die Vergewaltigung. Dadurch gelang es ihr, den Schrecken zu mildern. *Sie* hatte den Vorfall abgehakt.

Am Montagabend hatte sie das Krankenhaus verlassen, schon am Dienstag war sie wieder zum Unterricht erschienen. Dem Direktor war seine Skepsis anzusehen gewesen, er hatte besorgt den Kopf geschüttelt, aber sein Verhalten war für sie bloß eine weitere Herausforderung. Sie konnte allen beweisen, dass sie unbeschadet aus dem Vorfall hervorgegangen war.

»Ich war zwar im Krankenhaus, aber die haben mich entlassen. Ihr werdet mich also nicht davon abhalten zu unterrichten«, hatte sie ihm erklärt.

Vor der ersten Unterrichtseinheit war sie ein wenig nervös gewesen, aber die Stunde verlief perfekt. Flott ging ihr alles von der Hand, sogar die Musikstücke, die als Beispiele auf dem Lehrplan standen, hatten in ihren Ohren rhythmischer geklungen als sonst. Alles bestens, und dass getuschelt wurde, sobald sie der Klasse den Rücken zukehrte, das war normal.

Unter den Kollegen hatte sich der Vorfall rasend schnell herumgesprochen. Das hatte sie wohl der albernen Olivia zu verdanken. Im Unterschied zu Violetta war die seit Montag im Krankenstand. Kurz hatte Violetta daran gedacht, sie zu besuchen, dann aber davon Abstand genommen. Es gab schließlich Besseres, als andauernd über den Vorfall zu reden. Und genau das hätte Olivia mit Sicherheit getan. Außerdem, wie kam gerade sie dazu, die Kollegin zu bedauern? Diese Mimose, der gar nichts geschehen war. Im Krankenhaus war sie viel zu benommen gewesen, um sich über ihr Auftauchen zu ärgern. Im Nachhinein erinnerte sie sich schemenhaft daran, es sogar amüsant gefunden zu haben, dass Olivia sich über die eiserne »Männer verboten«-Regel hinweggesetzt und ihren schwerfälligen Bruder mitgeschleppt hatte.

Betrat Violetta den Konferenzraum, verstummten seit Neuestem alle Gespräche. Ihre Kollegen senkten die Blicke, vertieften sich in ihre Arbeiten, hüstelten oder gaben vor, anderweitig beschäftigt zu sein. Doch wenn sie einen von ihnen ansprach, fingen alle gleichzeitig an, auf sie einzureden. Sie fragten, ob sie Hunger habe, müde sei und genug Schlaf bekäme. Und warum sie zur Arbeit ginge und nicht ebenfalls eine Auszeit genommen habe. Der idiotische Geografiekollege, ihr besonderer Freund, hatte es sich sogar angemaßt, ihr einen Vortrag über die Notwendigkeit einer Psychotherapie nach einem erfolgten Verbrechen zu halten. Inklusive penibler Aufzählung der unterschiedlichen Krankheitssymptome einer posttraumatischen Belastungsreaktion, aus der, wenn sie nicht behandelt wurde, wie er meinte, sich umgehend eine manifeste Belastungsstörung entwickeln könne. Die anderen hatten geschwiegen, Violetta mit aufgerissenen Augen angestarrt und zu seinen Worten genickt wie die kopfwackelnden Jasager-Dackel auf den Hutablagen vieler Autos.

Sie, die früher stets zu einer pointierten Antwort bereit gewesen war, hatte die unerwünschte Einmischung mit nichts als einem genervten Abwinken kommentiert. »Wegen dieser Geschichte bin ich noch lange nicht krank. Thema beendet.«

Die meisten Kollegen hatten mit betretenen Mienen das Konferenzzimmer verlassen. Nur zwei Frauen waren geblieben, um die hartnäckigen Versuche, ihr eine Krankheit einzureden, fortzusetzen. Als die eine ihr auch noch einen Apfel anbot, hatte Violetta »An apple a day keeps the doctor away« in den Raum gespuckt und war einfach gegangen.

An eine überaus selbstgerechte Mannschaft war sie da geraten. Ihre Entscheidung für Grado wollte sie lieber noch einmal überdenken, vielleicht würde sie im nächsten Schuljahr nach Monfalcone wechseln.

Am Mittwoch war sie nach Unterrichtsende zum Frisör gegangen und hatte sich drei grüne Strähnchen ins dunkle Haar färben lassen. Dann war sie zum Zipser-Haus gelaufen – eigentlich lief sie die ganze Zeit über, sogar im Klassenraum konnte sie nicht still sitzen – und hatte sich im Outlet neue Klamotten besorgt. Schwingende Blumenkleider, lila Jeans und eine purpurfarbene Bluse. Ein paar hübsche Sandaletten waren auch dabei gewesen. Sie konnte so leicht keiner unterkriegen.

Die restliche Woche war ohne Zwischenfälle verlaufen. Sicher, sie schlief schlecht, hatte kaum Appetit und wurde manchmal von einem jähen Schwindelgefühl befallen. Aber auf die Ratschläge der Kollegen und die bohrenden Fragen der Commissaria, ob sie inzwischen psychologische Hilfe in Anspruch genommen habe, konnte sie gut verzichten.

Nachdem sie von innen die Haustür zweimal abgesperrt hatte, sprang Violetta die Treppe zu ihrer Wohnung hinauf. Munter trällerte sie:»Tempo, Tempo, kleine Schnecke.«

Das Haus war leer, hier wohnte niemand außer ihr, sie konnte also singen, so laut sie wollte. Ihre Vermieterin sah sie nur in den Sommermonaten.

Statt eines Abendessens holte sie eine Flasche Rotwein aus dem Regal und machte es sich vor dem Fernseher bequem. Sie ignorierte das Blinken des Telefons, das eine Nachricht für sie anzeigte. Eingehende Anrufe nahm sie so gut wie nie an. Ihre Familie aus Turin wimmelte sie ab, sie ging nur ran, damit keiner unerwartet bei ihr auftauchte. Erzählt hatte sie niemandem von dem Vorfall. Wenn Olivia anrief, schaltete sie sofort auf die Mailbox.

Irgendwann war es dem Wein gelungen, sie in einen angenehm beduselten Zustand zu versetzen, der die Bilder im Fernseher verschwimmen ließ. Ein wenig unbeholfen quälte sie sich aus ihrem Lauf-Dress und schlüpfte in ein übergroßes T-Shirt. Duschen und Zähneputzen mussten bis morgen früh warten.

Der scharfe Wind, der um die Häuser blies, verursachte kratzende, scharrende Geräusche. Kurz schaute sie zum Garten hinunter, wandte sich dann aber ab, da die Äste der Bäume hin- und herschwankten, als wären sie betrunkene Gesellen. Hastig schloss sie das Fenster und stieß dabei eine Vase mit Rosen zu Boden. Das faulig riechende Wasser ergoss sich über ihre nackten Füße.

Diese Bescherung würde sie morgen beseitigen.

Sie kroch unter die Decke und rieb ihre Füße mit dem Leintuch trocken.

Der Apfel, den ihr die Kollegin angeboten hatte, fiel ihr ein, und sofort begann ihr Magen zu knurren. Morgen wollte sie ihren Kater mit einem großen Stück Pizza besänftigen.

Violetta knipste ihre Leselampe aus und schlief, anders als in den Nächten zuvor, unmittelbar ein. Ohne sich dagegen wehren zu können, driftete sie ab, in eine Welt dunkler Orte.

Es war weit nach Mitternacht, als sie schweißgebadet hochschreckte. Sie war sich sicher, ein Geräusch gehört zu haben. Die Atmosphäre im Schlafzimmer war verändert.

Stocksteif lag sie ein paar Minuten da und lauschte. Als sich nichts rührte, knipste sie das Licht an. Alles war wie immer. Selbst die Scherben der Vase lagen unverändert vor dem geschlossenen Fenster. Sie musste sich das Geräusch eingebildet haben.

Erst als ihr Puls sich ganz beruhigt hatte, stand sie auf, nahm ihr Handy vom Nachttisch und machte überall in der kleinen Wohnung Licht.

Und wieder hörte sie etwas. Ein leises Knacken. Erschrocken stieß sie gegen die Ecke des Küchenschrankes.

Jetzt waren Schritte hinter ihr. Sie begann zu laufen, und die Schritte dröhnten in ihren Ohren, wurden lauter, schneller. Jemand verfolgte sie. Atemlos taumelte sie den Flur entlang. Sie musste ins Badezimmer, sich einschließen und die Polizei rufen.

Schon spürte sie, wie sich Hände um ihren Hals legten, spürte, wie ihr T-Shirt hochgeschoben wurde, und roch scharfen Pfefferminzatem.

Und dann war sie wieder auf dem Parkplatz, lag in der Wiese, und er, er kauerte auf ihr.

Es war Nacht, alles schwarz – sie konnte nichts sehen, nur seinen stoßweisen Atem hören. In ihren Ohren klang ein hohes Schrillen, das sich ins Unerträgliche zu steigern begann. Blind vor Panik stürzte sie zu Boden, unter sich das Klebeparkett des Vorzimmers. Keine Wiese, kein Gras.

Alles war still, bis auf das vertraute Ticken der Küchenuhr.

Benommen vom Schock und dem Rotwein rappelte sie sich hoch, sah sich um. Es war niemand hier. Nur sie in ihrem fleckigen, übergroßen T-Shirt war da.

Hatte sie geträumt?

Violetta ging zitternd durch alle Räume, das Handy verkrampft in der schweißnassen Hand.

Mit unsicheren Fingern schraubte sie den Verschluss einer Flasche auf, die bisher unberührt auf einem schmalen Servierwagen gestanden hatte. Cognac, ein Geschenk, das sie erst jetzt zu schätzen wusste.

Etwas von der bernsteinbraunen Flüssigkeit schwappte über, als sie das Glas füllte. Hastig trank sie und kam durch das Brennen des Alkohols in Speiseröhre und Magen zu sich.

Himmel, was geschah mit ihr?

Schon bei ihrem abendlichen Lauf am Meer hatte sie sich grundlos beobachtet und verfolgt gefühlt. Konnte sie ihre übertriebene Reaktion auf unerwartete Geräusche als banales, nachvollziehbares Resultat der unterschiedlich motivierten Fürsorge ihrer Kollegen oder als Folge der hartnäckigen Befragung durch die Commissaria abtun? Natürlich, die machten sie noch ganz wirr mit ihrem blöden Gerede von irgendwelchen Belastungsstörungen. Nicht auszudenken, wenn sie in ihrer Panik die Notrufnummer der Polizei gewählt hätte und die Truppe in voller Stärke hier angerückt wäre, um nach einem imaginären Täter zu suchen. Hätte sie sich anschließend in der Psychiatrie von Triest wiedergefunden?

Nur langsam verflüchtigte sich das unbehagliche Gefühl und wich bleierner Müdigkeit. Doch bevor sie sich wieder ins Bett legen konnte, brauchte sie frische Luft.

Erst schüttelte sie die Laken aus, dann öffnete sie weit beide Fensterflügel. Die Dunkelheit hatte sich wie ein samtenes Tuch über dem Garten ausgebreitet. Schemenhaft zeichneten sich die Konturen der Bäume und Sträucher ab. Es war unerwartet leise, der Wind war eingeschlafen. Nichts raschelte, ächzte, knarrte. Alles war wie erstarrt.

Da bemerkte Violetta den Hauch einer Bewegung zwischen zwei Bäumen.

Die Arme weit ausgebreitet, stand da ein Mann.

Ein stiller Wächter der Nacht.

Und Violetta begann zu schreien.

9

»Dieser greinende Säugling raubt mir meinen Verstand und dazu noch den letzten Nerv.« Emilia hielt Nicola das Baby entgegen. »Da. Nimm du ihn.«

»*Ihn?*« Nicola sah ihre allerbeste Freundin fragend an. »*Der* da ist doch ein Mädchen. Dachte ich zumindest. Liegt vielleicht daran, dass ich sie bisher noch nicht gewickelt habe.«

Sie saßen nebeneinander auf einer altmodischen Ledercouch mit alpinen Zierkissen. Die Wohnung sah aus, als hätte schon länger niemand mehr ordentlich aufgeräumt. Bücher und Zeitungen, viele über Kindererziehung, stapelten sich auf dem Boden, und auf der Anrichte in der Küche türmte sich schmutziges Geschirr. Nach einer schwierigen Schwangerschaft nahmen sich Bibiana und Fabrizio öfter als andere Eltern das Recht heraus, einen gemeinsamen Abend außerhalb der Wohnung zu verbringen, und brauchten daher immer mal wieder einen Babysitter. Die perfekte Gelegenheit für Emilia und Nicola, ihr Taschengeld aufzubessern.

Das Baby hieß Simone, ein Name sowohl für Jungen wie auch für Mädchen.

»Jetzt hör aber auf. Natürlich ist *der* Säugling hier weiblich. Du bist doch sonst nicht so langsam im Begreifen, Sweety.«

Nicola steckte eine ihrer Locken in den Mund und kaute darauf herum. Sie mochte es, am Spliss zu kauen. Sie hatte keine Lust, den schwitzenden Säugling in den Arm zu nehmen.

Andererseits gab es dafür gutes Geld.

Fabrizio, Simones Vater, war ihr Geschichtslehrer, und Nicola versprach sich – neben der Kohle – ab sofort bessere Bewertungen ihrer Klassenarbeiten. Seinen langweiligen Unterricht verabscheute sie zutiefst. Keine der von ihm angepriesenen Ausgrabungen wollte sie besichtigen. Abgebrochene Säulen, Mauerreste, hässliche Büsten und Steine waren ihr zuwider. Und dunkle Plastikplanen, die einen grauenvollen Geruch abgaben, ein Gräuel. Unter denen verbargen sich, wie Fabrizio gern betonte, die wahren, noch nicht der Öffentlichkeit preisgegebenen Kunstschätze.

Nicola konnte das alles gestohlen bleiben. Wenn ein nervtötender Klassenausflug nach Aquileia angesagt war, meldete sie sich jetzt immer krank. Außer Emilia fiel das ohnehin niemandem auf. Und während Fabrizio in der Stunde danach begeistert über Schlachten in der Antike, die sie schon gar nicht interessierte, quasselte, verzierte sie die Seiten ihres Schulbuches mit bunten Ornamenten und Mandalas. Es war also nicht verwunderlich, dass sie sich in diesem Fach schon häufiger schlechte Noten eingehandelt hatte.

Anders als Emilia. Die fand das Gefasel über Makedonier, Langobarden oder Griechen und Römer zwar ebenfalls belanglos, schaffte es aber, Interesse zu heucheln, paukte bis spät in die Nacht und schrieb daher regelmäßig eine Zehn, also immer die Bestnote.

Noch nie aber hatte sie Nicola, die im Unterricht neben ihr saß, abschreiben lassen. Immer schützten ihre gespreizten Finger wie ein geöffneter Fächer das Schularbeitsheft vor begehrlichen Blicken.

Nicola seufzte. Sie wusste, wie bestimmend Emilia sein konnte, daher hatte sie vermutlich keine andere Wahl, als das Baby eine Weile herumzutragen und es, wenn es sich beruhigt hatte, zu wickeln. Vielleicht auch umgekehrt. Dabei hatte sie sich auf einen gemütlichen Abend mit Popcorn und Cola vor dem Fernseher gefreut.

Außerdem brauchte sie dringend Emilias Rat. Wegen Davide.

»*Der* da stinkt.« Nicola verzog ihr Gesicht und wedelte mit der Hand vor ihrer Nase herum. »Bis her zu mir. Der Geruch ist unerträglich.«

»Auch schon kapiert, Nicola? Mach schon. Sie muss gewickelt werden, und zwar sofort. Mein Opa hat die Gasmaske leider im Krieg verloren.« Emilia hielt das brüllende Baby noch etwas näher an sie heran.

Nicola rümpfte die Nase. Sie startete einen letzten Versuch, das Ungemach abzuwenden. »Du schuldest mir was, Emilia. Immerhin hast du fast die gesamte belgische Bonboniere allein geplündert«, behauptete sie.

Doch ihre Freundin sah sie nur an.

»Gib das Balg schon her«, willigte Nicola schließlich resignierend ein und nahm der zufrieden grinsenden Emilia das Kind ab. Simones kleines Gesicht war vom Schreien schweißnass und rot, die feinen Härchen klebten auf dem Kopf. In Nicola regte sich so etwas wie Beschützerinstinkt. Beruhigend sprach sie auf die Kleine ein, die tatsächlich kurz darauf zu weinen aufhörte. Sorgfältig tupfte sie ihr mit einer Serviette Kopf und Gesicht ab.

»Aus dir wird mal eine brave Mutti.« Mit spöttischem Gesicht angelte sich Emilia eines von Bibianas Hochglanzmagazinen vom Tisch neben dem Sofa. Nicola überhörte ihre Worte und trug die Kleine ins Badezimmer. Während sie sie säuberte, eincremte und ihr eine frische Windel überzog, dachte sie über ihre Freundin nach.

Mitunter kam es ihr vor, als wäre Emilia auf sie eifersüchtig. Gut, mit ihren langen Locken und den großen grünen Augen war sie die Hübschere, aber Emilia war eindeutig die Klügere. Schon als sie Kinder gewesen waren, hatte sie den Ton angegeben, sie sagte stets, wo es langging. Und nicht selten klangen ihre Vorschläge wie Befehle.

Was soll's, dachte Nicola und fuhr mit der weichen Babybürste über Simones feines Haar. Die Kleine sah weder Fabrizio noch Bibiana ähnlich. Mit ihren leicht hervortretenden Augen, den abstehenden Öhrchen und ihrer Himmelfahrtsnase erinnerte sie Nicola ein wenig an Gollum aus der »Herr der Ringe«-Saga. Fabrizio und Bibiana schienen das nicht zu bemerken, denn überall standen gerahmte Fotos von der kleinen Simone.

»Da sind wir wieder.« Nicola hielt Emilia den Säugling hin, die ihn ihr ohne den üblichen bissigen Kommentar abnahm.

»Wir packen sie jetzt in ihr Bettchen, geben ihr den Schnuller und warten, bis sie einpennt«, sagte Emilia, »und dann legen wir uns vor den Fernseher und ziehen uns eine Serie rein.«

»Super Idee«, stimmte Nicola zu und band ihre Locken zu einem losen Pferdeschwanz zusammen.

Nachdem sie der Kleinen ein Fläschchen gegeben hatten und sie friedlich am Daumen nuckelnd eingeschlafen war, machten sie es sich auf dem großen Ehebett gemütlich.

»Irgendwie ist es eigenartig zu liegen, wo Fabrizio schläft, findest du nicht? Er ist immerhin unser Lehrer.« Nicola sah ihre Freundin an und lächelte verlegen.

»Stimmt. Fühlt sich fast so an, als hätten wir eine Affäre mit ihm. Stell dir mal vor, eine Affäre mit Fabrizio.« Emilia verzog das Gesicht und begann zu lachen. »Er schwitzt ständig und ist abscheulich sanft. Ein richtiger Softie.«

Nicola prustete ebenfalls los. Beide kugelten über die Decke und bewarfen sich mit den bestickten Kissen, bis sie nach Luft rangen.

Als Nicola wieder zu Atem gekommen war, packte sie ihre Freundin am Arm und zwang sie, sie anzusehen. »Ich habe gehört, dass Davide am ersten Mai zum Fest nach Aquileia fährt. Was hältst du davon, wenn wir uns ebenfalls dort sehen lassen?«

»Auf einem Volksfest? Nicht gerade nach meinem Geschmack. Außerdem bin ich mir sicher, dass meine Mutter das nicht erlaubt. Du weißt, wie besorgt sie immer ist. Ständig verhält sie sich mir gegenüber, als wäre ich erst zehn, nicht sechzehn.«

»Schon klar. Glaubst du, ich dürfte in der Nacht so ohne Weiteres raus? Meine Eltern regen sich ja schon auf, wenn ich nach Einbruch der Dunkelheit noch in eine der Strandbars möchte. Aber wir könnten ausbüchsen und heimlich mit dem Bus zum Fest fahren. Ich muss Davide unbedingt sehen. Es ist wichtig.«

Emilias Augen begannen zu funkeln, was bedeutete, dass sie jetzt scharf nachdachte und bereits einen Plan zu schmieden begann. »Hmm«, meinte sie nach einer Weile, »du könntest an dem Abend bei mir pennen. Ich habe nur einen Wachhund, du dagegen zwei. Sobald meine Mutter eingeschlafen ist, und das geschieht früh, hauen wir ab. Bis sie wieder aufwacht, sind wir längst zurück. Was hältst du davon?«

»Klingt perfekt.«

Emilia sprang auf, holte sich ein Glas Wasser und trank ein paar Schlucke. Dann ließ sie sich wieder aufs Bett fallen, schlenkerte mit ihren Füßen, wackelte mit den Zehen und betrachtete sie eingehend. »Wie gefällt dir mein neuer Nagellack?« Ohne Nicolas Antwort abzuwarten, setzte sie nach: »Und erklär mir, warum du Davide, diesen Langeweiler, unbedingt auf dem Fest treffen willst. Zu deiner Information: Es ist ein ödes Volksfest, keine coole Party, falls du das nicht kapiert hast.«

Nicola antwortete nicht sofort, sie hielt ihren Kopf gesenkt und spürte, wie Röte ihre Wangen überzog.

»Das weiß ich doch, aber es ist mir egal. Ich hoffe, dass sich dort etwas zwischen Davide und mir entwickelt. Wir haben uns noch nie außerhalb der Schule getroffen, nur manchmal in den Pausen miteinander gequatscht. Er ist so schüchtern, aber ich spüre, dass er an mir interessiert ist. Wir reden über Filme und Computerspiele. Vielleicht trinkt er sich auf dem Fest Mut an und fragt mich endlich.«

»Was soll er dich fragen?«, unterbrach Emilia.

»Na, ob ich mit ihm ins Kinemax nach Monfalcone will oder irgendetwas in dieser Art.«

»Du willst allen Ernstes mit ihm ins Kino gehen?« Emilia fing zu lachen an. »Verstehe, dann muss er nicht reden. Und niemand kann seine roten Wangen und Ohren sehen.«

»Hör auf. Nur weil er dir nicht gefällt, heißt das noch lange nicht, dass auch ich nichts mit ihm zu tun haben will.« Verärgert stopfte Nicola sich eine Portion Popcorn in den Mund, dann legte sie nach: »Übrigens, dein Cousin verfolgt mich.«

»So ein Unsinn.« Emilia reagierte gereizt.

Nicola war natürlich bewusst, dass Toto unter dem Schutz seiner gesamten Familie stand, Emilia eingeschlossen. Aber im Moment war ihr das egal. Sie war zornig auf Emilia und wollte diesen Zorn über Toto abreagieren. Nicht unbedingt anständig, doch zu einer direkten Auseinandersetzung mit Emilia fehlte ihr der Mut.

»Das bildest du dir nur ein. Toto mag ein wenig sonderbar wirken, aber er stellt niemandem nach. Vor allem nicht dir.«

Nicola ärgerte sich immer mehr. Wie konnte Emilia sich da so sicher sein?

»Ich irre mich nicht. Du willst das nur nicht wahrhaben«, beharrte sie, lenkte aber ein, als sie das wütende Funkeln in Emilias Augen sah. »Emilia, ich kann dich gut verstehen, weil dein Cousin ein lieber Mensch ist. Er hat keine bösen Absichten. Das hatte ich auch nicht gemeint. Mir ist seine Verehrung einfach unangenehm. Es fühlt sich klebrig an auf meiner Haut.«

»Das mit deiner Haut finde ich maßlos übertrieben.«

Nicola enthielt sich einer Antwort und holte stattdessen, als Friedensangebot, die fast geplünderte belgische Bonboniere von Bibianas Schminktisch.

»Bist ein gutes Mädchen.« Jetzt war es Emilia, die sie versöhnlich anlächelte.

Gemeinsam verspeisten sie die restlichen Bonbons, während die kleine Simone friedlich in ihrem Bettchen schlief. Nur hin und wieder grunzte sie schmatzend. Den Fernseher hatten sie bisher nicht eingeschaltet.

Trotz der angenehmen Stimmung, die sich zwischen ihnen entfaltet hatte, kreisten Nicolas Gedanken weiter um Toto. Sie hatte sich das nicht ausgedacht, er war vor ihrem Haus gewesen. Nach einem mit Nougat gefüllten Bonbon begann sie, unruhig an ihren Nägeln zu kauen.

»Ich habe ihn in unserer Straße gesehen. Als ich Hallo rief, ist er davongerannt«, sagte sie schließlich.

»Mit seinem Klumpfuß kann er gar nicht rennen. Du erzählst Märchen.«

»Oh, er rannte sogar sehr schnell, und er war auch im Garten vor meinem Fenster.«

»Jetzt fängst du schon wieder damit an. Langsam reicht es mir. Lass Toto in Frieden.« Emilia hatte sich aufgesetzt und funkelte Nicola böse an.

»Streitest du jetzt etwa ab, dass er nicht ganz richtig im Kopf ist? Streitest du das einfach ab? Dass das, was damals passiert ist, nie vorgefallen ist? Dann habe ich mir das wohl auch nur eingebildet?«

So heftig hatte sie noch nie zu ihrer Freundin gesprochen. Emilia schaute sie überrascht an, dann nahm sie das letzte Bonbon und steckte es sich in den Mund. Die Blässe ihrer Haut harmonierte mit dem hellen Ton der Bettwäsche, sodass sie noch fahler aussah als sonst.

»Was regst du dich auf?« Sie gähnte. »Toto hat dich an den Stuhl gebunden und dir die Locken abgeschnitten, das ist wahr.

73

Wir haben damals behauptet, das sei mir beim Frisörspielen passiert, aber so war es nicht. Trotzdem wusste er nicht, dass er etwas Schlimmes getan hatte. Ich habe die ganze Schuld nur deshalb auf mich genommen, weil ich Angst hatte, er kommt in ein Heim.«
»Eben. Er ist nämlich nicht so harmlos, wie du immer tust. Wir hätten es damals Olivia oder deiner Mutter erzählen sollen. Stattdessen haben wir auch dir die Haare abgeschnitten, damit unsere Geschichte echter wirkt. Jetzt glaube ich, das war ein Fehler. Wir waren zu jung, um zu verstehen, worum es eigentlich ging.«

Wieder hatte Nicola das schreckliche Bild vor Augen, das sich ihr mit kurz geschorenem Haar und den kahlen Stellen, die auf ihrem Kopf glänzten, im Spiegel offenbarte, wieder spürte sie den Schmerz über die verlorene Lockenpracht. Bis heute trieb die Erinnerung Tränen in ihre Augen.

»Was willst du damit andeuten?« Aufgebracht schleuderte Emilia ein Kissen auf den Boden und funkelte Nicola an.

»Ich wollte …«, begann Nicola, wurde aber jäh vom Geräusch eines Schlüssels in der Wohnungstür unterbrochen.

»Hallo, Babysitter«, hörten sie Fabrizio rufen, »jemand zu Hause?«

Emilia sprang auf und schleuderte die leere Bonbonschachtel unter das Bett. »Richte die Kissen und zieh die Decke glatt«, zischte sie, ehe sie seelenruhig aus dem Schlafzimmer spazierte.

»Alles in Ordnung«, hörte Nicola sie draußen sagen. »Simone ist ein Wonneproppen. So ein süßes kleines Mädchen.«

Nicola beeilte sich mit dem Bett und stand wenig später nickend neben ihrer Freundin.

Fabrizio und Bibiana lächelten ihnen entgegen. Beide wirkten glücklich und ein wenig betrunken. Bibianas weiße Bluse hatte über dem dritten Knopf einen Rotweinfleck.

»Danke, das habt ihr gut gemacht.« Fabrizio nahm für jede von ihnen einen Geldschein aus dem Portemonnaie. »Nach Hause begleiten muss ich euch nicht. Euer Toto wartet vor der Tür.«

Nicola lief ein Schauer über den Rücken. Sie sah zu Emilia, die sich entschlossen von ihr abwandte und das Geld entgegennahm.

10

Die Hektik der Kollegen hatte sich inzwischen gelegt. Als die völlig verstörte Violetta Capello vorhin angerufen und in den Hörer geschrien hatte, es müsse ihr sofort jemand zu Hilfe kommen, waren Lippi und Beltrame umgehend in ihren Dienstwagen gesprungen und losgerast. Über Funk war Maddalena verständigt worden, die sich ebenfalls, freilich gemächlicher, auf den Weg gemacht hatte.

Kühle Nachtluft strich über ihre Wangen. Es roch nach Regen. Den ganzen Tag über war das Wetter launisch gewesen. Zunächst noch angenehm warm, war gegen Abend ein kühler Wind aufgekommen, der feinen Sand vom nahen Strand in die Häuser an der Promenade gebracht hatte. Zwischendurch hatte es immer wieder kurz geregnet, und auch jetzt schimmerte der Asphalt unter den Reifen von Maddalenas Fahrrad feucht. Feine Tropfen auf ihrem Gesicht veranlassten sie, die Kapuze ihres Sweaters über ihr Haar zu ziehen und heftiger in die Pedale zu treten.

Violetta Capello wohnte auf der Isola della Schiusa, also nicht weit entfernt von Maddalenas alter Villa am Meer. Als sie über die Brücke fuhr, die die Isola von Grados Zentrum trennte, sah sie schon von Weitem die blauen Lichter des Einsatzfahrzeuges durch die Nacht kreisen.

Kein Mensch war zu sehen, als Maddalena das Rad an den Zaun vor dem ehemaligen Fischerhaus lehnte.

Die Haustür stand offen. Sie lief die Treppe hinauf zu Violettas Wohnung im ersten Stock, die Kollegen hatten auch diese Tür für sie offen gelassen.

»Beltrame sitzt mit der hysterischen Capello im Schlafzimmer«, informierte sie Lippi anstelle einer Begrüßung.

»Zartfühlend wie immer«, antwortete Maddalena gereizt und ging an ihm vorbei zu Signora Capello, die neben Beltrame auf ihrem Bett kauerte.

Ein leichter Geruch nach Verdorbenem hing im Raum.

»Commissaria, guten Abend.« Beltrame stand auf und bot Maddalena ihren Platz an.

»Bleiben Sie sitzen«, entgegnete Maddalena und zog sich einen Stuhl heran. Sie bemerkte die Scherben einer Vase auf dem Boden unter dem offenen Fenster und gelbe Blütenblätter, die überall verstreut lagen. Rosen. Ihr Blick wanderte zu Violetta. Die Frau wurde von heftigem Zittern geschüttelt, sie klapperte mit den Zähnen. Das Shirt, das sie trug, war mindestens drei Nummern zu groß und obendrein fleckig. Seltsamerweise zierten grüne Strähnchen ihren kurzen dunklen Bob. Die waren Maddalena bisher nicht aufgefallen. Ihr linker Fuß glänzte blutverschmiert.

Beltrame, die Maddalenas Blick bemerkt hatte, stand auf, um im Badezimmer nach Verbandszeug zu suchen.

»Es tut nicht weh«, sagte Violetta leise, »ich habe nicht mal bemerkt, dass ich in die Scherben getreten bin.«

Sie steht unter Schock, dachte Maddalena.

»Signora Capello, bitte erzählen Sie mir möglichst genau, was passiert ist. Alles, woran Sie sich erinnern können, jedes kleine Detail ist wichtig.«

Violetta senkte ihren Blick, dann begann sie zu sprechen. Die Worte sprudelten nur so aus ihr heraus. Maddalena hörte aufmerksam zu, unterbrach sie nicht. Als Beltrame mit dem Pflaster kam, winkte sie ab.

»Es ging mir so gut. Ich hatte Energie, war beim Frisör, habe schöne Klamotten gekauft, die ganze Woche fühlte ich mich frisch und voller Kraft. Dann, beim Laufen heute Abend, fing es an. Ich hatte das Gefühl, jemand verfolgt mich. Aber da war niemand. Überhaupt niemand. Nicht einmal ein Spaziergänger, wegen des Regens. Zu Hause habe ich es mir gemütlich gemacht und mir immer wieder versichert, dass ich mir etwas eingebildet hätte. Ich sah fern, ging früh zu Bett und muss wohl einen Alptraum gehabt haben, denn als ich aufwachte, war ich nass geschwitzt. Ein Geräusch hatte mich geweckt, und ich kontrollierte die Wohnung. Dann lag ich auf einmal wieder auf der Wiese bei dem Parkplatz, und dieses Schwein war über mir. Ich hörte ein Schrillen in meinen Ohren, das immer lauter wurde, und alles um mich stank nach Pfefferminze. Dann weiß ich nichts mehr. Als ich zu mir kam, kauerte ich im Vorzimmer auf dem Boden. Es war totenstill, nur mein Herz wummerte wie verrückt, und ich verstand überhaupt nichts mehr. Gar nichts.« Sie holte tief Luft und sah auf.

Ein Flashback, dachte Maddalena, sie hat das traumatische Erlebnis oder einen Teil davon erneut durchleben müssen. Bilder, der Geschmack von etwas Bestimmtem, Gerüche, Musik, Worte, all das konnte diese quälende Nachhallerinnerung auslösen. Es musste erschreckend gewesen sein.

Maddalena bemerkte, dass Violetta Capello sich vor dem Einschlafen nicht abgeschminkt hatte, die Haut unter ihren Augen war von verschmierter Wimperntusche geschwärzt.

»Hatte der Täter in Ihrer Erinnerung ein Gesicht? Können Sie ihn jetzt besser beschreiben?«, fragte sie ohne große Hoffnung und ergänzte, als Violetta Capello verwirrt den Kopf schüttelte: »Gibt es jemanden, den wir verständigen sollen, damit Sie nicht allein sind?«

»Nein«, kam es hastig. »Es geht schon wieder. Können Sie mir bitte einen Pullover aus dem Schrank holen?«

»Gern, aber zuerst die Verletzung.«

Beltrame säuberte Violettas Fuß und klebte ein Pflaster auf die Wunde.

Nachdem sich Violetta Socken und einen Pulli übergezogen hatte, stand sie auf. »Ich möchte ins Wohnzimmer.«

Zu dritt gingen sie in den angrenzenden Raum. Violetta legte sich auf die Couch, Maddalena und Beltrame setzten sich ihr gegenüber in die altmodischen Fauteuils.

»Jemand sollte eine Weile bei Ihnen bleiben«, nahm Beltrame den Faden wieder auf.

Maddalena registrierte die leere Flasche Merlot.

Das ist wohl Capellos Art der Lösung angeblich nicht vorhandener Probleme, dachte sie und sagte sanft: »Ich verstehe, dass Sie bei uns angerufen haben, aber in Ihrer Situation ist die Krisenintervention die bessere Hilfe. Haben Sie deren Telefonnummer?«

»Ich habe euch doch nicht wegen meiner ›Situation‹ verständigt. Da wäre ich mir schön blöd vorgekommen, wie eine hysterische alte Jungfer. Ihr hättet mich doch sofort in die Klapsmühle nach Triest verfrachtet. Nein, danke. Mit so etwas komme ich schon allein klar.« Sie schluckte ein paarmal hart. Als sie weitersprach, war ihre Stimme heiser. »Wegen des Monsters, das mir das angetan hat, habe ich angerufen.«

Maddalena und Beltrame wechselten einen schnellen Blick.

»Gerade als ich mich beruhigt hatte und wieder ins Bett wollte, habe ich ihn gesehen. Ich öffnete die Fensterflügel im Schlafzimmer, um frische Luft hereinzulassen. Es roch stickig, und mir war immer noch kotzübel. Und da stand er. Mit ausgebreiteten Armen, wie ein Wächter. Ich konnte gar nicht mehr aufhören zu schreien.«

»Lippi!«, rief Maddalena und sprang auf. »Hinunter in den Garten. Und verständigen Sie die Jungs von der Spurensicherung.«

Auch Beltrame war aufgestanden. »Soll ich den Kollegen unterstützen?«, fragte sie, doch Maddalena winkte ab. »Das mache ich selbst. Sie übernehmen die weitere Befragung.«

Sie bat Beltrame mit leiser Stimme, Violetta Capello im Anschluss an das Gespräch noch mal ausführlich über das posttraumatische Belastungssyndrom aufzuklären und ihr abermals dringend psychotherapeutische Hilfe anzuraten.

Stunden vergingen, in denen Violetta Capellos Garten gründlich nach Spuren abgesucht und doch nichts gefunden wurde. Die Kollegen konnten wenig Brauchbares sicherstellen. Neben ein paar Zigarettenstummeln, einem verrosteten Kinderspielzeug und einem silbernen Kaugummipapier gab der Garten nichts her. Schon gar keine verwertbaren Fußabdrücke. Wieder hatte der Regen dem Täter in die Hände gespielt.

Falls es der Täter war, der hier gestanden hatte.

Das würde bedeuten, dass der Mann Violetta Capellos Wohnsitz in Erfahrung gebracht hatte, dass er sein Opfer vielleicht sogar kannte. Es passte nicht direkt zu den Tatumständen der Vergewaltigung, die auf ein zufälliges Zusammentreffen von Täter und Opfer hindeuteten, wäre aber dennoch denkbar. Das hieß, sie mussten ein wachsames Auge auf Capello haben und ihren Bekanntenkreis genauer unter die Lupe nehmen.

Maddalena gab die Hoffnung auf Schlaf für heute auf, fuhr stattdessen direkt in die Dienststelle und veranlasste entsprechende Schritte.

Müde schlenderte sie gegen Mittag durch die Innenstadt. Vom Polizeirevier bis zu ihrer bevorzugten Bar waren es gut dreitausend Schritte. Die ging sie gern, da ihr die Bewegung an der frischen Luft guttat. Nur wenn sie spät dran war oder Eile geboten schien, nahm sie das Rad.

In der Bar Brioni ganz in der Nähe des Porto San Vito, auf der Colmata am anderen Ende der Stadt, setzte sie sich auf einen der gemütlichen Stühle im Freien. Kurz überlegte sie, ob sie sich eines der Panini mit den phantasievollen Namen, für die das Lokal bekannt war, genehmigen sollte. Beim Gedanken an Prosciutto, Mozzarella und Artischocken lief ihr das Wasser im Mund zusammen.

Giorgia, die Besitzerin, bei allen Gästen sehr beliebt, brachte ihr ein kaltes Glas Wasser mit Zitrone und dazu einen doppelten Espresso.

»Er ist noch nicht da.« Sie lächelte Maddalena an, als hüteten sie ein gemeinsames Geheimnis.

Kaum dass Giorgia die Worte ausgesprochen hatte, erschien Fulvio Benedetti. Lächelnd betrat der grauhaarige Mann die Bar, sah sich kurz um und kam dann zu ihr auf die kleine Holzterrasse.

Maddalena atmete auf. Freundlich begrüßte sie den älteren Herrn, der ein Freund ihres Vaters gewesen war. Fulvio legte ganz offensichtlich Wert auf ein gepflegtes Äußeres, er sah für sein Alter erstaunlich jung und gut aus.

»Bella, was kann ich für dich tun?«

Unaufgefordert stellte Giorgia einen Spritz Bianco und zwei Minibrötchen, die ihr Ehemann Dante liebevoll in der kleinen Küche vorbereitet hatte, auf den Tisch. »Baccalà Mantecato mit Minze«, sagte sie stolz und lächelte dabei.

In Maddalenas Bewusstsein wurde etwas angestoßen, drängte sich ein Gedanke beharrlich nach oben. Sie versuchte, ihn zu fassen, verlor ihn aber wieder. Ihr Hunger war wie weggeblasen. Verärgert schob sie ihr Brötchen zu Fulvio. »Nimm du es, mein Magen ist zu.«

»War nicht anders zu erwarten. Dein Vater hat mich schon vor Ewigkeiten auf dieses Problem hingewiesen.« Er sah an ihr vorbei auf den Hafen.

»Problem?« Maddalenas Stimme klang gereizt.

»Ja, dass du manchmal nichts isst, vor allem dann, wenn du belastet bist. Und die Geschichte mit der Magersucht, als du fünfzehn warst, die kenne ich auch.«

»Das hat mein Vater dir erzählt?« Maddalena spürte, wie Röte in ihr Gesicht stieg. Ja, sie hatte mitunter immer noch Probleme mit dem Essen, jedoch lange nicht so große wie damals in ihrer Pubertät. Aber das mussten nicht alle wissen.

Papa, rügte sie ihren geliebten Vater im Geist, du alte Plaudertasche, das hätte nicht sein müssen.

»Wir waren sehr gute Freunde, dein Vater und ich. Bella, das weißt du. Natürlich haben wir über vieles geredet. Ist das so verwunderlich?«

»Dann solltest du mich mal Frico verschlingen sehen.« Maddalena fühlte sich in die Enge getrieben.

»Alles nur Schutzbehauptungen.« Fulvio lächelte sie listig an und grinste dann breit. »Jetzt nimm nicht so bitterernst, was ich sage.«

Giorgia stellte ihren Stammgästen unverlangt zwei weitere Brötchen hin. Diesmal mit Salami und Dolce Latte.

»Her damit.« Sie lachte und griff nach den Häppchen. Damit war der Bann zwischen ihnen gebrochen. »Es geht um die Villa, die ich von Angelina Maria geerbt habe«, begann sie. »Fulvio, du kennst dich im Baugeschäft aus und hast mir damals, als ich in Grado zu arbeiten anfing, das kleine Appartement, meinen Schuhkarton mit Ausblick, besorgt.«

»Das war nicht ich, sondern Bibiana. Ehre, wem Ehre gebührt«, unterbrach er sie zwinkernd und nahm einen Schluck von seinem Getränk.

»Aber wer die Fäden im Hintergrund zieht, weiß hier jeder.«

»Ertappt, Commissaria. Ich gab der Maklerin einen winzigen

Tipp.« Schmunzelnd wischte er über sein beschlagenes Weißweinglas und schaute an Maddalena vorbei zum Meer. Eine schnittige Jacht kreuzte dort.

»Was schätzt du, würde ich für die Villa bekommen?«

Fulvio wurde augenblicklich ernst. Er sah ihr aufmerksam in die Augen. »Du willst verkaufen?«

»Das Haus ist baufällig und viel zu groß. Was soll ich da allein?« Maddalena spürte einen leichten Stich in ihrem Herzen. »Außerdem fehlt mir das nötige Kleingeld, es herzurichten.«

Fulvio stellte sein Glas auf den Tisch. »Sehen wir das Ganze realistisch. Derzeit ist der Markt nicht besonders günstig für einen Verkauf. Wenn du es aber wirklich und ernsthaft loswerden willst, könnte ich es dir zu einem fairen Preis abnehmen.«

Maddalena sah Fulvio erstaunt an. »Du? Du hast doch schon etliche Häuser. Man sagt, du und Signor Pasquale, ihr teilt euch halb Grado.«

Ihr Gegenüber zog seine Augenbrauen in die Höhe. »Vergiss nicht unseren anderen Freund. Der hat neben einigen Immobilien inzwischen alle Restaurants und Bars eines gewissen Platzes hier in der Innenstadt übernommen. Bella, du weißt, von wem ich rede?«

Maddalena wusste es nicht, und es war ihr auch egal. Was sie allerdings wusste, war, dass der alte Freund ihres Vaters neben all seiner Liebenswürdigkeit und Hilfsbereitschaft auch ein ziemliches Schlitzohr sein konnte.

»Was würdest du mit der Villa machen? Doch nicht etwa dort einziehen?«

»Ach woher. Ich würde das Haus abreißen lassen und eine Garage bauen. Wir haben zu wenig Parkplätze in der Stadt.«

Maddalena verschluckte sich an ihrem Wasser und hustete. »Du veräppelst mich, oder? Das würdest du nicht wirklich tun.«

Giorgia, die eben an ihnen vorbeiging, kommentierte das trocken mit einem »Doch, würde er«.

Es hatte keinen Sinn, mit Fulvio über die Zerstörung der historischen Innenstadt zu debattieren, das wusste Maddalena. Er hatte seine ganz eigenen Ansichten und zog seine Pläne in der

Regel konsequent durch. In diesem Augenblick wurde ihr jedoch eines klar: Sie wollte überhaupt nicht verkaufen. Der wunderbare Ort, an dem ihre Villa stand und von dem sie die Promenade, das Meer, das Heranrollen der Wellen, die Formationen der Wolken, die Möwen, Schiffe und die Sonnenauf- und -untergänge betrachten konnte, musste erhalten bleiben.

Die Villa von Angelina Maria durfte nicht verfallen. Sie musste sich etwas einfallen lassen.

»Danke, Fulvio«, sagte sie gefasst. »Du hast mir wieder einmal geholfen.«

Und in diesem Moment hatte Maddalena eine zweite Erkenntnis: Minze.

Violetta Capellos Unterbewusstsein hatte also doch etwas preisgegeben.

11

Toto verstand gar nichts mehr. Warum hatten die Mädchen sich so aufgeregt, als er sie gestern vom Babysitten abgeholt hatte? Er musste sie doch beschützen. Er wollte nichts Böses. Er nicht. Jeder hier in Grado wusste, dass ein Verbrecher die Gegend unsicher machte.

Olivia hatte ihn zu dieser armen Frau, zu Violetta, ins Krankenhaus mitgenommen. Besser gesagt, er war mit ihr in seinem eigenen Elektrofahrzeug hingefahren, nachdem er Olivia zuvor auf dem Polizeirevier abgeholt hatte. Ganz benommen hatte sie ausgesehen, doch seine Schwester hatte noch Glück gehabt in der Nacht auf der Autobahn, Glück, dass sie nicht ermordet worden war. Toto verstand sehr gut, warum der Vergewaltiger die hübsche Violetta seiner Schwester vorgezogen hatte, aber es blieb eine schreckliche Tat.

Und nun regten sie sich alle über seine Fürsorge auf. Seine Tante hatte streng den Kopf geschüttelt, und Olivia war aufgebracht, weil er den Mädchen angeblich nachstellte. Das konnte nur von Emilia kommen, denn die war fürchterlich ausgerastet, als sie aus Fabrizios Haustür gekommen war und ihn auf dem Gehsteig stehen sehen hatte.

»Was treibst du dich da herum, Toto? Renn uns nicht dauernd hinterher. Du bist kein Hund, sondern ein Mensch. Geht das nicht in deinen Querkopf hinein?«

Und seine Nicola hatte nur leise gesagt: »Siehst du, ich hatte recht.«

Was sie damit gemeint hatte, kapierte er nicht. War es etwas Gutes oder etwas Schlechtes?

Er musste doch aufpassen, dass den beiden nichts passierte. Vor allem die schöne Nicola musste er beschützen. Das würde er sich weder von Emilia noch von den anderen ausreden und verbieten lassen.

Versonnen betrachtete er das silberne Papier, in das Nicolas Kaugummi eingewickelt gewesen war. Er führte es an seine Nase und schnupperte dem schwächer werdenden Duft von Kirschen nach, stellte sich vor, wie er den Mund, der den Kaugummi kaute, küsste.

Ihm wurde heiß, und er dachte schnell an etwas anderes. Wenn ihn solche Gefühle überkamen, musste er sich ablenken. Das hatte Olivia ihm erklärt. Sogar ein paar Tipps hatte sie ihm gegeben: Schnell ein Glas Wasser trinken. Mit Eiswürfeln Stirn, Hals und den jagenden Puls zwischen den Armen und an den Handflächen kühlen oder mit dem Rad eine Runde drehen. Am besten werde ihm aber ein Besuch des Innenraumes der Kirche Santa Eufemia helfen, hatte sie gemeint. Ein wenig beten sei immer von Nutzen. Draußen könne er dann den Erzengel Michael auf der Turmspitze beobachten, der durch seine Drehung die Richtung anzeigte, aus der der Wind blies.

»Und wenn es windstill ist?«

Olivia hatte gelacht und Totos Haar zerzaust.

Das mochte er.

Seine Schwester, die oft ernst aussah, zum Lachen zu bringen gefiel ihm. Nicht nur weil ihr Gesicht dann hübscher wirkte, sondern vor allem, weil sie dann sein Haar zerzauste.

Meistens tat er, was sie ihm riet, jedoch nicht immer. Olivia wusste viel, aber von seinem Geheimnis ahnte sie nichts. Niemand kannte es. Das war bombensicher. Es gehörte nur ihm allein. So wie sein Elektroauto.

Auch wenn das kaum möglich war, er liebte sein Geheimnis sogar noch mehr als seinen Wagen.

Toto vergewisserte sich schnell, dass er allein in der Wohnung war. Olivia war jetzt meistens zu Hause, was er sehr störend fand. Sie befand sich im Krankenstand, obwohl sie gar kein Fieber hatte.

Wenn er nach der Arbeit heimkam, wartete sie schon mit warmem Essen auf ihn. Anders als an den Tagen, an denen sie in der Schule Chemie unterrichtete, da gab es immer kaltes Essen. Mortadella, gelben Käse, Salami, Fischaufstriche und Mozzarella. Manchmal auch Tomaten, Artischocken und schwarze Oliven.

Dieses kalte Futter mochte er viel lieber als die Lasagne und die Pasta mit dem üppigen Sugo. Das aß er schon zu Mittag in der Kantine, und dort schmeckte es auch, doch zweimal am Tag das Gleiche essen wollte er nicht. Er würde sich aber hüten, seiner Schwester zu verraten, dass er mittags anständig mampfte. Weil er nicht schlank war, sollte er in der Kantine nur Salat essen, hatte sie ihm erklärt.

Heute war Olivia bei Tante Antonella. Das war aus zwei Gründen gut: Er konnte ungestört seinem Geheimnis nachgehen, danach warteten Tramezzini mit Thunfisch als Mittagssnack im Kühlschrank auf ihn und später etwas Süßes bei seiner Tante. Schließlich war heute Sonntag. Die Cola hatte er heimlich eingeschleust.

Sein Atem ging schneller, als er den Schlüssel aus dem Versteck unter seiner Matratze holte. Er war nicht so dumm, ihn dort nur zu deponieren, nein, er hatte ihn in eine Stofffalte geheftet. Mit einem Klebestreifen, den er jedes Mal erneuerte. Sollte Olivia sich nur wundern, wieso er so viele Tesarollen verbrauchte.

Fast andächtig sperrte Toto seinen Schrein auf. Früher hatte Olivia hier Putzmittel aufbewahrt. Die standen immer noch da, ein paar halb volle Flaschen, die Toto als zusätzlichen Sichtschutz für seine Schätze benutzte. Denn Toto war vorsichtig, obwohl der Schlüssel eines Tages nicht mehr auffindbar gewesen war und seither keiner außer ihm selbst Zutritt zum Schrein hatte.

Bis seine Schwester bemerkt hatte, dass der Schlüssel fehlte, war eine ganze Weile vergangen. Sie hatte nur desinteressiert mit den Schultern gezuckt und gemeint: »Zahlt sich nicht aus, ein neues Schloss einzubauen, die paar Scheuermittel waren ohnehin beinahe leer.«

Wenn sie wüsste!

Ein herrlicher Duft wehte ihm entgegen. Vorn Salmiakgeist und Bohnerwachs, dahinter Nicolas Handcreme, ihr gekauter Kaugummi, ein Löffel, mit dem sie ihren Kakao umgerührt hatte, das Shampoo aus ihrer Kindheit – Kamille –, eine halb angebrochene Packung Zigaretten, die sie zusammen mit Emilia heimlich rauchte, ein Lippenbalsam mit Vanillegeschmack, ein

Ring aus Silber, den sie als kleines Mädchen getragen hatte und der ihr nicht mehr passte, die erste ihrer Barbiepuppen mit nur einem Arm, nackt und wunderschön anzusehen und kaum zu unterscheiden von Nicola mit ihrer roten Lockenpracht, ihr altes Portemonnaie, zwei Passfotos, ein rosaroter Seidenschal und das besondere Highlight, eine offene Packung Tampons.

Erhitzt und schwer atmend zog Toto Gegenstand für Gegenstand hinter den Flaschen hervor und betrachtete sie. Alles war noch in ebenso gutem Zustand wie zu dem Zeitpunkt, an dem er es an sich genommen hatte. Er war immer sehr vorsichtig gewesen, hatte eifrig bei der Suche nach dem jeweils Verlorenen mitgeholfen. Kein Hauch eines Verdachts war je auf ihn gefallen. Alle wussten, dass Nicola ein kleiner Schussel war und gern etwas vergaß oder verlegte.

Sorgsam sortierte er seine Schätze zurück auf die Regalbretter und sperrte ab. Gerade noch rechtzeitig, denn Olivia kam früher als erwartet nach Hause, um ihn abzuholen.

Später, wenn es dunkel war, würde er seine abendliche Runde drehen.

12

Ginevra Missoni hatte üble Laune, als sie die Bar verließ.
Sehr üble sogar.

Das lag nicht am sturmverhangenen Nachthimmel, über den
dunkelviolette Wolken jagten, und ebenso wenig am manchmal sichtbaren Mond, der sie spöttisch anzugrinsen schien. Die
schlechte Stimmung hatte auch nichts mit dem Dauerärgernis,
das ihr Name mit sich brachte, zu tun.

Das war die eine Geschichte: ihr Nachname, Missoni. Dafür
konnten ihre Eltern nichts. Und sie konnten auch nichts dafür,
dass Ginevra ständig gefragt wurde, ob sie von dem berühmten
Designer abstamme oder gar selbst Stoffe herstelle.

Natürlich nicht. Keines von beiden.

Die weit größere Misere jedoch war ihr Vorname. Dafür konnten die beiden sehr viel, sie hatten ihn schließlich ausgewählt.

Ginevra. Was hatten sich ihre von romantischen Implikatio-
nen sonst weitgehend befreiten Eltern dabei bloß gedacht?

Bereits in der Schule hatte ihr Vorname für eine Endlosschleife
lästiger Sticheleien und billiger Witzchen gesorgt. Immer wieder wurde sie damit aufgezogen, zwischen zwei männlichen
Wesen zu stehen, einem König und dem ersten Ritter seiner
Tafelrunde. Doch erst in ihrem dreizehnten Lebensjahr hatte
sich die tatsächliche Manifestierung dieser spätere Liebesdramen
verkündenden Namensgebung drastisch gezeigt.

Ironischerweise waren es Zwillinge gewesen, die charakter-
lich unähnlicher nicht hätten sein können, Zwillinge, die sich
zudem auch äußerlich nicht im Entferntesten glichen, in die sie
sich unsterblich verliebt hatte. Und zwar in beide gleichzeitig.

Ähnliche Paare waren die Jahre über gefolgt. Immer hatte
Ginevra zwischen zwei Stühlen und irgendwann unweigerlich
allein auf dem Boden gesessen.

Nomen est omen.

Dieses Mal musste sie unter allen Umständen verhindern, dass
so etwas erneut passierte.

Wieder ging es um zwei Männer, die grundlegend verschieden waren. Der eine hieß Alessandro und studierte gemeinsam mit ihr in Padua Jura. Der andere, Lorenzo, unterrichtete sie in Literaturgeschichte und war einer der angesehensten Professoren seiner Fakultät.

Nicht schwer zu erraten, wer in dieser Konstellation die Rolle Lancelots innehatte und wer den Artus spielte.

Ginevra verriegelte die Hintertür, ließ den Schlüssel in ihre Tasche gleiten und rieb fröstelnd mit den Händen über ihre Oberarme. Es war nicht wirklich kalt, doch durch den aufkommenden Wind hatte es seit Mitternacht merklich aufgefrischt.

Deutschsprachige Prosa und Lyrik war einer der frei zu wählenden Kurse, für die sie sich entschieden hatte. Das Vorgetragene zog sie, die sie Bücher las, wie manche ihrer Kommilitonen Pizza verschlangen, in seinen Bann und war zudem im Studienplan anrechenbar. Ein wenig versuchte sie damit auch ihrer schon verstorbenen deutschen Großmutter ein Denkmal zu setzen.

Ja, sie konnte mitunter sentimental, geradezu pathetisch sein. Oder »romantisch, vernunftbegabt, verwegen, fleißig, aber irrational und verdammt hübsch«, wie der charmante Lorenzo es einmal ausgedrückt hatte.

Wohingegen Alessandros schmeichelhafte Worte folgende gewesen waren: »Du bist die schlechteste Verliererin beim Würfelpoker, die ich kenne, meistens mürrisch, bildest dir ziemlich viel auf deine blauen Augen ein, lässt dir nichts sagen, weißt alles besser und glaubst allen Ernstes, klüger als jeder andere auf dieser Uni zu sein. Aber, Herzchen, ich steh auf dich. Keine Ahnung, warum, vielleicht genau deshalb.«

Trotz seiner manchmal groben Umgangsformen folgte er ihr wie ein Hündchen überallhin. Sogar in den Stunden ihres Freigegenstandes saß er neben ihr. Und das, obwohl er sich bei der Analyse von Christa Wolfs »Nachdenken über Christa T.« zu Tode langweilte. Weder Leukämie noch die DDR und schon gar nicht der Zusammenhang zwischen dem Sterben und einem diktatorischen Regime, zu dem sich die Autorin bekannte, ergaben für Alessandro Sinn.

»Schwachsinn, alles Hirnwichserei. Längst überholt«, murmelte er von Zeit zu Zeit mit einem überlegenen Lächeln und schrieb fortwährend verliebte Nachrichten auf winzige Zettel, die er aus seinem Heft riss, um sie ihr danach mehr oder weniger verstohlen zuzustecken.

Aber Alessandro war süß. Er roch nach Pizza Margherita mit schwarzen Oliven. Ginevra mochte die Narbe unter seinem Kinn, die er sich bei einer Rauferei zugezogen hatte. Außerdem war er witzig und kannte sich bei amerikanischen Serien gut aus.

Ihrem Literaturprofessor Lorenzo war Ginevra durch eine Seminararbeit aufgefallen. Sie hatte darin den Vergleich zwischen einem zeitgenössischen britischen Psychothriller, T. R. Richmonds »Wer war Alice«, und dem besprochenen Werk von Christa Wolf aus den sechziger Jahren gezogen. Beide Schriftsteller stellten sich die Frage, was bliebe, wenn wir stürben. Beide begaben sich, wenn auch auf unterschiedliche Art, auf eine Spurensuche, beide wussten um die Erinnerungen, die zu verblassen drohten. Und bei beiden war das Ergebnis ein aktueller Abriss einer bestimmten, minutiös geschilderten Epoche.

Nach ihrer Präsentation hatte Lorenzo sie in sein Büro gebeten und mit Lob überschüttet. Ginevra war sich sehr klug vorgekommen, ihre Wangen hatten vor Stolz geglüht, und als er sie zum Abendessen in ein teures Restaurant einlud, willigte sie begeistert ein. Beim Essen hatte er ihr tief in die Augen geschaut, ihre Hand genommen und ihr das Du angeboten. Wie nebenbei streifte sein Fuß unter dem Tisch ihr Knie, eine fast schon akrobatische Einlage, wie Ginevra fand. Dabei hatte er die ganze Zeit Hermann Hesse zitiert und den Druck seiner Fingerspitzen auf ihrem Handteller mit jedem Satz erhöht.

Lorenzo wollte seine Frau für sie verlassen, Alessandro ein Leben mit ihr aufbauen.

Und Ginevra konnte sich wieder einmal nicht entscheiden.

Verknallt war sie in denjenigen, mit dem sie sich jeweils traf, gab es ein Date mit dem anderen, hatte sie nur Augen für ihn.

Freilich, ein wenig schäbig kam sie sich vor. Doch das über die Jahre seltsam vertraut gewordene Gefühl, sich nicht zwischen zwei Männern entscheiden zu können, verhinderte weiteres Nachgrübeln, es übte zeitweilig sogar eine beruhigende Wirkung auf sie aus.

Heute, vor dem Aufstehen, hatte sie mit Alessandro geschlafen, der hin und wieder in ihrer Wohngemeinschaft übernachtete, leider meist dann, wenn er zu betrunken gewesen war, um in seine Bude zu wanken.

Es war ein unspektakulärer, verschlafener Sex gewesen. Ohne Schutz. Beide hatten sich auf HIV testen lassen, und Ginevra nahm seit Jahren die Pille.

Der Sex am Nachmittag hingegen hatte nichts Wohliges, nichts Verträumtes gehabt. Der erfahrene Lorenzo mochte es gern aufregend und außergewöhnlich. Nullachtfünfzehn-Sex verachtete er zutiefst. Er forderte sie heraus, an ihre Grenzen zu gehen.

Diesmal hatte er ihre Oberarme umklammert, sie in die Matratze gepresst und mit heiserer Stimme gefragt, ob er sie fesseln dürfe. Ganz wohl war ihr dabei nicht gewesen, schon gar nicht, als er ihren Hals mit seinen schönen langen Fingern umschlossen und stöhnend behauptet hatte, dass durch Sauerstoffmangel der Orgasmus intensiver werde.

So viel Intensität brauchte sie gar nicht. Es war erregend genug, mit Lorenzo zu schlafen. Sollte er sich doch selbst würgen, wenn er glaubte, dass er dann stärker kam. Das hatte Ginevra gedacht, aber sie hatte nichts gesagt.

Seit Kurzem überlegte sie, sich ihrer Freundin Mia anzuvertrauen.

Auf ihre unbedarfte Frage »Findest du es schlimm, beim Aufwachen mit einem Typen zu schlafen und am Abend mit einem anderen rumzumachen?« hatte Mia sie allerdings seltsam gemustert, den Kopf geschüttelt und gemeint, dass so etwas unmoralisch sei, woraufhin Ginevra verstummt war und noch nicht wusste, ob sie einen weiteren Vorstoß wagen sollte.

Später hatte sie sich so sehr beeilen müssen, dass sie vor der allwöchentlichen Fahrt nach Udine kaum mehr hatte duschen können. Lorenzo bekam eben nie genug von ihr.

Jetzt warf Ginevra einen gehetzten Blick zum Himmel.

Ihre Finger zitterten, als sie sie im Licht der Straßenlampe betrachtete. Das kam vom Entzug. Vor ein paar Tagen hatte sie mit dem Rauchen aufgehört.

Wahrscheinlich der falsche Zeitpunkt. Der rosa Lack splitterte von ihren Nägeln ab. Lorenzo hatte sie darauf aufmerksam gemacht. »Achte mehr auf die kleinen Dinge.« Seine Stimme hatte belehrend geklungen.

Wie gern würde sie jetzt an ihren Nägeln kauen, bis der ganze Lack ab war, und danach eine lange, in der Dunkelheit glimmende Zigarette rauchen.

»Tabak ist ein Werk des Teufels.«

Diese Aussage ihres Vaters fand sie lächerlich. Trotzdem hatte sie sich nicht zum ersten Mal entschlossen, ihren inneren Dämonen den Kampf anzusagen.

Keine neue Packung, weniger Wein und zur Belohnung die Entscheidung für Alessandro. Mit ihm zusammenziehen und ein Kind bekommen.

Oder doch lieber die Stiefmutter für Lorenzos Gören spielen?

Ach, dachte Ginevra, es ist alles kompliziert, und besonders dann, wenn man so erschöpft und ausgelaugt ist wie ich.

Wegen des gering dotierten Stipendiums und der unregelmäßigen Geldspenden ihrer Eltern hatte sie von Studienbeginn an dazuverdienen müssen. So fuhr sie jeden Samstag oder manchmal, wenn sie wie heute mit einer Kollegin den Dienst tauschte, am Sonntag am frühen Abend von Padua nach Udine, um in einer Bar im Zentrum die Nachtschicht zu übernehmen.

Inzwischen war es nach drei Uhr am Montagmorgen, ihre Schicht war beendet, und die Dämmerung würde sich bald heranschleichen.

Wieder betrachtete Ginevra misstrauisch den Himmel. Wenn sie Glück hatte, warteten Sturm und Regen, bis sie Aquileia erreicht hatte.

Ihre Eltern ließen vor dem Schlafengehen immer einen gedeckten Platz auf dem Küchentisch und Abendbrot im Kühlschrank für sie zurück. Nach der anstrengenden Arbeit brachte der Hunger Ginevra regelmäßig um den Verstand.

Und sie gierte nach einer Zigarette.

Die würde sie zwar nicht darüber hinwegtrösten, dass sie die letzte schriftliche Prüfung über Bürgerrecht verbockt hatte, doch sie konnte immerhin für zehn Minuten Entspannung sorgen. Tief durchatmen half nun mal nicht immer.

Unruhig marschierte sie zum Parkplatz hinter der Bar und startete ihre klapprige Kiste.

Als sie letzten Monat ein Ersatzteil aus der Autowerkstatt in Fossalon hatte besorgen wollen, kratzte sich der Alte dort nur nachdenklich am Kopf und meinte: »Junge Frau, Sie sollten Ihren Wagen verschrotten lassen. Ich rede gegen mein eigenes Geschäft, ich weiß, aber jedes weitere Ersatzteil ist hinausgeschmissenes Geld.«

Verkauft hatte er ihr das Gewünschte trotzdem.

Als sie Udine verließ, klatschten die ersten Regentropfen gegen die Scheibe. Noch übertönte das dumpfe stetige Rattern der Scheibenwischer die Geräusche, doch der Regen wurde heftiger.

Die kurze, eintönige Fahrt auf der Autobahn machte sie schläfrig.

»Aufpassen! Nimm die Landstraße, die ist abwechslungsreicher.« Die besorgte Stimme ihrer Mutter entfernte sich, und Ginevra schreckte hoch.

Fast wäre sie eingenickt.

Herrgott, sie war so müde.

Bei Palmanova folgte sie dem üblichen Rat ihrer Mutter und fuhr von der Autobahn ab. Den Griff zum Handy versagte sie sich bewusst, denn die Playlist, die Alessandro für sie zusammengestellt hatte, könnte sie zwar wach halten und ihr die Fahrzeit verkürzen, würde sie bei diesem Unwetter aber nur von der Straße ablenken.

Ihre dunkelblonden Locken, neben der Liebe zur Lyrik ein weiteres Erbe ihrer deutschen Großmutter, klebten wegen der Feuchtigkeit, die sich im Innenraum ausbreitete, an ihren Wangen. Entschlossen streifte sie den spiraligen Gummi von ihrem Handgelenk und band die Haare mit der rechten Hand im Nacken zusammen.

Eine heftige Sturmbö riss ihr beinahe das Lenkrad aus der Hand.

Sie musste sich konzentrieren.

Die Bäume der Allee schwankten bedrohlich.

Hoffentlich kracht keiner auf mich herunter, dachte Ginevra und bekam es immer mehr mit der Angst zu tun.

Jeder aus der Gegend wusste, dass die Unwetter hier ganze Bäume umstürzen lassen konnten. Vor einigen Jahren hatte sich ein Sturm zu einem regelrechten Tornado gesteigert und allein in Grado über fünfhundert Bäume entwurzelt sowie einige Todesopfer gefordert. Jetzt stieg von den seitlich der Straße liegenden Wiesen und Feldern Dunst auf. Und die Sicht wurde immer schlechter.

Vielleicht sollte sie anhalten und das Schlimmste abwarten?

Blöderweise war sie an Cervignano bereits vorbei. In einer Stadt hätte sie vermutlich leichter Schutz gefunden.

Außer ihr schien auch niemand mehr unterwegs zu sein.

Das Schrillen ihres Smartphones riss Ginevra aus ihren fruchtlosen Überlegungen. »Papa« stand auf dem Display.

Erleichtert hielt sie am Straßenrand zwischen zwei Bäumen.

Der Sturm wogte um ihr Auto, rüttelte es durch, als wäre es eine Streichholzschachtel. Regen peitschte gegen die Scheiben.

»Wo bist du?«, kam es besorgt aus dem Handy.

»Papa, nicht mehr weit entfernt, kurz vor Terzo di Aquileia.«

»Soll ich dir entgegenkommen, Kleines?«

Ginevra musste zugeben, dass diese Idee verlockend klang. Am liebsten hätte sie ihn mit weinerlicher Stimme gebeten: »Ja, bitte, Papa, hol mich ab.« Aber sie war kein kleines Kind mehr.

Es ging nicht. Außerdem arbeitete ihr Vater hart und brauchte seinen Schlaf.

»Nein, schon gut«, wehrte sie daher ab und versuchte, ihrer Stimme einen festen Klang zu geben.

»Tesoro. Wenn du in zehn Minuten nicht daheim bist, hole ich dich. Keine Widerrede.«

Sie lächelte ins Telefon. »Klar, Papa. Wartest du in der Küche mit einer Tasse heißer Schokolade auf mich? Nimm bitte die mit dem Nougatgeschmack.«

Beim Gedanken an diesen Empfang machte sich ein wohliges Gefühl in ihr breit. Sogar die grellen Blitze, die über den

Himmel zuckten und von mächtigem Donnergrollen begleitet wurden, konnten ihr nichts mehr anhaben.

Es war schön, dass es jemanden gab, dem ihr Wohlbefinden, ihre Sicherheit wichtig war.

Ihre Eltern sorgten sich um sie. Im Gegensatz zu ihren beiden Geliebten, von denen noch nie einer nachgefragt hatte, ob sie nach der Schicht gut nach Hause gekommen war.

So viel dazu.

Wieder erfasste der Sturm ihren Wagen. Der Regen hatte sich sogar noch verstärkt. Sie sollte jetzt losfahren, sonst machte Papa sich auf den Weg.

In diesem Moment wurde die Fahrertür von außen geöffnet. Aus den Augenwinkeln erkannte sie eine hagere Gestalt, die sich ins Wageninnere beugte.

»Ich werde Ihnen helfen«, hörte sie eine Stimme.

Sie wollte zu der Person hochblicken, doch ehe sie reagieren konnte, schob sich ein pelziges Etwas über ihre Nase und ihren Mund und nahm ihr alle Luft zum Atmen.

Der Erlkönig war es, der sie geholt hatte. Er hob sie, trug sie, ritt mit ihr durch die Nacht, legte sie ab, beugte sich über sie, berührte ihr Gesicht. Er tat ihr ein Leid an.

Die Luft war so knapp. Sie röchelte. Lorenzos schlanke Finger, eng um ihren Hals gelegt.

Alessandro.

Doch kein Geruch nach Pizza, etwas anderes drängte sich auf. Kamillentee. Nein.

Papa?

Was geschah mit ihr?

Ginevra versank.

»Schatz.«

Die weiche Stimme ihrer Mutter.

Ginevra öffnete die Augen. Zuerst sah sie nichts als Helligkeit. Dann wich das Gleißen, wurde matter, zog sich an die Ränder ihrer Wahrnehmung zurück.

»Wo ist Papa?«

»Ich hole die Ärztin.«

»Was? Nein. Bleib.«

»Kind, Mädchen. Was ist passiert? Woran erinnerst du dich?«

»Es war der Erlkönig. Der hat es getan.«

»Was hat er getan?«

»Wo bin ich? Mama, im Himmel?«

»Nein, mein Liebling. Du bist in Sicherheit. Wir sind im Krankenhaus.«

»Wo ist Papa?«

»Ich hole ihn gleich. Er wartet draußen. Was ist passiert? Woran kannst du dich erinnern?«

»Beine. Da waren Beine. In Jeans.«

»Von wem sprichst du?«

»Von dem aus dem Gedicht. Dem König der Elfen. Ein Däne.«

»Schatz, du redest Unsinn. Das sind die Medikamente. Die Polizei wartet, aber ich lasse sie erst zu dir, wenn ich weiß, dass du klar bist.«

»Mama.«

»Ja, mein Schatz?«

»Wo war Papa? Er wollte mich holen, ich habe mit ihm telefoniert. Dann waren die Beine da. Jeans. Mama, sie waren ganz neu.«

»Kind, du phantasierst.«

Ginevra richtete sich ein wenig auf und starrte aus dem Fenster. Es war Tag. Helllichter Tag. Ein Gerät sonderte einen schrillen Ton ab. Ihr Arm hing an einem Schlauch, eine Nadel steckte in ihrer fahlen Haut. Vorsichtig betastete sie ihren Hals. Es tat weh. Sie konnte kaum schlucken.

»Hat er mich gefesselt und gewürgt? Lorenzo?«

Die Augen ihrer Mutter weiteten sich, und das Grün ihrer Iris wurde dunkel, verschwamm mit der Pupille. »Wer ist Lorenzo?«

Wolken schwebten über den Himmel. Eine Möwe schrie. Eine leichte Brise rüttelte sanft an den offenen Fensterläden, als wollte sie um Einlass bitten.

So wüst und schön sah ich noch keinen Tag.

Guter alter Shakespeare. Aber danach stand Ginevra jetzt nicht der Sinn.

»Mama, ich muss dir etwas Schlimmes beichten.«

Ihre Mutter legte den Arm um sie und zog sie an sich. »Nicht mir, Ginevra, der Polizei musst du alles sagen. Nur so können sie den finden, der dir das angetan hat. Wäre Papa nicht gewesen, kaum auszudenken, was passiert wäre.«

Ginevra befreite sich unsanft aus ihrer Umarmung. »Es gibt zwei. Alessandro ist nicht der Einzige.«

Und sie begann zu reden.

13

Sturm, Regen und Gewitter waren in einen rauen, kühlen Frühlingstag übergegangen.

Maddalena Degrassi fröstelte.

Sie war auf dem Weg nach Monfalcone ins Krankenhaus.

Schon wieder. Zoli fuhr den Wagen. Ein Umstand, der ihr starken, guten Kaffee bescherte.

Der Zeichner war ebenfalls unterwegs.

Es war dringend erforderlich, die Opfer von Gewaltverbrechen innerhalb von vierundzwanzig Stunden ein Phantombild des Täters erstellen zu lassen, das bekam jeder Ermittler schon auf der Polizeischule eingebläut. Zu schnell verwischten Eindrücke, wurden Erinnerungen unscharf. Phantasie und real Erlebtes vermischten sich. Diese Vierundzwanzig-Stunden-Regel galt darüber hinaus auch bei der Aufklärungsrate von Verbrechen. Die Chancen der Ermittler, den Täter dingfest zu machen, sanken danach überproportional schnell.

Maddalena machte sich Sorgen. Sie kamen nicht richtig voran. Für sie mit ein Grund, sich über Olivia Merluzzis störrisches Verhalten zu ärgern. Zeugen, die Abmachungen nicht einhielten, erschwerten ihre Arbeit zusätzlich.

Heute war Maddalena genug Zeit geblieben, sich zurechtzumachen, ehe sie vom Krankenhaus darüber informiert worden war, dass die junge Studentin nun aufgewacht und vernehmungsfähig sei. Sie trug auch nicht ihre Alltagskluft, Jeans, Shirt, Stiefel und Lederjacke, sondern ein kurzes, enges Kleid mit Dreiviertelärmeln, das ihre Mutter als »kleines Schwarzes« bezeichnete und das nach deren Meinung unbedingt in den Kleiderschrank einer eleganten Frau gehörte.

Mutter, dachte Maddalena in einem Anflug von Traurigkeit. Sie wäre heute gern in Santa Croce vorbeigefahren, dem kleinen Dorf im Karst, hoch oben über dem funkelnden Meer, aber das Haus, in dem sie aufgewachsen war, stand leer. Ihr Vater war tot, und ihre *Mutter*, Maddalena lächelte, hatte sich wieder einmal für längere Zeit in Mailand bei Freunden einquartiert. Sie fehlte ihr. Es erstaunte sie, wie sehr sie ihre spröde Art vermisste, ihre emotionale Distanziertheit und ihre mit Weisheit getränkten Sprüche. Erst letztes Jahr waren sie einander wirklich nähergekommen, und Maddalenas Abwehrmechanismen der Frau gegenüber, die sie als Baby aufgenommen hatte und die zwar hart und unerbittlich sein konnte, sie auf ihre verquere Art aber aufrichtig liebte, hatten sich gelegt. Seither telefonierten sie häufig, ohne dass Maddalena den üblichen Groll verspürte, und lachten sogar miteinander. Allein lachte Maddalena insgeheim auch darüber, dass ihre Mutter ganz offensichtlich ein großer Fan von Maddalenas direktem Vorgesetzten, dem cholerischen und stets grimmig dreinblickenden Commandante Scaramuzza, war. Sie liebte Erzählungen über dessen Wutausbrüche, und Maddalena hegte den Verdacht, dass ihrer Mutter auch sein imposantes Äußeres gefiel. Spekulationen, dachte Maddalena und schmunzelte.

Ohne jeden Zweifel hätte ihrer Mutter gefallen, wie Maddalena heute aussah. Sie beschloss, später ein Selfie zu schießen, um es ihr über WhatsApp zu schicken.

Zoli würde später mit ihr nach Dol pri Vogljah zur Geburtstagsfeier von Franjos Mutter fahren. Beim Gedanken an das bevorstehende Wiedersehen mit ihm hatte sie ein mulmiges Gefühl. Wenn sie es genau betrachtete, fühlte es sich an wie das Bauchweh vor einer Schularbeit. Oder doch eher wie die Vorfreude beim Auspacken eines Geschenkes?

Reiß dich zusammen, ermahnte sie sich, als das Krankenhaus in Sicht kam, du bist kein verliebter Backfisch, konzentriere dich auf deinen Job.

Zoli stellte das Fahrzeug auf dem Parkplatz vor der Klinik ab. An der Rezeption erfuhren sie, wo Signora Missoni lag.

Ginevra Missoni. Was für ein außergewöhnlicher Name. Und was für ein außerordentlicher Zufall, stellte Maddalena fest. Die Frau lag im selben Zimmer wie letzte Woche Violetta Capello.

Der Mann, der auf dem Flur vor dem Krankenraum hin- und herlief, schien sie nicht zu bemerken. Er war unrasiert, seine Hose zerknittert. Unter seinen Achseln hatten sich große

Schweißflecken gebildet. Seine Augen lagen tief in den Höhlen, violettschwarze Ringe zeugten von Schlafmangel und Erschöpfung. Sein Atem ging stoßweise.

»Signor Missoni?«

Als Maddalena ihn ansprach, zuckte der Mann zusammen.

Die Kollegen, die zuerst am Tatort gewesen waren, hatten ihnen eine Zusammenfassung der Ereignisse gegeben. Doch Zoli und sie wollten den Vater, der ein wichtiger Zeuge war, so schnell wie möglich selbst befragen. Erst dann würde Maddalena sich an die behandelnde Ärztin wenden und mit deren Einverständnis schließlich an die Patientin selbst. Zoli konnte in der Zwischenzeit mit der Mutter sprechen.

»Setzen wir uns für einen Augenblick, Signor Missoni. Ich weiß, wie schockierend das alles für Sie sein muss.«

Maddalena gab dem Mann die Hand und legte die andere beruhigend auf seine Schulter.

»Wir haben gehört, dass Sie Ihrer Tochter entgegenfahren wollten, weil sie nicht wie vereinbart heimkam. Ist das korrekt?«

Signor Missoni griff sich an die Stirn und sog scharf die Luft ein. Mit überraschend ruhiger Stimme antwortete er: »Es war wegen des Unwetters. Außerdem machen wir uns immer Sorgen, wenn Ginevra nachts so spät unterwegs ist. Aber sie braucht das Geld, und die Arbeitszeiten kann sie sich in der Bar nicht aussuchen.«

»Das verstehe ich gut«, murmelte Zoli, und Maddalena nahm sich vor, ihn zu fragen, was er damit gemeint hatte. Sie wusste, sie sollte sich ihren Mitarbeitern gegenüber zugänglicher zeigen. Gab es jemanden, der ihm ähnliche Sorgen bereitete? Fast gar nichts wusste sie vom Privatleben ihres Kollegen, und kurz machte sie sich ihr Desinteresse zum Vorwurf.

Sie notierte sich die Adresse der Arbeitsstelle, Lippi würde dort vorbeischauen, und nickte Missoni aufmunternd zu.

»Ginevra war unterwegs, und draußen tobte der Sturm. Ich hatte Angst, dass sie einen Unfall baut oder dass ein Baum die Straße blockiert. Also rief ich sie an, aber sie versicherte mir, schon fast zu Hause zu sein. Ich mache mir große Vorwürfe. Nie hätte ich noch eine Viertelstunde warten dürfen, ich hätte ihr sofort entgegenfahren müssen. Wenn ich nicht abgewartet hätte, wäre meiner Tochter nichts passiert.« Er stöhnte auf. »Hätte ich doch bloß auf meine innere Stimme gehört.«

Zoli wollte etwas einwerfen, aber Maddalena hielt ihn mit einer Handbewegung zurück. »Sprechen Sie weiter«, bat sie.

»Zuerst habe ich es gar nicht gesehen. Ihr Auto, meine ich. Es stand zwischen zwei Bäumen am Straßenrand. Die Scheinwerfer waren aus. Nur weil es blitzte, wurde ich überhaupt darauf aufmerksam. Ich hielt an, lief zum Wagen und riss die Tür auf. Sie war nicht da. Ich konnte sie nirgends sehen. Also schaltete ich die Scheinwerfer ein und begann wie wild zu hupen. Ich rief ihren Namen, aber der Wind trug meine Stimme fort. Dann wählte ich ihre Nummer, und auf dem Beifahrersitz begann ihr Handy zu läuten. Mir war klar, dass etwas passiert sein musste. Ich war vor Angst außer mir, habe den Notruf gewählt und bin durch die Gegend gelaufen. Doch ich konnte sie nirgends finden.«

»Dennoch haben Sie das Schlimmste womöglich verhindert, Signor Missoni.«

»Das Schlimmste?« Schweißtropfen bildeten sich auf seiner Stirn.

»Sie haben durch Ihr Rufen und Hupen den Täter vertrieben. Wer weiß, was er ihr alles angetan hätte, wären Sie nicht aufgetaucht. Nur so ist es zu erklären, dass er von Ihrer Tochter abließ und bereits wieder verschwunden war, als unsere Kollegen eintrafen.«

»Ich hätte gleich losfahren müssen, ich bin schuld. Erst die Polizisten haben Ginevra gefunden.« Signor Missonis Stimme brach. »Wie ein Tier, das man überfahren und dann entsorgt hat, lag sie auf der Wiese neben der Straße. Bei diesem Wetter. Sie war nicht ansprechbar, und später redete sie wirres Zeug. Von einem Erlkönig und von Elfen. Aber wenigstens lebt sie.«

»Er hat sie betäubt, daher ihr verwirrter Zustand«, erklärte Zoli.

»Haben Sie irgendetwas Außergewöhnliches wahrgenommen, als Sie nach Ihrer Tochter Ausschau hielten, und vielleicht etwas bemerkt oder gehört? Der Tatort ist ja nicht allzu weit von der Stelle entfernt, an der Ihre beiden Autos parkten.«

»Außergewöhnliches? Die ganze Situation war außergewöhn-

100

lich, was glauben Sie denn?« Missoni wischte sich mit einer
fahrigen Bewegung über die Stirn. »Der Sturm tobte, der Wind
verschluckte alle Geräusche, es war dunkel. Wie konnte das nur
passieren?« Neuer Schweiß perlte auf seiner Stirn.

»Es gibt Reifenspuren auf dem Feld«, sagte Maddalena sanft.
Wir nehmen an, dass der Täter Ihre Tochter aus dem Auto ge-
zerrt, betäubt und zu seinem Wagen getragen hat. Dann kamen
Sie, also hat er sie auf die Wiese gelegt und ist geflüchtet.«

»Sie wissen, dass es so nicht gewesen ist. Ihr Unterleib war
entblößt. Den BH hat er ihr um den Hals geknotet. Wenn ich
das Schwein in die Finger kriege, bringe ich ihn um«, brach es
aus Missoni heraus.

»Signor Missoni, wir werden ihn fassen, das versichere ich
Ihnen«, hörte sie Zoli sagen.

Dieser Narr! Ohne nachzudenken, gab er dem Vater des
Opfers ein Versprechen, das sie womöglich nicht halten konnten. Unglaublich. Maddalena nahm sich vor, ihrem Mitarbeiter
demnächst eine Lektion in Gesprächsführung zu erteilen.

»Bitte behalten Sie dieses Detail für sich, Signor Missoni«,
sagte sie freundlich, aber bestimmt. »Der Erfolg unserer Ermittlungen könnte davon abhängen.«

So, wie die Dinge lagen, war klar, dass es sich um denselben
Täter wie bei Violetta Capello handeln musste. Es war Teil seiner Handschrift, seine Opfer zu würgen – doch das war eines
jener Indizien, die sie vor der Presse zurückhielten, um Nach-
ahmungstäter abzuhalten. Nur Täter, Opfer und Polizei wussten
bisher davon.

»Tatsache ist, dass Sie Ihre Tochter vor noch Schlimmerem
bewahrt haben«, ergänzte sie.

»So ist es«, bestätigte Zoli eifrig und warf ihr einen bewun-
dernden Blick zu.

Maddalena unterdrückte ihren Ärger nur mühsam.

»Ich spreche jetzt mit der Ärztin und dann mit Ihrer Tochter.
Mein Kollege hat unterdessen noch ein paar Fragen an Sie und
Ihre Gattin.«

»Die ist bei Ginevra, sie weicht nicht von ihrer Seite. Auch
bei den Untersuchungen …« Er stockte. »Sie war die ganze Zeit

bei ihr. Sie macht sich ebenso große Vorwürfe wie ich. Wäre sie nicht im Bett geblieben, sondern mitgefahren, hätten wir sie schneller gefunden, meint sie.«

Die Medizinerin, eine ältere Frau mit kurz geschnittenen silbergrauen Haaren, nickte bejahend.

»Das ›Rape Kit‹ wurde bereits gemacht. Ich bin, kurz nachdem die Patientin eingeliefert wurde, verständigt worden. Signora Missoni war kaum ansprechbar, eindeutig desorientiert in Zeit und Raum. Ich hätte ihr gern sofort eine Infusion gelegt, die hätte aber die Ergebnisse der Untersuchung verfälschen können. Ihre Mutter war bei ihr und hat uns ihr Einverständnis gegeben, zunächst die Tests durchzuführen.«

Maddalena war froh über die Vorausschau, die die Ärztin an den Tag gelegt hatte, denn neben den medizinischen Befunden ging es auch um forensische Beweise.

»Die kleine Missoni ist im Unterschied zu unserem letzten Vergewaltigungsopfer nicht so glimpflich davongekommen. Während Signora Capello keine ernsthaften Verletzungen des Genitalbereiches davongetragen hat, wies ihre Vagina einige tiefere Risswunden auf, die wir nähen mussten. Es war eine vaginale Vergewaltigung mit Präservativ, so viel kann ich Ihnen schon sagen. Neben den Würgespuren gab es noch weitere extragenitale Verletzungen. Sie hat einige Hämatome, Abschürfungen, und ein Haarbüschel wurde ihr ausgerissen. Der Täter ging brutaler vor oder hatte einfach mehr Zeit als beim letzten Mal. Sobald die Ergebnisse da sind, lasse ich Sie es wissen.«

Maddalena war klar, was die Worte der Ärztin bedeuteten: Der Täter wurde fordernder, ungeduldiger. Bisher war er immer gestört worden. Das konnte ein Vorteil sein, vielleicht wurde er unvorsichtig und machte einen Fehler. Doch was, wenn er beim nächsten Versuch nicht daran gehindert wurde, umzusetzen, was er sich vorgenommen hatte? Die Würgemale zeigten deutlich, dass Gefahr für Leib *und* Leben der Opfer bestand.

Sie musste mit Scaramuzza reden, ihn überzeugen, eine Sonderkommission zu bewilligen.

Maddalena betrat das Krankenzimmer.

Die junge Frau, die mit geschlossenen Augen an hochgestellte Kissen gelehnt im Krankenbett lag, wirkte überaus blass. Doch das und selbst die Verletzungen in ihrem Gesicht – die kahle, verkrustete Stelle seitlich an ihrem Kopf und die Würgemale um ihren Hals – konnten nicht über ihre auffallende Schönheit hinwegtäuschen.

Die Mutter des Opfers, die neben dem Bett auf einem Besucherstuhl saß, blickte auf und sah Maddalena aus verweinten Augen an.

»Ich warte auf die Kommissarin, aber sie lässt sich Zeit«, sagte sie vorwurfsvoll. »Sind Sie von der Krankenhausverwaltung, geht es um die Versicherung? Ist alles gedeckt.«

Verdammt, meine Aufmachung, dachte Maddalena und beeilte sich, das Missverständnis aufzuklären.

»Ich bin Commissaria Degrassi aus Grado und würde gern mit Ihrer Tochter sprechen.«

»Sie ist völlig erschöpft. Die Untersuchungen … es war die Hölle. Erst danach wurde sie gewaschen. Aber schlimmer als alles andere –«

»Mama?« Der Engel im Bett riss seine erstaunlich blauen Augen auf.

»Ginevra, Liebling, die Kommissarin ist jetzt da. Ihr musst du dich anvertrauen.«

»Bitte sag du es ihr, Mama. Ich will nicht daran denken. Nie wieder.«

Das wird schwierig werden, dachte Maddalena und seufzte innerlich. Engel auf Erden hatten mitunter ihre ganz eigenen Strategien, sich der Realität zu entziehen.

Ergeben wandte sie sich an die ältere Frau, doch ehe sie eine Frage stellen konnte, brach es aus Signora Missoni heraus: »Ich glaube zu wissen, wer der Täter ist.«

Um ihre Überraschung zu verbergen, setzte Maddalena sich auf einen Besucherstuhl und zupfte ihr Kleid über den Knien zurecht.

»Ich höre?«

»Es ist peinlich. Nein, nicht für sie.« Sie blickte zu ihrer Tochter. »Ginevra bekommt ohnehin nicht viel mit. Man hat ihr ein Beruhigungsmittel verabreicht. Für mich ist es peinlich.«

Sie machte eine Pause, die Maddalena nutzte, um nachzuhaken. Aus Erfahrung wusste sie, dass Familienmitglieder von Opfern sexueller Übergriffe mitunter so empfanden. Nicht selten fand eine Täter-Opfer-Umkehr statt. Aufklärungsarbeit war das A und O.

»Wovon reden wir hier? Eine Vergewaltigung ist eine Tragödie, ein Drama, sie hat etwas zutiefst Verstörendes und Beschämendes. Aber nichts davon muss irgendjemandem peinlich sein.«

»Ich meine nicht die Vergewaltigung. Es geht um das, was mein Mädchen mir erzählt hat. Es ist demütigend.«

»Mama«, kam es wieder vom Bett.

Maddalena wandte ihre Aufmerksamkeit der jungen Frau zu. »Ich bitte Sie, mir selbst zu erzählen, worum es hier geht.«

Ginevra Missoni winkte Maddalena zu sich ans Bett. »Meine Stimme«, krächzte sie, »es ist ein Widerstand in meiner Kehle.« Dann flüsterte sie heiser: »Lorenzo hat mich gewürgt, als wir Sex hatten. Davor habe ich mit Alessandro geschlafen.«

»Alessandro ist ihr Freund. Der andere ihr Uni-Professor. Stellen Sie sich das vor, Commissaria, er unterrichtet sie. Ich frage mich, worin. Das ist doch Missbrauch.«

Ginevras Mutter war aufgestanden. Sie beugte sich vor und strich über die Stirn ihrer Tochter, klemmte ihr eine Locke hinter das Ohr. »Schätzchen, egal. Wichtig ist, dass du wieder gesund wirst. Nur das zählt.«

Das hat sich eben aber noch ganz anders angehört, dachte Maddalena erstaunt.

»Da waren diese Bäume, ich weiß nicht, welche. Pappeln. Nein, Erlen. Vielleicht habe ich phantasiert, aber mir war, als würde mich der Erlkönig holen. Der aus dem Gedicht. Lorenzo hat es mir einmal vorgelesen. War es Lorenzo, der mich überfallen hat?« Ginevras Stimme klang spröde.

Ihre Mutter zog hörbar die Luft ein.

»Wer sonst, mein Kind? Er war es höchstpersönlich. Dein Sexualprofessor. Wahrscheinlich hatte er noch nicht genug von

104

seinen perversen Spielchen. Und dann ist alles entgleist. Diesen
widerlichen Kerl werde ich mir vorknöpfen.«
»Sie werden gar nichts tun. Keiner von Ihnen. Sie würden
mit solchen Aktionen mehr zerstören, als Sie ahnen.« Während
Maddalena so auf Ginevra Missonis Mutter einredete, keimte
ein Gedanke in ihr.
Violetta Capello. Sie war Lehrerin. Musik- und Kunstge-
schichte, wenn sie sich recht erinnerte.
Sie musste auf einer Universität ihr Diplom gemacht haben.
Gab es zwischen den beiden Opfern eine Verbindung?

Als sie später mit Zoli im Auto saß, verglichen sie die Inhalte
der geführten Gespräche. Die mögliche Verbindung mit Violetta
Capello sahen beide als neue Spur.
Danach waren sie mit dem Triestiner Kollegen Morokutti
verabredet, um ihre eigenen und dessen Recherchen bezüglich
möglicher weiterer Fälle durchzugehen und abzugleichen. Allerdings nicht im Büro.
Leonardo wartete vor dem Caffe degli Specchi auf der Piazza
dell'Unita d'Italia in Triest auf sie. Schon als sie aus dem Wagen
stiegen, konnten sie sehen, wie er unruhig vor dem Eingang auf
und ab lief.
Auch wenn sich im Specchi, einem der berühmtesten Kaffee-
häuser der Stadt, viele Touristen tummelten, gefiel es Maddalena
hier. Sie genoss es, auf einem der Stühle im Freien zu sitzen und
den Platz, die Leute und das Meer zu betrachten. Heute sorgte
ihre Wolljacke aus Kaschmir zudem für die nötige Wärme.
Leonardo kam auf sie zu.»Endlich«, begrüßte er sie.»Meine
Freundin war ziemlich sauer, als sie mitbekam, dass ich, anstatt an
meinem freien Tag mit ihr nach Duino zu fahren, ein Arbeitsge-
spräch wahrnehmen werde. Ich habe also nicht allzu viel Zeit.«
Zoli begann zu lachen. Maddalena sah ihn irritiert an. An
Leonardos Bemerkung konnte sie nichts Amüsantes finden. Ihr
selbst blieben ein paar Stunden bis zu ihrer Verabredung im
Karst, und sie würde sich durch die Besitzansprüche von Leonardos derzeitiger Gespielin nicht in ihre Arbeit hineinpfuschen
lassen. Es war von großer Bedeutung, sich mit anderen Polizei-

105

stationen bezüglich erfolgter Vergewaltigungen zu vernetzen, Ergebnisse zu vergleichen, Übereinstimmungen zu sondieren und genau auf jeden noch so kleinen Unterschied zu achten.

»Wir werden sehen, wie weit wir kommen«, antwortete sie reserviert.

Die kleinen zum Aperol Spritz gereichten Happen beruhigten ihre Magennerven. Da sie seit gestern Abend nichts mehr gegessen hatte, stieg ihr der Alkohol unmittelbar zu Kopf. Sie strich ihre Locken, die sie heute Morgen gewaschen, mit einer Haarpackung verwöhnt und zum Glänzen gebracht hatte, sorgfältig zurück und begann sich auf den Abend zu freuen. Doch das mulmige Gefühl blieb.

»Also, Leute, gehen wir es an«, sagte sie und klatschte in die Hände.

Einige Stunden später hatten sie das gesammelte Material komplett durchgearbeitet und einige der in den vergangenen Monaten erfolgten Übergriffe auf Frauen aufgrund fehlender Parallelen als nicht zu ihrem Fall zugehörig aussortieren können. Übrig blieben neben denen, die Maddalena und Zoli bereits bearbeiteten, zwei weitere. Leonardo hatte Akteneinsicht in den bei ihrem letzten Treffen erwähnten Fall genommen, und die Vorgehensweise passte tatsächlich zu der ihres Täters. Maria Carisi war wie Violetta Capello und nun auch Ginevra Missoni vor der Tat betäubt worden und hatte keinen Funken Erinnerung an das Geschehen. Zudem hatte der Täter sie gewürgt, allerdings mit ihrem Schal, nicht mit ihrem BH. Leonardo war außerdem mit einem Kollegen aus Görz in Kontakt getreten, der ihm von einem ähnlichen Vorfall berichtet hatte.

»Allerdings traf ich ihn nicht persönlich, und schon gar nicht im gemütlichen Café, sondern habe schlicht mit ihm telefoniert«, betonte er schmunzelnd.

Obwohl die Fakten erschreckend waren, machte es allen dreien einen gehörigen Spaß, in dieser ungewohnten Umgebung zu arbeiten.

Und die Fakten waren in der Tat schlimm: Sie hatten es allem Anschein nach mit mindestens vier Vergewaltigungen beziehungsweise Vergewaltigungsversuchen zu tun. Jedes Mal waren

Frauen, die mit ihrem Wagen am Straßenrand hielten, die Opfer gewesen. Jedes Mal war das Verbrechen in der Dämmerung oder der Nacht verübt worden. Dreimal war schlechtes Wetter mit im Spiel gewesen.

Alle Opfer waren zunächst betäubt und dann gewürgt worden, allerdings schienen die Hände des Täters nie unmittelbar beteiligt gewesen zu sein. Benutzt hatte er einen Schal, zwei BHs und im Fall des Kollegen aus Görz eine vom Opfer getragene Halskette. Maddalena nahm sich vor, gleich morgen nach Görz zu fahren und die weiteren Details mit dem Kollegen persönlich durchzusprechen.

Die Zahl der Vergewaltigungen, die auf das Konto ihres Täters gingen, war somit innerhalb weniger Stunden von zwei auf vier Fälle angestiegen. Allerdings musste das noch längst nicht alles gewesen sein, die Dunkelziffer bei Vergewaltigungen war hoch. Dass die Möglichkeit, Vergleichswerte zu erfassen, durch die nicht angezeigten Verbrechen nicht unbedingt stieg, war ein wiederkehrendes Dilemma bei Ermittlungen dieser Art.

»Wer fand das Opfer bei Villesse, Leonardo?«, erkundigte sich Maddalena.

Der Kollege sah stirnrunzelnd von seinen Unterlagen hoch. Erst jetzt fiel Maddalena das übertrieben fröhliche T-Shirt, das er unter seiner wattierten Steppjacke trug, auf. Vor einem knallgelben Hintergrund flatterte ein bunter Papagei. In einer Sprechblase darüber stand: »Ich plappere alles nach.«

»Cesare Corallo, ein Arbeiter, der auf dem Weg nach Torviscosa zur Morgenschicht in die Fabrik war. Er blieb stehen, um zu pinkeln, und hörte ein Auto davonfahren. Dann erst sah er Maria Carisi am Rand des schmalen Wiesenstücks liegen und erkannte, was passiert war.«

Auch mit dem würde sie persönlich reden müssen. Doch für heute war es genug.

»So, Zoli, los geht's.« Maddalena winkte dem Kellner. »Ich übernehme«, sagte sie hastig, als beide Männer zu ihren Brieftaschen griffen. Immerhin hatte sie die zwei zur Extraarbeit verpflichtet.

Als sie wenig später neben Zoli durch den Karst fuhr, dachte sie mit einem wehmütigen Gefühl an die vielen Male, die sie diese Strecke schon allein zurückgelegt hatte und zu Franjo gedüst war. Meistens auf ihrem Motorrad. Das stand jetzt im Garten der Villa, geschützt unter einem Holzverschlag, und wurde nur noch selten benutzt. Spontan beschloss sie, das demnächst zu ändern.

Kurz bevor sie nach dem seit Jahren unbewachten Grenzübergang in Dol pri Vogljah scharf nach links abbogen, stieg ein Bild in ihrer Erinnerung hoch: Franjo und sie, eng umschlungen auf der Veranda vor dem Gasthaus.

Wie geborgen hatte sie sich damals in seinen Armen gefühlt.

»Commissaria«, sagte Zoli und verscheuchte die Erinnerung, »wo genau müssen wir hin?«

Maddalena grinste. In Anbetracht der vielen Autos auf dem Parkplatz sollte es für einen Polizisten nicht allzu schwer herauszufinden sein, in welchem Haus das Fest stattfand. Trotzdem erwiderte sie freundlich: »Da vorn ist es.«

Nun, so kurz vor dem Ziel, hatte sich das mulmige Gefühl, das sie schon den ganzen Tag über begleitete, noch verstärkt.

Ihre Hand, in der sie das Geschenk für Franjos Mutter Mateja hielt, war feucht.

Ausgerechnet Miroslav, Franjos Kellner, öffnete auf ihr Klopfen. Als er sah, wen er vor sich hatte, warf er ihr einen grimmigen Blick zu, bat sie aber herein.

Die Tische waren festlich gedeckt, über den Stühlen waren Hussen drapiert. Es roch unaufdringlich nach Rosen. Kerzen und leise Musik erzeugten eine festliche Stimmung.

Der Gastraum war voller Menschen.

»Du?«

Plötzlich stand Franjo vor ihr, und Maddalena schluckte.

»Deine Mutter bat mich —«

Weiter kam sie nicht, denn Franjo unterbrach sie. »Und der da?« Er wies auf Zoli, der verlegen neben ihr stand. »Ist das dein neuer Freund? Tomasos Nachfolger?«

Vielleicht war es doch keine so gute Idee, die Einladung anzunehmen, dachte Maddalena.

Franjos Mutter erlöste sie aus der peinlichen Situation, indem sie ihren Sohn resolut beiseiteschob und Maddalena an sich drückte. Über Matejas Schulter hinweg sah Maddalena, wie Franjo Zoli arrogant musterte und sich schließlich wieder ihr zuwandte. Seine Augen waren schmal, und Maddalena konnte nicht erkennen, ob das heftige Gefühl, das sie dunkel hatte werden lassen, Zorn oder Traurigkeit war.

Vorsichtig löste sie sich aus den Armen ihrer Beinahe-Schwiegermutter. »Ich brauche jetzt dringend eine Zigarette und einen Schnaps«, sagte sie leise und machte auf dem Absatz kehrt.

Im hinteren Teil des Gartens lehnte sie sich an den Stamm eines hohen Baumes. Verzweifelt versuchte sie, die aufsteigenden Tränen zurückzudrängen.

14

Wie oft es geklingelt hatte, wusste Violetta nicht mehr. Irgendwann öffnete sie die Tür, um ein zorniges »Wer ist da?« ins dunkle Stiegenhaus zu schmettern und sich stattdessen einer Menschenansammlung gegenüber zu sehen.

Im ersten Moment konnte sie niemanden erkennen, dann schälte sich ein Gesicht aus der Menge.

»Olivia, du?« Violetta trat einen Schritt zurück. Sie war so verblüfft, dass sich Olivia an ihr vorbei in die Wohnung drängen konnte.

Die anderen folgten ihr, und Violetta sank resignierend auf einen Küchenstuhl.

»Was willst du?«, brachte sie schließlich hervor.

Ein anderes Gesicht tauchte vor ihr auf. Fabrizio.

»Wir machen uns Sorgen. Du reagierst nicht auf unsere Anrufe. Olivia war etliche Male hier, du hast ihr nicht geöffnet.« Er sah sie besorgt an. »Du bist nicht mehr zum Unterricht gekommen, hast dich nicht abgemeldet. Wir mussten doch nach dir schauen. Bist du krank?«

Krank?, überlegte Violetta.

Sogar das Denken war anstrengend.

»Ich mache Tee. Das hilft immer.«

In dem stämmigen Mann, der wie ein groß gewordenes Kind aussah und auch so sprach, erkannte Violetta Olivias Bruder.

Geschirr begann zu klappern und Wasser im Kocher zu sprudeln. Eine Invasion hatte Violetta überrollt. Hier, in ihrer Festung, dem einzigen sicheren Platz auf der Welt.

Sie versuchte, sich aufzuraffen.

»Ich will das nicht.« Fahrig nahm sie eine Strähne ihres Bobs in den Mund und kaute darauf herum. »Verschwindet. Lasst mich in Ruhe.«

»Schätzchen, wie siehst du überhaupt aus?« Olivia, korrekt gekleidet wie eh und je, beugte sich über den Küchentisch zu ihr.

»Na, wie schon?«, wehrte Violetta ab und wich zurück. Sie versuchte, ihre nackten, zitternden Füße hinter den Stuhlbeinen zu verbergen.

Fabrizio und Olivia wechselten einen Blick. Sie mussten die vielen Flaschen und Medikamentenschachteln bemerkt haben.

Es war Dienstagnachmittag, seit drei Tagen war sie nicht mehr draußen gewesen.

Genau genommen seit jenem Vorfall im Garten.

Der Wächter. Der Dämon.

Er war da gewesen, unabhängig davon, ob die Polizei ihr nun Glauben schenkte oder sie als hysterisch einstufte. Und es war jemand in der Pineta hinter ihr hergeschlichen.

Unvermittelt kippte Violetta hinein in eine Welt voller unheimlicher Empfindungen und purer Panik. Ihr Herz begann zu rasen. Die Luft in ihrer Lunge entwich stoßweise, das Einatmen fiel ihr schwerer und schwerer. Sie war am Ersticken. Jetzt, in diesem Moment.

Verzweifelt warf sie sich nach vorn, umklammerte mit den Händen die Kante des Küchentisches, versuchte so, den Sturz zu verhindern. Doch unaufhaltsam flog sie dem Boden entgegen, und unaufhaltsam landete sie unter dem hohen Baum auf der Wiese, spürte wieder den Schmerz ihrer zerschundenen Glieder.

Eine Stimme riss sie aus diesem Nebel, holte sie zurück in eine andere Wirklichkeit.

Langsam kam sie zu sich.

»Ruhig durchatmen. Es wird gleich besser.«

Fabrizio stützte ihren Kopf, flößte ihr Wasser ein. Jemand hatte zwei Kissen unter ihre Füße geschoben. Ein Mädchen, das sie nicht kannte, legte ihr ein feuchtes Tuch auf die Stirn.

»Was?«

War das ihre Stimme, die so fremd klang?

»Du bist umgekippt, warst kurz weg. Soll ich den Arzt rufen?« Fabrizios Augen waren dunkel vor Sorge.

»Nein. Keinen Arzt«, murmelte sie und setzte sich auf. »Ich muss ins Bad.«

»Warte, ich begleite dich. Mach langsam.«

Olivia half ihr hoch, legte den Arm um sie. Es fühlte sich

falsch an, aber Violetta hatte nicht die Kraft, sich zu wehren. Apathisch ließ sie sich führen.

»So, und jetzt reden wir. Was ist los mit dir? Du siehst aus, als hätte dich einer ausgekotzt«, fauchte Olivia, nachdem die Badezimmertür hinter ihnen ins Schloss gefallen war. Hatte sie sich eben den Anschein von Fürsorglichkeit gegeben, so ging jetzt nur noch Neugierde von ihr aus. Und Aggressivität.

Violetta setzte sich auf den kleinen Hocker neben der Dusche. Ihre Füße schoben den Berg schmutziger Wäsche beiseite.

Vorhin erst war sie aufgewacht, benebelt vom Wein, den sie statt eines Mittagessens zu sich genommen hatte. Er machte sie müde, half ihr zu vergessen. Die Einnahme der vom Arzt verschriebenen Dosis Benzodiazepine erfolgte automatisch. Zwar beruhigten sie sie nicht, wie im Beipackzettel versprochen, dafür lösten sie in Kombination mit dem Wein ein willkommenes schummriges Gefühl in ihr aus, das sie wie auf Federn wegschweben ließ. Die Antidepressiva, die Antrieb und Stimmungsaufhellung versprachen, nahm sie nicht ein. Um das Aufwachen ging es ihr nicht. Sie wollte nichts weiter als wegdämmern, einschlafen.

Das allerdings würde sie Olivia nicht anvertrauen.

»Was geht das dich an? Du bist doch schuld an dem, was mir passiert ist.«

Olivia zuckte zurück. Ihr Blick verriet Betroffenheit. »Violetta, ich mache mir Tag und Nacht Vorwürfe, zum Auto gegangen zu sein und dich allein gelassen zu haben. Glaub mir, wenn ich könnte, würde ich das rückgängig machen.«

»Lass diese Phrasen. Die gebrauchen alle, wenn sie etwas verbockt haben. Du machst es dir viel zu leicht.«

Violetta sank in sich zusammen und konnte nicht verhindern, dass ihr Tränen über die Wangen liefen. Dumme Olivia. Sie schnäuzte sich in ein Handtuch, das über dem Rand des Waschbeckens hing.

»Das tue ich nicht, aber um mich geht es jetzt nicht. Du musst professionelle Hilfe in Anspruch nehmen. Schau dich doch an: Du bist nichts als ein Häufchen Elend.«

»Du hast mein Leben zerstört. Kümmere dich wenigstens jetzt um deine eigenen Angelegenheiten.«

Ohne anzuklopfen, betrat Toto das Badezimmer. Er hielt zwei Tassen Tee in der Hand und lachte fröhlich. »Tee hilft immer«, wiederholte er und machte dabei saugende Geräusche. Violettas Blick folgte gebannt den Bewegungen seiner dicken Lippen.

»Toto!« Olivias Stimme klang scharf. »Das nächste Mal klopfst du an. Wie oft muss ich dir das noch sagen, bis du es endlich kapierst?«

»Drei Mal noch«, erwiderte Toto, »nur noch drei Mal musst du es sagen, danach werde ich immer anklopfen. Versprochen.«

Olivia lächelte ihren Bruder an und strich ihm über das Haar. Er drückte einen Kuss auf ihren Handrücken und machte dabei eine Verbeugung.

Da war eine Art Einverständnis zwischen den Geschwistern, so als hätten sie diese Szene schon oft geprobt.

Doch für welche Vorstellung?

Eine Abschlussvorstellung?

Träumte sie wieder? Violetta spürte immer noch die Wirkung, die der Alkohol in Kombination mit den Tabletten erzeugte. Der Schwindel kam in Wellen zurück und ließ sie einen Anflug von Seekrankheit erleiden.

Und er ließ eine Erinnerung zu.

Kurz nach Beginn des Schuljahres war sie mit zwei Lehrerkollegen zu einer Bootstour in die Lagune um Grado aufgebrochen. Das in die Jahre gekommene Gefährt war geliehen und hatte sogar auf den kleinen Wellen im Stadthafen heftig geschwankt. Kaum dass sie saß, hatte Violettas Magen zu rumoren begonnen. Zur Belustigung ihrer beiden Kollegen klammerte sie sich daher, grün im Gesicht, während der gesamten Überfahrt an den klebrigen Bootsrand.

Sie wollten auf einer der Laguneninseln zu Abend essen, und Violetta freute sich seit Tagen auf das alte Casone, eines der über hundert traditionsreichen ehemaligen Gradeser Fischerhäuser. Levi, der ihr damals noch sympathische Geografiekollege, hatte wie in einer seiner Unterrichtsstunden zu referieren begonnen: »Grados Lagune ist ein vielschichtiges Naturparadies. Durch den Damm getrennt, gibt es einen östlichen und einen westlichen

Teil. Ein jeder beherbergt andere Vogel- und Fischarten. Das gesamte Reservat steht unter dem Schutz des WWF.«

Während sie, vorbei an bunten Fischerbooten, durch den Kanal tuckerten, der den kleinen Binnenhafen mit dem Meer verband, hatten sich Violettas Magennerven allmählich beruhigt. Das Herbstlicht verlieh der Landschaft gestochene Klarheit. Brombeerblau das Wasser, hagebuttengelb die den Kanal säumenden Häuser, sanddornorange die Sonne. Ein Potpourri aus Farben und Klängen, gleich denen ihrer Kindheit. Sommer am Gardasee. Musik aus dem Radio, das Rattern des Zugs, das Brummen der Motorboote, glockenhelles Lachen von irgendwoher.

Träumerisch ließ Violetta die Hand durchs kühle Wasser gleiten. Bis sie jäh die Augen aufriss. Ein Dampfer war vorbeigefahren und hatte die Wellen schäumen lassen. Gischt spritzte ihr ins Gesicht. Levi reichte ihr ein Stofftaschentuch, und alle drei mussten lachen.

Dann hatten sie den Kanal hinter sich gelassen und waren auf See. Möwen kreischten über ihren Köpfen, und das Boot rollte und stampfte über das Wasser. In Violettas Kopf begann sich alles zu drehen. Die blau-weiße Welt verschob sich und kreiste in immer wilderen Bahnen.

»Schaut nicht zu mir«, hatte sie geflüstert, sich über den Bootsrand gebeugt und ins Meer gekotzt.

»Seekrank bei Windstärke drei«, lautete die wenig mitfühlende Diagnose des Italienischlehrers.

Wäre sie nicht so schwach gewesen, sie hätte Alfredo für diese Bemerkung ertränkt.

Violetta hatte sich geirrt, als sie davon ausgegangen war, dass mit ihrer Übelkeit dem Ausflug ein jähes Ende gesetzt worden wäre. Das Gegenteil war der Fall. Es wurde richtig gefeiert. Allerdings ohne sie. Zwar hatte sie während der darauffolgenden drei Stunden den festen Boden der kleinen Laguneninsel unter ihren Füßen gehabt, doch geholfen hatte es nicht. Die meiste Zeit verbrachte sie auf der Toilette und spie sich die Seele aus dem Leib.

Ihre herzlosen Lehrerkollegen hatte das nicht daran gehindert, zu essen und zu trinken, was das Zeug hielt. Die Witze, die sie dabei über sie rissen, waren bis zu ihr in die kleine Kabine gedrungen.

Seit damals hegte sie ganz allgemein eine Abneigung gegen Bootsfahrten und sehr speziell einen Widerwillen gegenüber der überschäumenden Freude ihrer Kollegen, ging es um übergriffigen Humor und billigen Wein.

Violetta fröstelte und zog ihr Nachthemd so weit über die Knie, dass sich der Stoff spannte.

Der Kerl, dieses Riesenbaby, hatte ihr gerade noch gefehlt. Das Schmatzen seiner Lippen hatte sich zu einem anerkennenden Schnalzen gewandelt, seine Blicke taxierten sie ungeniert.

»Toto, geh zu Fabrizio und den Mädchen. Und schließ die Tür hinter dir.«

Im Hinausgehen warf er Violetta zwinkernd eine Kusshand zu. Olivia schnaubte gequält durch die Nase.

»Ich habe Emilia und ihre Freundin Nicola mitgebracht. Wir können dich gemeinsam unterstützen. Einkaufen gehen, putzen, kochen und so. Was meinst du?«

»Kein Bedarf. Macht, dass ihr fortkommt.« Violetta hatte beide Arme um ihren Körper geschlungen und wiegte sich vor und zurück. Dabei schüttelte sie zur Bekräftigung ihrer Worte den Kopf.

»Violetta, bitte.« Olivia zog ihre Augenbrauen in die Höhe. »Du wirkst verwahrlost. Seit wann trägst du dieses schmuddelige Ding«, sie wies mit dem Zeigefinger auf Violettas Nachthemd, »wie lange hast du dich nicht mehr geduscht? Nimmst du deine Tabletten? Und wie viel trinkst du?«

»Verflucht. Ich habe euch nicht eingeladen. Das ist meine Wohnung, mein Leben.«

»Wir sind in Sorge. Du bist nicht wiederzuerkennen, stehst völlig neben dir. Wo ist die alte, lebensfrohe Violetta geblieben? Wenn du so weitermachst, bleibst du auf der Strecke. Lass dir doch helfen.«

»Du spießige alte Jungfer, ich konnte dich noch nie leiden. Wie langweilig mir gewesen sein muss, dass ich ausgerechnet dich gefragt habe, mich zum Konzert zu begleiten, kannst du dir gar nicht vorstellen. Aber ich habe für diese Langeweile teuer bezahlt. Und jetzt verschwinde endlich!«

Ein feiner Sprühregen Spucke begleitete Violettas wütende Tirade. Mit Genugtuung registrierte sie die Röte, die sich auf Olivias Hals und Gesicht breitmachte.

»Halt. Noch etwas. Dein Bruder ist ein Freak. Anstatt mir ärztliche Hilfe zu empfehlen, steck lieber ihn in die Klinik.«

Olivia richtete sich auf und strich ihre Kleidung glatt. »Du solltest dich um eine Krankmeldung kümmern, sonst macht dir unser Direktor Probleme. Möglicherweise steht sogar eine Kündigung ins Haus. Ich hätte dafür Verständnis.«

»Ich schmeiß den öden Job in eurem Laden schon selbst hin. Und jetzt hau ab. Zieh Leine und nimm dein minderbemitteltes Pack mit«, giftete Violetta.

Einzig um Fabrizio tat es ihr leid. Als er kurz darauf den Kopf zur Tür hereinstreckte, um sich zu verabschieden, wurde Violetta zu all ihrem Elend von einer Welle der Traurigkeit überschwemmt.

Bis sie sich dazu aufraffen konnte, vorsichtig die Badezimmertür einen Spalt zu öffnen, um hinauszuspähen, verging eine Viertelstunde.

Keiner ihrer Quälgeister war mehr vor Ort. Erleichtert ging sie in die Küche, entkorkte einen Rotwein und trank die ersten großen Schlucke gleich aus der Flasche. Nach dem ersten Drittel hörten ihre Finger zu zittern auf.

Der Kontrollbesuch der Truppe war wohl anders verlaufen als geplant. Violetta kicherte und nahm einige weitere Schlucke. Schon leer? Egal. Wein hatte sie genug. Und überhaupt, alles unverändert. Es war, als hätte man ihre Erinnerung mit der Rückspultaste wieder auf Beginn gestellt. Irgendwann drückte Violetta auf Pause und legte sich eine Weile ins Bett. Doch der Schlaf wollte nicht kommen.

Sie torkelte ins Bad. Also doch die Tabletten. Den Blick in den Spiegel erlaubte sie sich nicht. Schweißgebadet schaffte sie es wieder zurück.

Das ersehnte Wegdriften blieb auch weiterhin aus. Sie fühlte sich wie in einem jener Alpträume, aus denen man schreiend erwacht, nur um erschrocken festzustellen, dass man immer noch in derselben gespenstischen Traumwelt gefangen ist, die man vermeintlich eben erst abgeschüttelt hatte.

Schadensbegrenzung war die Devise.

Sie stand wieder auf und kramte in ihrem Koffer nach einem Ding, das ganz unten, unter allem anderen verborgen, wartete.

Es war für den Notfall gedacht.

Und der war eingetreten.

Mit einem Glas Cognac in der Hand machte sie sich abermals auf den Weg ins Badezimmer.

Sie zog sich das Shirt über den Kopf, warf es zu den anderen schmutzigen Klamotten und ließ lauwarmes Wasser ein.

Seufzend ließ sie sich in die Wanne gleiten.

Kein Badesalz, nur ihr flüssiger, sie warm umschließender Freund.

Und das Ding.

Fast behutsam setzte sie den ersten von mehreren Schnitten.

15

Maddalena streckte sich. Ein Schauer rieselte über ihren Körper. Draußen stand die Sonne schräg am Himmel, Staub tanzte in den Strahlen, die blass durch das Fenster ins Schlafzimmer fielen. War es wirklich schon früher Nachmittag?

Die Nacht war lang gewesen, lang und aufregend.

Irgendwann gegen drei Uhr morgens hatte sie Zoli, der in einer Ecke des Gastraums eingenickt war, geweckt. Die heftige Überschwemmung ihres Gehirns mit Glückshormonen war die Erklärung dafür, dass nicht ein winziger Funke Schuldbewusstsein in ihr geglost hatte. Dabei bot Piero Zoli einen herzerweichenden Anblick, als sie ihn in sich zusammengesunken in dem übergroßen Fauteuil, der von Franjo wohl auf einem der Trödelmärkte unten am Meer erstanden worden war, sitzen sah. Er erinnerte sie an ein Bild aus ihrem alten Märchenbuch. Ein Junge war auf einen Zentimeter Größe geschrumpft und wartete im Ohrensessel seiner Großmutter auf die erlösende Rücknahme des Zaubers durch die böse Fee. Nur dass dieser Junge hier die Kleidung eines Erwachsenen trug: ein hellblaues zerknittertes Hemd unter einem dunkelblauen Pulli mit V-Ausschnitt und, das war Maddalena zuvor entgangen, eine schwarze Uniformhose.

Zuerst Leonardos Papageienshirt und jetzt Zolis zusammengewürfelte Polizeitracht. Details, hatte sie überrascht gedacht, ich muss verstärkt auf Details achten. Scheinbare Nebensächlichkeiten waren viel zu oft wichtige Puzzlestücke eines Ganzen.

Zoli war hochgeschreckt, hatte die Arme wie Flügel in die Luft geworfen und gerufen: »Chefin, ich bin wach!« Seine vorspringende Hakennase und die braunen Knopfaugen trugen das Ihre dazu bei, ihn wie ein verunglücktes Adlerjunges aussehen zu lassen, und Maddalena hatte sich ein Grinsen nicht verbeißen können.

»Immer mit der Ruhe«, mahnte sie, »auf ein paar Minuten kommt es jetzt auch nicht mehr an.«

Franjo hatte derweil mit unbewegtem Gesicht hinter dem Tresen gestanden und Kaffee gebraut.

»Ohne lasse ich euch nicht fahren.«

Seine Augen schienen noch dunkler als sonst, aber der verhangene Ausdruck, den Maddalena zu Beginn des Abends nicht hatte deuten können, war einer Wärme gewichen, die Glück versprach.

Franjo hatte sein helles Haar wachsen lassen. So, wie er es jetzt trug, verlieh es seinem Gesicht etwas Verwegenes. Der Dreitagebart vervollständigte die äußerliche Wandlung. Maddalena fand ihn verführerischer denn je.

Am Auto hatten seine trockenen Lippen ihre Wange berührt. Zu lange, um als normales Abschiedsritual gedeutet zu werden.

Zoli und sie fuhren schweigend durch die Nacht. Gern hätte Maddalena den längeren Weg über die Strada Costiera, die auch bei Nacht wunderschöne Küstenstraße, genommen, doch sie wollte Zolis Geduld nicht überstrapazieren, also fuhren sie die Autobahn entlang. Wenigstens war ihnen an manchen Stellen zwischen Gestrüpp und Bäumen hindurch ein kurzer Blick auf die funkelnden Lichter der Schiffe vergönnt. Das Meer, dieser schwarze, sich endlos ausbreitende Teppich, ließ sich nur erahnen, denn der Schein der Mondsichel war schwach und verblasste, je näher der Morgen rückte.

Das war die Zeit, in der die Verbrechen stattfanden. Die Stunde vor dem Morgengrauen. Die alten Römer hatten sie nicht umsonst »die Stunde des Wolfs« genannt.

Das Schweigen zwischen Maddalena und Zoli hatte nichts Ungutes, nichts Verkrampftes an sich, kameradschaftlich saßen sie nebeneinander und hingen ihren Gedanken nach. Maddalena hatte die Stille erst gebrochen, als sie kurz vor Monfalcone die Autobahn verließen. Zolis Augenlider waren einen Tick zu schwer geworden, sein Gähnen zu anhaltend. Sie befürchtete einen Sekundenschlaf, und so sprach sie über das Treffen mit Leonardo. Als sie am letzten Campingplatz vor Grado vorbeigefahren waren, hatten Zolis Kiefer beim Gähnen dennoch so laut geknackt, dass Maddalena ihm anbot, sich für die letzten Kilometer ans Steuer zu setzen.

Zoli hatte den Vorschlag abgewehrt und stattdessen das Fenster geöffnet. »Wir sind gleich da. Ich liefere Sie zu Hause ab und fahre direkt weiter zu mir. Den Wagen kann ich bis morgen auf meinen Parkplatz stellen. Geht doch in Ordnung, Chefin?«

»Sicher. Es reicht, wenn Sie ihn im Laufe des Tages zum Polizeirevier bringen. Wann beginnt Ihr Dienst?«

»Gleich morgen früh. Beltrame, Lippi und ich haben gemeinsam Dienst.«

»Ruhen Sie sich aus. Fangen Sie erst gegen Mittag an. Wir haben einiges vor uns und werden unsere Kräfte brauchen.«

Maddalena hatte die Erleichterung auf Zolis Gesicht bemerkt und ihm beim Aussteigen lächelnd eine gute Nacht gewünscht. Als sie nach einer heißen Dusche schließlich ins Bett gekrabbelt war, hatte sie spüren können, wie sich die Müdigkeit in ihr ausbreitete. Und doch konnte sie nicht sofort einschlafen, zu viel ging ihr durch den Kopf. Sie hatte versucht, nicht an den Fall zu denken, sondern sich auf ihr Haus und auf ihre nächsten Schritte darin zu konzentrieren.

Ganz bewusst hatte Maddalena gleich nach ihrem Einzug einen der Räume, die zum Meer hinausgingen, als Schlafzimmer gewählt und damit Angelina Marias einstige Ordnung auf den Kopf gestellt. Auch die ursprüngliche Küche benutzte sie nicht. Dort wollte sie später ihr Arbeitszimmer einrichten, mit dem Schreibtisch vor dem Fenster, um den weiten Blick über das Meer auskosten zu können. So hatte sie Teekocher und Kaffeemaschine ins Parterre geschafft, dorthin, wo der kombinierte Wohn- und Küchenbereich entstehen sollte. Mehr Kücheninterieur brauchte sie bis dahin nicht, sie aß entweder in der Polizeikantine oder ließ sich etwas nach Hause kommen.

Auch den Außenbereich wollte sie umgestalten. An der Südseite des Wohnbereiches führte eine hohe Flügeltür in den Garten, der die Villa von der Diga trennte. Bald schon würde der Oleander zu blühen beginnen und in seiner Pracht über die anderen Pflanzen und das Grün der Wiese dominieren. Letzte Woche hatte sie einige Tontöpfe für die Terrasse besorgt und mit bunten Einjährigen bepflanzt. Kräuter würden hinzukommen, sobald die Küche instand gesetzt war.

Auf diese Weise plante Maddalena, dem Haus nach und nach ihren eigenen Stil aufzuzwingen. An Geschmack fehlte es ihr nicht, aber das war nicht der einzige Grund für die Veränderung. Sie hoffte, dadurch auch die in Angelina Marias altem Reich allgegenwärtigen Geister und Dämonen der Vergangenheit bannen zu können.

Über diesen Gedanken war sie allmählich in eine Welt voller Träume eingetaucht, und tatsächlich, Angelina Marias Heimsuchungen konnten ihrem Erholungsschlaf nichts anhaben, denn andere Fabelwesen hatten sie verdrängt.

Da war Franjo, der ihr die Hände an das Gesicht legte, sodass es ganz von ihnen bedeckt wurde, in ihnen verschwand. Haut, die mit Haut verschmolz. Und ihr Blick, der magisch von seinen Lippen angezogen wurde, von seinem vollen, schönen Mund, der sich ihrem im Zeitlupentempo näherte. Franjos Küsse begannen gelassen, fast unbeteiligt, und steigerten sich dann in Nachdruck und Intensität. Er hatte den Dreh raus, wann er aufhören und wann er wieder aufs Neue zu küssen beginnen sollte.

Im Traum lösten sich seine Hände und wanderten über ihren Körper, verschwanden unter dem Saum ihres Kleides.

Schon tauchte ein anderes Fabelwesen auf. Miroslav, Franjos Freund und übellauniger Kellner, der eindringlich zur Mitternachts-Jota rief, einer eintopfartigen Suppe, die zu den Spezialitäten des slowenischen Karstes zählt. Maddalena, die diese dicke Brühe aus Sauerkraut, Kartoffeln, Selchfleisch, Bohnen und einer Überdosis Knoblauch liebte, empfand deren Genuss in ihrer Traumwelt als wahren Liebestöter.

»Franjo«, flüsterte sie, »schick den Kellner mit der Suppe zu den Fischen.«

»Wir müssen *Luca Brasi* nicht töten. *Es ist nichts Persönliches. Es geht nur ums Geschäft.* Wir haben uns. Kein Knoblauch kann verhindern, dass ich dich küsse.«

Als schließlich Fabelwesen Nummer drei in Gestalt ihrer Beinahe-Schwiegermutter auftauchte und »Maddy, jetzt zier dich nicht so« schrie, wandte Fabel-Franjo sich verärgert um: »Misch dich nicht wieder in unser Leben. Das hat bisher nichts Gutes gebracht und wird es auch weiterhin nicht.«

Maddalena war kurz aufgewacht, hatte sich über ein herrliches Triumphgefühl gewundert und war zurück in den – diesmal traumlosen – Schlaf gefallen. Stunden später erst war sie endgültig wach geworden.

Sie konnte sich nicht daran erinnern, wann sie zum letzten Mal so lange geschlafen hatte. Lächelnd streifte sie die Decke ab und ging unter die Dusche.

Immer noch gefangen in der Eindringlichkeit ihres Traumes, versuchte sie, ihre Phantasie von der Realität zu trennen.

War Miroslav wirklich mit dem Jota-Topf zwischen den Gästen herumgeirrt?

Hatte Franjo sie tatsächlich geküsst?

Ja, zweimal, ja.

Allmählich löste sie sich aus dieser anderen Welt, und die Erinnerung an das Jetzt kehrte zurück.

Es war Dienstag und bereits früher Nachmittag. Die Schlechtwetterfront war abgezogen und hatte einem sonnigen, aber immer noch frischen späten Apriltag Platz gemacht.

Bevor sie Violetta Capello den für heute geplanten Besuch abstatten würde, brühte sie sich noch schnell einen starken Espresso auf und bestrich eines der trockenen Croissants von gestern mit Himbeermarmelade. Den Orangensaft trank sie schon im Stehen. An einem der nächsten Tage würde sie sich ein richtiges Frühstück mit Ei und allem Drum und Dran bei Giorgia und Dante gönnen.

Vielleicht mit Franjo?

Bis zu Violetta Capellos Haus waren es nur ein paar Gehminuten. In den Straßencafés entlang des Hafens saßen hauptsächlich Gradeser, aber auch ein paar Touristen in der Hoffnung, etwas Sonne zu erhaschen. Das Bimmeln der Schiffsglöckchen gab die Hintergrundmusik.

Franjos hellgrüner Sweater, den sie ihm nie zurückgegeben hatte, wärmte sie und hielt den Wind ab, der immer noch heftig blies.

Als sie an Stefanos Bar vorbeiging, hörte sie ein deutliches »Schau, die Degrassi«.

Maddalena blieb stehen.

Olivia Merluzzi saß mit Bibianas Mann Fabrizio, ihrem Bruder und zwei jungen Mädchen, eine davon in ihrer roten Haarpracht bildhübsch, an einem der Tische. Sie sprang auf und eilte auf Maddalena zu.

»Commissaria, bitte warten Sie.«

Auch Fabrizio war aufgestanden und herübergekommen. »Wir sorgen uns um Violetta. Um Violetta Capello«, fügte er erklärend hinzu.

»Vorhin waren wir bei ihr«, fuhr Olivia fort, »weil wir nach ihr sehen wollten. Fabrizio rief an und sagte mir, sie sei gestern und heute ohne Entschuldigung der Schule ferngeblieben. Wir wussten nicht, ob sie krank ist.«

Fabrizio wies in Richtung der Isola della Schiusa. »Sie wollte lieber allein sein, aber jetzt überlegen wir, noch einmal zurückzugehen. Sie war verstört, nicht bei sich, ist umgekippt und hatte ganz offensichtlich Angst. Sie wirkte schwach und zerbrechlich. Dass sich ein Mensch innerhalb kurzer Zeit derart verändern kann, ist bestürzend.«

Olivia Merluzzi räusperte sich. »Um wiederkommen zu können, haben wir Garten- und Haustür offen gelassen. Ich weiß nicht, ob Violetta uns vorhin aufgemacht hätte, wenn nicht irgendwer vergessen hätte, die Haustür zu schließen. So sind wir direkt nach oben und konnten nach ausgiebigem Klingeln wenigstens einen Blick auf sie werfen.«

Maddalenas Abneigung gegen Olivia Merluzzi vertiefte sich. Ihren Worten nach ging es darum, Violetta Capello, die aufgrund ihrer Erlebnisse verängstigt war, Unterstützung und Schutz zu bieten, doch schon im nächsten Moment ließen die Kollegen am einzigen vermeintlich sicheren Ort offene Türen zurück. Ein unbedachtes Unterfangen, das Eindringlingen nur zu leicht den Weg weisen konnte.

»Ich bin eben auf dem Weg zu ihr. In Zukunft schließen Sie die Türen der Opfer von Verbrechen aber bitte hinter sich ab, statt sie ungebetenen Gästen einladend zu öffnen.«

Als Olivia Merluzzi etwas entgegnen wollte, schnitt Maddalena ihr kurzerhand das Wort ab. Sie wandte sich an Fabrizio und sagte: »Grüßen Sie bitte Bibiana von mir. Im Moment schaffe ich es leider nicht, zum Pilateskurs zu gehen.« Ohne sich zu verabschieden, eilte sie weiter.

Die Gartentür zum Haus, in dem Violetta Capello wohnte, stand sperrangelweit offen. Maddalena trat kopfschüttelnd ein. Aus der Wohnung drang kein Geräusch. Nur Maddalenas Klopfen hallte im Treppenhaus wider. Es roch modrig, nach feuchter Wäsche und verkalkten Mauern, von denen langsam der Putz abblätterte.

Nach fünf Minuten erfolglosen Pochens, Klingelns und Rufens gab Maddalena auf, doch als sie die Treppe hinuntergegangen war und das Haus gerade verlassen wollte, wurde oben die Tür geöffnet.

»Was wollt ihr schon wieder?«, fragte eine undeutliche Stimme. »Wenn ihr mich nicht in Ruhe lasst, hole ich die Polizei.«

»Die ist schon da.« Maddalena hastete die Stufen wieder hinauf und blieb ruckartig stehen.

Vor ihr stand ein Wesen, das einem Horrorfilm entsprungen sein musste.

»Signora Capello?«

Die Gestalt wich zurück. »Nein, Violetta wohnt hier nicht mehr.«

Einen kurzen Moment lang ließ Maddalena sich täuschen. Womöglich gab es eine verrückte Nachmieterin, die Violetta Capellos Wohnung kurzfristig übernommen hatte. Dann atmete sie erschrocken durch und streckte ihre Hand nach ihr aus.

»Finger weg!« Das Geschöpf wankte zurück in die Wohnung.

Bevor sie die Tür mit einer ungeschickten Bewegung der Schulter zustoßen konnte, war Maddalena Violetta Capello in den Wohnungsflur gefolgt. Hier war Gefahr in Verzug.

Die Gestalt, eingehüllt in ein fleckiges, blutverschmiertes Leintuch, hielt auf die Küche zu und kauerte sich auf den Boden unter die Spüle. Ihre Augen starrten Maddalena aus wimpernlosen dunklen Höhlen an, auch die Augenbrauen und das Haupthaar fehlten. Ausgerechnet eine der grünen Strähnen hatte der Radikal-Rasur getrotzt. Seitlich hing sie ihr ins bleiche Gesicht.

»Bitte stehen Sie auf.« Wieder reichte Maddalena ihr die Hand.

Wieder wurde sie abgewiesen.

Maddalena holte ihr Handy heraus und begann, die Nummer der Ambulanz einzutippen. Doch schneller, als sie es der verstörten Violetta zugetraut hatte, war diese bei ihr und riss ihr das Smartphone aus den Händen.

»Nicht.«

Die nachfolgenden Worte kamen unartikuliert. »Ich bin müde. Will schlafen. Ich kann nicht mehr. Alles keinen Sinn. Schluss machen.«

Violetta Capello schien in höchstem Maß suizidgefährdet zu sein.

»Wir reden, dann sehen wir weiter«, sagte Maddalena ruhig, nahm der verstörten Frau das Handy aus der Hand und ließ es in die Seitentasche ihres Sweaters gleiten. »Ziehen Sie sich bitte etwas über.«

Als Violetta Capello den Kopf senkte, sah Maddalena zum Schlafzimmer. »Sie erlauben?« Ohne eine Antwort abzuwarten, ging sie ins angrenzende Zimmer. Es roch ungelüftet und sah aus, als hätten protestierende Teenager ihren Eltern zum Trotz ein Chaos der Sonderklasse veranstaltet.

Maddalena zog wahllos ein weißes Shirt und eine hellblau-weiß gestreifte Latzhose aus einem Schrank. Dazu fischte sie einen blauen Cardigan vom Haken. Vom Boden nahm sie beige Espadrilles und reichte die Sachen Violetta, die ihr gefolgt war. »Bitte ziehen Sie sich an. Ich bereite in der Zwischenzeit einen Tee zu. Süßen Tee. Der wird Ihnen guttun.«

Ohne es zu wissen, reagierte Maddalena mit derselben Fürsorge wie Toto Merluzzi vor ihr.

»Mit Rum«, murmelte Violetta Capello.

Maddalena stellte, mit Blick auf das Schlafzimmer, schwarzen Tee auf und ließ ihn sieben Minuten ziehen, ehe sie ihn abseihte.

Violetta Capello lehnte am Türstock. Den Ausdruck in ihrem Gesicht konnte Maddalena nicht deuten.

Wenigstens hat sie sich angezogen, dachte sie erleichtert.

Sie tranken schweigend. Violetta hatte vor dem ersten Schluck eine ordentliche Portion Rum in ihre Tasse gegossen. Maddalena gestand es ihr zu und kommentierte ihre Handlung nicht. Sie wusste, dass Zurückhaltung bei Menschen, die unter einer posttraumatischen Belastungsreaktion litten, oft ein guter Weg war, um die Stimmung nicht zusätzlich anzufeuern. So verschaffte man der betroffenen Person den notwendigen Spielraum.

Ganz offensichtlich war Violetta Capello, die von den Ereignissen anfangs so unberührt schien, zusammengebrochen. Ihr mühsam aufgebautes Kartenhaus war über ihr eingestürzt und hatte sie unter sich begraben, heftiger noch als befürchtet.

Maddalena waren viele Arten des Umgangs mit einem Verbrechen bekannt. Sie staunte dennoch immer wieder aufs Neue über die unterschiedlichen Problemlösungsstrategien, die von den Betroffenen an den Tag gelegt wurden. Sie reichten von kompletter Verleugnung, mitunter begleitet von Amnesien, bis hin zu aufgedrehter Redseligkeit. Violetta Capellos als Gleichmut getarnte Vermeidungsreaktion hatte keinen Mangel an Betroffenheit widergespiegelt, nein, das Gegenteil war der Fall. Nicht umsonst hatte Maddalena hartnäckig, wenn auch erfolglos, auf die Inanspruchnahme psychotherapeutischer Hilfe gedrängt. Die erzwungene Kontrolle unerwünschter Emotionen konnte nicht unbegrenzt aufrechterhalten werden, auch wenn sie vorübergehend absolut notwendig war. Irgendwann folgte unausweichlich sowohl der körperliche als auch der seelische Absturz.

»Was hat es mit Ihrer Veränderung auf sich?«, erkundigte sie sich vorsichtig.

»Mir reicht es. Die Welt hat mich zum Zombie gemacht, also gebe ich mich auch so.« Violetta Capello führte trotzig die Tasse zum Mund und nahm einen Schluck.

Maddalena richtete den Blick auf die teils geöffneten Packungen unterschiedlicher Medikamente und die imposante Ansammlung geleerter Weinflaschen.

»Sie sind weder meine Vorgesetzte noch meine Mutter. Ich trinke, was und wann ich will, und werfe mir dazu ein, wie viel mir passt. Das werden Sie nicht verhindern.« Wütend spannte Violetta den Träger ihrer Latzhose und ließ ihn zurückschnellen.

Dann veränderte sich auf einmal ihr Gesichtsausdruck. Maddalena kam es so vor, als verwischten sich ihre Züge und flossen nach unten.

»Ich kann Sie verstehen«, sagte sie hastig, wie um zu verhindern, dass Nase, Mund und Augen das Gesicht endgültig verließen.

»Sie?« Das Gesicht nahm wieder Kontur an. »Sie verstehen gar nichts. Sie sind nicht einmal imstande, den Spanner vor meinem Fenster zu fassen, geschweige denn, meinen Peiniger dingfest zu machen. Ist Ihnen überhaupt klar, dass es sich dabei um dieselbe Person handeln könnte? Was ist das nur für ein schlampiger Job, den Sie machen?«

Maddalena fragte sich, wie sie wohl reagiert hätte, am Abgrund stehend und in dem Glauben, von aller Welt verlassen zu sein. Zwar stand Violetta Capellos Haus unter intensivierter Überwachung, eine Streife fuhr mit Beginn der Dämmerung im Halbstundentakt hier vorbei, doch eine Wache vor dem Haus hätte wesentlich mehr Sicherheit geboten. Allerdings wären die Kosten angesichts der eher vage zu nennenden Bedrohung nicht zu verantworten. Womöglich hatte die Frau Gespenster gesehen. Und auch sonst konnte Maddalena nicht immer so agieren, wie sie gern wollte. Gestern hatte sie nach dem Treffen mit Leonardo bei Commandante Scaramuzza angerufen und um die dringende Installierung einer Sonderkommission gebeten, doch ihr Ansuchen war rüde abgelehnt worden.

»Lassen Sie die Kollegen in Monfalcone, Triest, Görz und Udine ihre Arbeit selbst erledigen und kümmern Sie sich um die Verbrechen, die in Ihren Zuständigkeitsbereich fallen, Degrassi. Oder haben Sie zu wenig zu tun?«

»Aber«, hatte Maddalena empört eingewandt, »die Delikte sind übergreifend. Ich muss eng mit den Kollegen zusammenarbeiten und möchte die Vorgänge intensivieren. Es geht nicht darum, deren Arbeit zu erledigen. Die Sache hat Dringlichkeitsstufe eins. Und einer muss die Informationen schließlich bündeln.«

»Hab ich mich nicht klar genug ausgedrückt, junge Frau?«, hatte ihr Chef sie unterbrochen und einfach aufgelegt.

»Ihren Ärger kann ich sehr gut nachvollziehen, denn es ist auch mein Ärger«, sagte sie nun.

Violetta Capello warf ihr einen ungläubigen Blick zu.

»Zwei Dinge möchte ich mit Ihnen besprechen«, fuhr Maddalena fort.

»Ich habe alles gesagt. Ich will meine Ruhe.« Violetta griff nach der verbliebenen Haarsträhne, die von ihrem nachlässig rasierten Kopf herabhing wie giftgrünes Seegras.

Sie starrte Maddalena herausfordernd an.

»Das eine ist mir während der vergangenen Woche immer wieder in den Sinn gekommen: Minze. Sie erwähnten bei unserem letzten Gespräch Pfefferminzgeruch. Können Sie mir das genauer erklären?«

Violetta Capello verschränkte abwehrend die Arme vor ihrer Brust. »Waren Sie noch nie in der Nähe vom Hundestrand auf dem Samstagmarkt? Da gibt es überall diese Töpfchen mit Kräutern. So ein Geruch war das. Ich glaube, er kam von der Wiese.«

»Könnte es Kaugummi gewesen sein oder ein Bonbon?«

Maddalena konnte sehen, wie Violetta Capello sich zurückzog, wie ihre Miene undurchdringlich wurde.

»Weiß ich doch nicht.« Sie zuckte mit ihren schmalen Schultern, löste sich vom Türstock und ging hinaus. Maddalena folgte ihr in das Wohnzimmer. Dort sah es nicht besser aus als in der restlichen Wohnung.

Violetta hockte sich auf die Couch, zog die Knie an und stützte ihr Kinn auf. Mit schräg gelegtem Kopf sah sie Maddalena an. »Ich habe keine Kraft mehr. Im Schlaf erlebe ich alles wieder und wieder und träume sogar im Wachsein davon. Der Alkohol, die Tabletten, sie mildern es nur, aber nichts, gar nichts geht davon weg. Ich weiß einfach nicht mehr weiter.« Tränen liefen über ihre Wangen und tropften auf ihre Hose.

»Es gibt Hilfe für Sie, aber Sie müssen sie annehmen. Ich werde Sie hier nicht allein lassen, bis Sie das begriffen haben, sonst gehen Sie irgendwann daran zugrunde. Alle verständliche Wut, die Sie in sich tragen, richten Sie nicht gegen den Auslöser Ihres Schmerzes, sondern gegen sich selbst.«

Violetta streckte den Rücken durch und warf ihre Arme in die Höhe. »Gegen *mich*? Ja, was glauben Sie denn? Verdammt, das Schwein hat mich doch ausgesucht. *Mich* mit meinem beschissenen Mini, dem Fetzen von einem Shirt, den albernen Stiefeln. Ich war das perfekte Opfer in meinem Scheiß-Outfit. Ich bin selbst schuld. Und Olivia Merluzzi soll sich nicht mehr in meine Nähe wagen. Sie hat das Ganze mit ihrem Verhalten begünstigt. Commissaria, halten Sie mir diese Person vom Leib.«

»Vielleicht haben Sie davon gehört, dass einer jungen Frau vor zwei Tagen, in der Nacht von Sonntag auf Montag, etwas Ähnliches wie Ihnen passiert ist?«

Der verschwommene Blick wich aus Violettas Augen. Sie wurden mit einem Mal klar und aufmerksam. »Nein, davon höre ich zum ersten Mal.«

»Die Frau hielt am Straßenrand, weil sie telefonieren wollte. Und es kann nicht die Rede davon sein, dass sie in irgendeiner Form aufreizend gekleidet gewesen wäre. Sie kam von der Arbeit. Weder diese Frau noch Sie, Signora Capello, trifft auch nur die geringste Mitschuld. Der Täter mag sich seine Opfer gezielt aussuchen, oder er nutzt einfach nur die Gunst der Stunde. In beiden Fällen sind sie ihm ausgeliefert, machtlos. Verstehen Sie das?«

Violetta atmete gequält. »Was ist *ihr* passiert?«

Ohne auf Einzelheiten einzugehen, fasste Maddalena zusammen, was Ginevra Missoni widerfahren war. Sie hatte beschlossen, dass es mehr nutzen als schaden würde, Violetta Capello mit dem neuerlichen Verbrechen zu konfrontieren.

»Sie sagten, es wäre möglich, dass der Täter uns vielleicht bewusst ausgesucht hat. Kenne ich denn sein letztes Opfer?«

»Das können nur Sie uns beantworten. Die Frau heißt Ginevra Missoni.«

Violetta Capello schüttelte entschieden den Kopf, sah Maddalena aber immer noch aufmerksam, fast gespannt an.

»Eine weitere Frage hat sich uns gestellt.«

»Ja?«

»Wo haben Sie Ihren Abschluss gemacht, an welcher Uni?«

»In Padua, wieso?«

»Kennen oder kannten Sie einen Literaturprofessor namens Lorenzo Gaberdan?« Jetzt war es an Maddalena, gespannt auf die Antwort zu warten.

»Gaberdan?« Violetta zögerte. »Klar kannte ich den. Über den wurde geredet. Er war bekannt dafür, mit Studentinnen anzubandeln, und hatte den Ruf, auf perverse Spielchen zu stehen.« Maddalena spürte den Adrenalinstoß, der durch ihren Körper ging. War das der Durchbruch?

»Was hat dieser geile Bock damit zu schaffen?«, fragte Violetta Capello aufgebracht, verstummte jedoch abrupt und hob gleich darauf den Kopf. »Den hätte ich doch erkannt.« Sie sprang auf und drückte auf einen Schalter. Unmittelbar verdunkelte sich der Raum.

Maddalena sah sich verwundert um.

»Es ist mit meiner Vermieterin abgesprochen, keine Bange. Ich durfte überall elektrische Jalousien einbauen lassen. Zum Schutz. Sie zahlt sogar einen Teil.« Violetta Capello setzte sich wieder und rieb sich nervös über die Knie.

Maddalena überlegte genau, wie sie formulieren sollte, was sie vorhatte.

»Signora Capello, ich rufe jetzt die Ambulanz, und dann bringen wir Sie ins Krankenhaus. Ich kann es nicht verantworten, Sie auch nur eine Minute länger allein in der Wohnung zu lassen.« Als sie Violetta Capellos entsetztes Gesicht sah, setzte Maddalena schnell nach: »Es könnte hier für Sie gefährlich werden. Der Mann unter Ihrem Fenster. Wir wissen nicht, ob es sich um den Täter handelt. Wenn ja, könnte er wiederkommen.«

Sie handelte unprofessionell, indem sie log, und war sich dessen bewusst, aber sie sagte sich, dass in diesem Fall der Zweck die Mittel heiligte. Violetta Capello musste schleunigst unter ärztliche Aufsicht, sie stellte eine Gefahr für sich selbst dar.

Nachdem ein Rettungswagen die nur noch schwach protestierende Violetta abgeholt hatte, ging Maddalena nach unten und wartete an der Straße auf Zoli, um mit ihm nach Görz zu fahren.

Leonardo Morokuttis Kollege, der schrullige Matteo Caneo, der seinem lautmalerischen Namen durch künstliches Gehabe alle Ehre machte, empfing sie in seinem Büro und informierte sie über einen Vorfall von vor einem halben Jahr.

Eine junge Landschaftsgärtnerin, Cinzia Gandolfini, war spätnachts von einem Geburtstagsfest schwer betrunken nach Hause gefahren. Mit eins Komma acht Promille Alkohol im Blut. Vermutlich war das der Grund für ihr Anhalten am Straßenrand gewesen. Sie selbst hatte von einer plötzlich aufgetretenen Übelkeit gesprochen, die sie gezwungen habe, rechts ranzufahren, um sich zu übergeben. Das Letzte, woran sie sich erinnern konnte, war ihr krampfhaftes Würgen. Danach sei da nur noch ein beißender Geruch gewesen, und den nächsten klaren Gedanken habe sie erst wieder im Krankenhaus ihrer Heimatstadt Görz fassen können.

Auch sie war mit Chloroform betäubt und gewürgt worden, in diesem Fall mit einer langen Goldkette, die sie um den Hals getragen hatte. Auch ihr fehlte jegliche Form der Erinnerung an die versuchte Vergewaltigung.

Zum Glück war ein Fernfahrer aus Slowenien auf das unbeleuchtet am Straßenrand stehende Fahrzeug aufmerksam geworden. Kaum dass er sein eigenes Tempo verlangsamt hatte, sah er eine Bewegung seitlich der Landstraße und schließlich ein anderes, etwas entfernt stehendes Auto, das ohne Licht davonfuhr, vermochte jedoch weder Marke noch Farbe zu erkennen. Er hielt an, und sobald er die Situation begriffen hatte, verständigte er Polizei und Ambulanz über den Notruf.

Der Mann hatte Erste Hilfe geleistet und die halb nackt auf dem Rücksitz liegende Frau von der um ihren Hals geknoteten Kette befreit. Dann hatte er eine Decke aus dem Lkw geholt, Cinzia Gandolfini zugedeckt und anschließend die Stelle mit einem Pannendreieck gesichert.

Signora Gandolfini war einige Zeit nach dem Verbrechen zu ihrer in Sizilien lebenden Schwester gezogen, sodass Maddalena und Zoli nicht persönlich mit ihr sprechen konnten. Im Gartenamt, in dem sie beschäftigt war, hieß es, sie hätte ein Jahr unbezahlten Urlaub genommen und angekündigt, danach ihre Arbeit wiederaufzunehmen.

Maddalena fragte nach einer Verbindung zu Padua, aber Cinzia Gandolfini hatte die Ausbildung zur Landschaftsgärtnerin auf einer Fachhochschule in Udine absolviert. Ein Bezug zu dem Literaturprofessor, der mit Ginevra Missoni ein Verhältnis unterhalten hatte, war nicht festzustellen.

Beim anschließenden Essen mit Matteo Caneo in einem alpin wirkenden Restaurant ließ dieser unmissverständlich durchblicken, dass er Cinzia Gandolfini, seiner Meinung nach ein liederliches Geschöpf, mitverantwortlich für ihr Schicksal hielt. Zoli verschluckte sich fast an seiner Antwort, so empört war er.

Maddalena dagegen war sicher nicht nach Görz gefahren, um ihren Kollegen nachzusozialisieren. Also widmete sie sich lieber dem deftigen Zeug auf ihrem Teller oder starrte angelegentlich durch die Scheibe des Restaurants auf die belebte Straße und lauschte Zolis Tiraden.

Nachdem sie Caneos Einladung auf das mäßig gute Essen widerspruchslos angenommen hatten, steuerten sie als Nächstes Triest an.

Leonardo erwartete sie bereits in seinem Büro, das er sich mit einer Kollegin teilte. Sie hatte im Fall Maria Carisi ermittelt und war an einer Vernetzung mit anderen zuständigen Polizeistationen sehr interessiert. Ihre Angaben ergänzten jene von Leonardo und ermöglichten Maddalena einen ziemlich klaren Blick auf die Vergewaltigung bei Villesse. Maddalena dachte an Cinzia Gandolfini und fragte nach, ob das Opfer alkoholisiert gewesen war.

»Nicht ein Tropfen«, erklärte Leonardos Kollegin. »Der Arbeiter, der sie gefunden hatte, dachte zuerst, er hätte eine Drogentote vor sich. Sie lag bleich und verkrümmt vor ihrem Auto, doch die Blutanalyse ergab, sie war völlig clean, abgesehen von den Spuren des Betäubungsmittels.«

Leonardo, der zur Abwechslung ein schlichtes hellblaues Button-Down-Hemd trug, strich über die kahle Stelle auf seinem Kopf. »Signora Carisi müsste übrigens jeden Moment hier sein. Sie arbeitet nicht weit entfernt in einer Bank und rief vorhin an, dass sie jetzt Feierabend macht, sie ist also bereits auf dem Weg zu uns.«

Die blonde Frau, die kurz darauf das Büro betrat, sah mitgenommen aus. Stirnfransen hingen in ihre Augen, unter denen sich dunkle Schatten zeigten. Als sie die Haare aus dem Gesicht strich, bemerkte Maddalena, dass ihre Nägel bis auf die Haut abgekaut waren.

Maria Carisi sah an Leonardo vorbei und fragte zornig: »Haben Sie ihn endlich gefasst?«

Ohne auf ihre Provokation einzugehen, wies Leonardo auf Maddalena und Zoli. »Die Kollegen sind aus Grado. Commissaria Degrassi wird Ihnen einige Fragen stellen. Sie ermittelt in einem weiteren Vergewaltigungsdelikt.«

»Ich wusste nicht, dass es noch andere Opfer gibt, Vergewaltigungsopfer, meine ich.«

Um die allgemeine Anspannung ein wenig zu mildern, verließ Leonardo den Raum und holte Kaffee. Seine Kollegin setzte sich wieder an ihren Schreibtisch. Maddalena sprach mit der Frau, musste sich aber bald eingestehen, dadurch keinen Schritt weiterzukommen.

Maria Carisi wiederholte ihre Aussage fast wortwörtlich so, wie sie im nach dem Übergriff verfassten Gesprächsprotokoll stand. Sie war nach einem Streit mit ihrem Freund nach Palmanova aufgebrochen, um bei ihrer Cousine zu übernachten. Gehalten hatte sie, um die Mobilbox ihres Handys abzuhören.

Wütend starrte sie in die Runde. »Ich hasse Triest, ich hasse die Bank, bei der ich beschäftigt bin, und am meisten hasse ich meinen Exfreund. Wäre ich in Padua geblieben, hätte ich mir den ganzen Ärger und vor allem die Vergewaltigung erspart.«

»Padua?«, echoten Maddalena und Zoli gleichzeitig.

»Ich bin nur wegen dieses verlogenen Federico hierhergezogen, vorher hatte ich einen Job in einer Filiale meiner Bank in Padua. Wegen dem hätte ich niemals meine Zelte dort abbrechen dürfen.«

»Kennen Sie einen Lorenzo Gaberdan?«

»Nicht, dass ich wüsste.«

»Vielleicht als Kunde Ihrer Bank?«

»Glauben Sie, ich merke mir den Namen jedes Kunden?«

So ging es weiter, bis Maddalena das Gespräch schließlich beendete.

Ihre nächste Station war Padua.

Es dunkelte bereits, und die Autobahn war stark frequentiert. *Il Primo Maggio*, auch *Festa del lavoro* oder *Festa dei lavoratori* genannt, gab in ganz Italien Anlass zu feiern und sorgte ganz nebenbei für ein starkes Verkehrsaufkommen. Als sie schließlich eine Straße mit gepflegten Gärten und schmucken Villen entlangfuhren, waren sie beide müde.

Lorenzo Gaberdans Villa gehörte eindeutig zu den prunkvollsten Häusern in dieser Gegend. Mit der Frage »Wie kann sich ein Universitätsbediensteter denn so etwas leisten?« sprach Zoli aus, was Maddalena dachte.

Schon nach dem ersten Klingeln wurde die Tür geöffnet, und eine Frau, an deren schlanke gebräunte Beine sich zwei Kinder klammerten, stand vor ihnen und sah sie erstaunt an.

»Mein Kollege und ich sind von der Kriminalpolizei, wir kommen aus Grado und möchten mit Lorenzo Gaberdan sprechen. Er wohnt doch hier?«

»Ja, sicher. In welcher Angelegenheit wollen Sie mit meinem Mann sprechen?«

»Es geht um eine seiner Studentinnen.«

»Um die, die vergewaltigt wurde? Schlimme Sache. Er hat mir davon erzählt.«

Die Frau machte keine Anstalten, sie ins Haus zu bitten.

»Aber ich muss Sie enttäuschen, mein Mann ist nicht da.«

»Papa ist tanzen gegangen«, steuerte eines der Kinder, ein Mädchen mit blonden Zöpfen, bei.

»Tanzen?« Zoli lächelte die Kleine an.

»Mein Mann nützt den ersten Mai für einen Ausflug mit seinen Kollegen. Erst die Therme von Grado, dann in Aquileia die Ausgrabungen, und danach wollen sie noch zum Dorffest. Er kommt erst morgen zurück.« Sie lächelte und strich eine Haarsträhne zurück. »Da er sicher ein paar Schlucke zu viel getrunken haben wird, übernachtet er lieber in einer Pension.«

»Bitte richten Sie ihm aus, dass er sich melden soll, sobald er nach Hause kommt.« Maddalena reichte ihr eine Visitenkarte und verabschiedete sich.

Wieder waren sie keinen Schritt weitergekommen.

16

»Warum erlaubst du mir nichts, Mama? Vertraust du mir nicht?«
Nicola kochte vor Wut. Sie packte ein Büschel ihrer roten
Locken und zog daran. Jetzt mussten ihre Haare dran glauben.
Es ging nicht anders. Als kleines Kind hatte sie sich vor Zorn
oft auf den Boden geworfen und mit den Fäusten so lange auf
das Linoleum getrommelt, bis sie das Geforderte bekam.

»Hör auf. Das bringt nichts. Du verletzt dich nur selbst und
bestätigst mir, wie unreif du immer noch bist.«

»Was ist so schlimm daran, dass ich bei Emilia übernachten
will? Bei Emilia, die du fast so gut kennst wie mich und mit der
ich schon Sandburgen am Strand vor unserem Haus gebaut habe,
als wir noch keine vier Jahre alt waren.«

»Es geht nicht um Emilia. Wir haben keine Ferien, morgen
ist Schule. Und wie ich euch kenne, quatscht ihr bis zum Morgengrauen, verschlaft dann und geht erst gar nicht zum Unterricht.«

»Aber du weißt doch, wie streng Emilias Mutter ist. Die
schmeißt uns aus den Betten, egal, wie viel wir geschlafen haben. Außerdem ist Emilias Cousine an unserer Schule Lehrerin.
Wir würden uns gar nicht trauen, den Unterricht zu verpassen.
Mama, wir müssen für den Geschichtstest lernen, und Emilia
kann mir alles erklären. Sie ist viel besser als ich, schreibt nur
gute Noten. Auch das weißt du.«

»Ich finde, Emilia ist kein guter Umgang für dich. Egal, was
sie für Noten schreibt. Die Kleine spielt sich auf deine Kosten
auf. Das war immer schon so. Sie pfeift, und du folgst ihr. Ich
sehe das gar nicht gern.«

»Du bist unfair. Ich will nicht, dass du gemein über meine
Freundinnen redest und urteilst, du siehst das ganz falsch. Ich
kann mich zu tausend Prozent auf Emilia verlassen. Immer, in
jeder Situation, sie ist die beste Freundin, die ich je hatte. Und,
Mama, an jeder Freundin hast du bisher rumgemäkelt. Keine
kann es dir recht machen.«

Nicola liebte ihre Eltern, doch auf ihre altmodischen Meinungen und Vorurteile konnte sie verzichten. Sie waren wirklich unverbesserliche Spießer. Was wussten die beiden schon vom Wert einer echten Freundschaft? Ihre Eltern waren seit hundert Jahren zusammen, führten eine langweilige Ehe, reisten nie weiter als bis nach Rimini und klopften dennoch große Sprüche. Ohne Emilias Beistand wäre sie in vielerlei Hinsicht aufgeschmissen. Klar, die konnte mitunter zicken, aber das konnte sie auch.

»Kind, sei nicht naiv. Emilia kann mit dir machen, was sie will. Und sie tut es auch. Bei ihr hast du keinen eigenen Willen. Hat dich außer mir noch nie jemand darauf aufmerksam gemacht?«

»Mama! Du kapierst es nicht. *Ich* will bei *ihr* schlafen, nicht umgekehrt. Emilia hat gar nichts davon. Nur ich. Ich profitiere von ihr.«

Nicola drehte eine Haarsträhne straff um ihren Zeigefinger und ließ sie dann los. Zornig beobachtete sie die rote Locke, deren spiralige Form sich langsam auflöste. Geistesabwesend nahm sie sich die nächste vor.

»Das Früchtchen manipuliert dich. Und hör auf, deine Locken zu bestrafen.«

Nicolas Geduld wurde auf eine harte Probe gestellt. So würde es nicht funktionieren, sie musste einen anderen Kurs einschlagen. Das kleine Teufelchen in ihrem Inneren flüsterte ihr auch schon die richtigen Sätze ein. Egal, wie durchschaubar, es würde funktionieren.

»Mama. Ich habe das viele Gemüse im Kühlschrank gesehen, und ich dachte, wir kochen heute vielleicht eine gute Minestrone zum Abendessen. Ich erkläre mich gern dazu bereit, neben dem Schnippeln ein Rosmarin-Ciabatta zu backen. Na, was hältst du von dieser Idee?«

Ihre Mutter lächelte, machte zweimal »Hmm«, und Nicola starrte angelegentlich aus dem Küchenfenster. Sie durfte jetzt bloß nicht grinsen.

Noch stand die Sonne über dem Meer, doch gleich würden die Abendwolken sie verschlucken. Von diesem Schauspiel ließ sich Nicola immer wieder aufs Neue begeistern. Nicht umsonst machte das Ausflugsboot für die Touristen jeden Abend Sonnenuntergangstouren. Es startete vom alten Hafen aus, und Emilia und sie durften hin und wieder ohne zu zahlen mit an Bord gehen. Einer der beiden Matrosen war ein entfernter Verwandter von Emilias Mutter.

Was hatten sie schon für Spaß auf dem Schiff gehabt! Ihren ersten Campari-Soda hatten sie an Bord getrunken, heimlich natürlich, und früher, als sie noch Kinder gewesen waren, hatten sie den Touristen kindische Streiche gespielt.

Aber das Schönste waren und blieben die berauschenden Sonnenuntergänge in der Lagune. Es war dieses rasante Spiel der Farben, das sich vom hellsten Rosa bis hin zum dunkelsten Violett erstreckte und zwischendrin die unmöglichsten Farbsprenkel bot. Manchmal erstrahlte der Himmel nicht nur im typischen Abendrot, sondern wies mystische gelbe, blaue und grüne Töne auf. Nicola konnte sich daran nie sattsehen und geriet immer wieder ins Schwärmen.

Emilia lachte sie deswegen regelmäßig aus. »Das ist alles physikalisch erklärbar. Nicht die Sonne geht unter, sondern wir bewegen uns. Und du fällst jedes Mal darauf herein, glaubst an Magie.«

Wenn Emilia so neunmalklug und besserwisserisch mit ihr sprach, wollte Nicola ihr jedes Mal am liebsten eine Kopfnuss verpassen. Insgeheim wusste sie jedoch, dass sie sich mit Emilias Wissensstand, was Chemie, Physik, Geschichte und Geografie betraf, nicht messen konnte. Also schluckte sie eine Erwiderung hinunter und hielt den Mund.

Hinter Nicola ertönte ein kapitulierendes Seufzen.

»Glaub nicht, dass ich dir auf den Leim gegangen bin. Aber ich bin müde und kann daher deinem seltenen Vorschlag, das Abendbrot zuzubereiten, viel abgewinnen. Natürlich auch deiner logischen Schlussfolgerung, die Zeit des Kochens nicht fürs Lernen nutzen zu können. Also übernachte in Gottes Namen bei Emilia und bereitet euch auf den Test vor.«

»Danke, Mama, danke.« Nicola unterdrückte den aufsteigenden Jubel, um ihrer Mutter nicht noch weiteren Stoff zum

Nachdenken zu geben. Zu viel ungetrübte Freude aufs Streben wäre verdächtig.

Ein wohliges Zwicken in ihrem Bauch erinnerte Nicola an das Abenteuer, dass sie vor sich hatte. Auch war heute der erste Mai, und an vielen Orten wurde fröhlich gefeiert.

Zum Glück mieden ihre Eltern Volksfeste, sie zogen einen gemütlichen Abend vor dem Fernsehapparat jeglichem Getümmel vor. Damit waren sie und Emilia vor Entdeckung gefeit.

Der Teig für das Ciabatta-Brot war bald geknetet und lag zum Ruhen im ausgeschalteten Backrohr. Das Schnippeln des Gemüses gestaltete sich deutlich mühsamer. Nicolas Mutter bestand, neben anderen schwer zu zerkleinernden Wurzeln, auf das Beimengen einer einzelnen Roten Bete. Unerfreulicherweise wurden dadurch Nicolas Finger scharlachrot. Weder Zitrone noch chemische Reinigungsmittel konnten die Verfärbung abschwächen. Und das Rot ihrer Finger stach sich mit dem ihrer Haare.

»Binde deine Mähne zusammen. Ich habe keine Lust, später eine Locke in der Minestrone zu finden.«

Nicola konnte ein Kichern nicht unterdrücken. »Mama, *wenn* in unserer Familie jemand ein Haar in der Suppe findet, dann bist du es.«

Ihre Mutter lachte mit. Gemeinsam würzten und schmeckten sie die köchelnde Suppe ab und schoben den geformten Brotteig ins inzwischen heiße Backrohr. Spielerisch verteilte Nicola Rosmarin auf der Oberfläche. In Gedanken war sie bereits weit, sehr weit weg, beim ersehnten Treffen mit Davide in Aquileia.

Den Parmesan für die Minestrone konnte später ihr Vater reiben. Ein paar Muckis mehr würden ihm nicht schaden. Er saß ohnehin die meiste Zeit hinter seiner Zeitung. Zwar las er ausschließlich »La Gazzetta dello Sport«, Muskeln bekam er davon allerdings keine.

»Ich hole frische Klamotten für morgen und den Schulrucksack.«

Ohne auf den halbherzigen Protest ihrer Mutter zu reagieren, eilte Nicola in ihr Zimmer. Dort packte sie die Kleidung, die sie bereits herausgesucht und verborgen im Schrank bereitgelegt hatte, in ihre lila Stoffreisetasche. Obenauf legte sie ihr Tagebuch, dessen Schlüssel sie in einer der Laden ihres Schreibtisches aufbewahrte.

So bestückt betrat sie abermals die Küche. Das Rosmarin-Ciabatta begann, seinen würzigen Geruch zu entfalten, und Nicolas Magen knurrte.

»Bis morgen, Mama.«

»Du bleibst nicht zum Abendessen?«

Den vorwurfsvollen Blick ihrer Mutter übersah sie geflissentlich. Sie hatte wenig Lust, nach Suppe zu riechen und einen Blähbauch vor sich herzutragen.

»Ich esse bei Emilia. Kann sein, dass Olivia und Toto auch kommen. Olivia wird uns vielleicht abfragen.« Das war eine Notlüge, und Notlügen sind erlaubt, beruhigte sich Nicola in Gedanken. Da Olivia Lehrerin war, sprach ihre Mutter der Frau alle möglichen positiven Eigenschaften zu. »Die Minestrone war für euch gedacht. Ich wollte nur bei der Vorbereitung helfen, damit du nicht die ganze Arbeit allein machen musst, Mama.«

Ihre Mutter warf ihr einen skeptischen Blick zu und verdrehte dann hilflos die Augen. »Kleine Lügenbaronesse, und jetzt ab mit dir. Morgen, gleich nach dem Unterricht, bist du pünktlich und ohne weitere Betteleien daheim. Verstanden? Du hast einen Zahnarzttermin, und danach musst du mit Fredo zum Tierarzt.«

»Fredo ist nicht krank. Meerschweine geben manchmal komische Grunzlaute von sich. Müsst ihr immer gleich übertreiben?«

Ihre Eltern nervten mit ihrer ewigen Besorgnis. Letzte Weihnachten hatte das weiße Meerschwein, geschmückt mit einer roten Schleife, unter dem Christbaum in einem kleinen Käfig neben all den hübschen Päckchen auf Nicola gewartet – obwohl jedermann wusste, dass man Tiere nicht zu Weihnachten oder Geburtstagen schenkte –, und dann war es unmittelbar in den Besitz ihrer Eltern übergegangen. Es schlief sogar in deren Schlafzimmer vor dem Ehebett. Nicola fühlte sich für das Tier nicht verantwortlich.

Sie rümpfte die Nase. »Soll doch Papa hinfahren. Außerdem war mir der alte Tierarzt viel lieber.«

»Jetzt hab dich nicht so. Der Neue ist sehr sympathisch, er wird dir gefallen, wenn du ihn erst ein wenig kennengelernt hast. Er macht uns auch einen guten Preis. Und, Kind, glaub mir, mit Fredo stimmt etwas nicht. Papa und ich sind uns sicher. Er ist lethargisch in letzter Zeit und frisst nicht genug, schläft den ganzen Tag, ist inkontinent und wimmert vor sich hin.«

»Papa oder Fredo?«

»Nicola!«

»Vielleicht kriegt das Schwein ja bloß Junge?«

Ihre Mutter sah sie entgeistert an und schüttelte dann den Kopf. »Also wirklich, Schatz, Fredo ist doch ein Männchen«, sagte sie und begann, den Tisch zu decken.

Kurz darauf stand sie in der Haustür und winkte, als würde Nicola nicht bloß ein paar Häuser entfernt die Nacht bei ihrer Freundin verbringen, sondern mindestens für ein Auslandsjahr nach Neuseeland oder in den Kongo aufbrechen.

Nicola winkte sparsam zurück und bog so schnell wie möglich um die nächste Ecke.

So! Jetzt konnte der Abend endlich beginnen.

Ein bisher nicht gekanntes Gefühl bemächtigte sich ihrer. Es war das Gefühl unermesslicher Freiheit. Unermesslicher als alles bislang Erlebte, weit mehr als eine Fahrt in den Sonnenuntergang. Und um einiges aufregender.

Das schwindende Tageslicht färbte den Abendhimmel anthrazitgrau. In den weißen Flecken erkannte Nicola undeutlich Möwen, die unerwartet hoch durch die Luft segelten. Der alte Fischer in ihrer Straße wusste sicher, was diese auffällige Flughöhe für das Wetter bedeutete, sie würde ihn bei Gelegenheit danach fragen.

»Du kommst spät.« Emilia begrüßte sie mit anklagendem Blick und erhobener Stimme. »Wir wollten uns doch für den Geschichtstest vorbereiten.«

Da erst bemerkte Nicola Emilias Mutter, die im Vorzimmer stand.

»Tut mir leid, ich musste Mama beim Kochen helfen. Ich weiß, dass es blöd ist, erst so spät anzufangen. Wir werden sicher bis spät in die Nacht lernen müssen.«

»Mädchen, das heißt dann wohl, mit dem Fernsehen wird es heute nichts«, lautete der Kommentar von Emilias Mutter. »Du hast schon zu Hause gegessen, junges Fräulein?«

»Ja, natürlich, danke.« Als sie in Emilias Zimmer waren, ließen sie sich aufs Bett fallen und japsten nach Luft.

»Das war knapp. Meine Mutter wollte nicht, dass ich bei dir übernachte. Sie will mir immer alles vermiesen.«

»Und meine hat sich darüber geärgert, dass du zum Lernen kommst und dann so spät auftauchst. Los, zeig her, was du in der Tasche hast.« Ohne zu warten, zog Emilia den Reißverschluss auf und betrachtete Nicolas Kleidung kritisch. »Shorts? Und ausgerechnet dieses Top? Und warum sind deine Finger so rot? Das ist doch nicht etwa Blut?« Emilia schüttelte sich.

»Ach was. Ich bekomme nur die Farbe von der Roten Bete nicht weg. Aber egal. Du hast wohl die Leggings übersehen. Glaubst du, ich gehe mit nackten Beinen?« Nicola lachte. Dann holte sie die restlichen Klamotten aus der Tasche. »Schau mal, der Schal, der ist neu und passt perfekt zu meinen grünen Augen. Die Jeansjacke kennst du ja schon.«

»Ich habe Davide heute auf dem Flur gesehen und gefragt, ob er auch zum Fest fährt«, berichtete Emilia. »Er freut sich darauf, uns zu treffen.«

Die Freundin zeigte ihr selbstgefälliges Gesicht, und Nicola beschlich ein unangenehmes Gefühl.

»Du hast ihm doch nicht —«

»Klar, ich habe ihm gesteckt, dass du unsterblich verknallt in ihn bist. Jetzt guck nicht so verschreckt. Ich weiß schon, was ich mache. Er kommt auf jeden Fall zum Fest, alles andere ist unwichtig.«

Nicola nickte ergeben, doch das unangenehme Gefühl blieb. Sie fragte sich bang, was der Abend wohl bringen würde. Das ersehnte Date mit Davide oder eine bittere Enttäuschung? Sofort verwarf sie diese zweite, die unerfreuliche Möglichkeit. Zu viele positive Zeichen waren bereits von ihm gesetzt worden. Oder hatte sie sie bloß falsch gedeutet?

Zwei Stunden mussten sie sich gedulden, bis Emilias Mutter

bei ihnen anklopfte, den Kopf zur Tür hereinstreckte und zufrieden die aufgeschlagenen Schulbücher registrierte. Ihr Gesicht war fettig von der Nachtcreme. Mit den Lockenwicklern in den dünnen grauen Haaren sah sie zum Fürchten aus. Emilia schien an diesen Anblick gewöhnt zu sein, denn sie drückte ihrer Mutter einen Kuss auf die glänzende Wange. Nicola wandte sich ab.

»Wir können bald los. Mama schläft ein, kaum dass sie ihren Morgenmantel abgelegt hat.«

Nicola warf einen Blick auf die Uhr. »Der Bus fährt in vierzig Minuten. Los, wir ziehen uns schon mal um.«

Eine knappe halbe Stunde später tappten sie vorsichtig die Treppe hinunter und zogen die Haustür lautlos hinter sich ins Schloss.

»Geschafft«, flüsterte Emilia und hängte sich bei Nicola ein. »Heute ist der erste Tag vom Rest meines Lebens.«

»Das klingt unheimlich, grad so wie die Weissagung einer Seherin aus grauer Vorzeit«, flüsterte Emilia mit Grabesstimme zurück und prustete gleich darauf laut los.

Nicola fiel in ihr Gelächter ein.

Niemand beachtete sie, als sie zum Busbahnhof hasteten.

Die Fahrt kam ihnen lang vor, und ihre Spannung stieg mit jedem zurückgelegten Kilometer. Dann waren sie endlich da.

Schon von Weitem konnten sie die Musik hören. Darauf hoffend, einen Platz an einer der aufgestellten Stehbars zu ergattern, zwängten sie sich durch die Menschenmenge.

Emilia hatte ihr helles Haar mit dem Glätteisen bearbeitet, und anders als sonst schimmerten die Strähnen wie Seide. Sie hatten kurz einträchtig zusammen vor dem Spiegel gesessen und sich für den Abend geschminkt. Nicolas grüne Augen, die einen auffallenden Kontrast zu ihren roten Locken bildeten, mussten nicht groß hervorgehoben werden. Ein paar Pinselstriche genügten, und auch die Lippen bekamen nur wenige Tupfer Lipgloss ab. Emilias blasses, etwas unscheinbares Gesicht hingegen hatte nach einer Rundum-Verschönerung verlangt. Das waren nicht Nicolas Worte, sondern die von Emilia gewesen. Der Freundin war es seit jeher wichtig, die Unterschiede und Ähnlichkeiten zwischen ihnen festzustellen. Sie ging sogar so weit, ihre Arme und Beine abzumessen, nur um danach kritisch festzustellen: »An dir ist alles größer, schöner, länger und wohlgeformter als bei mir, nur mein Hirn ist deinem bei Weitem überlegen.«

Sie standen auf dem Platz vor der mächtigen Kathedrale und durchforsteten mit ihren Blicken die Menschenmenge. Beide hielten sie Pappbecher umklammert, in denen inzwischen lauwarmes Bier schwappte. Es schmeckte schal, aber zu den Ständen mit den interessanteren Getränken waren sie noch nicht vorgedrungen.

»Schau!« Emilia packte sie am Arm. »Da war gerade Davide. Hast du ihn nicht gesehen?«

Nicolas Herz begann heftig zu klopfen, und ihr Mund wurde trocken.

»Wo? Sag schon!«

Obwohl Emilia dicht neben ihr stand, musste Nicola schreien, um sich verständlich zu machen.

»Wieder in der Menge untergetaucht. Er trägt einen blauen Sweater mit Kapuze und seinen Schulrucksack.« Sie lachte. »Wahrscheinlich geht er direkt von hier zum Unterricht.«

»Irgendwie cool, der Typ. Lass ihn uns suchen«, murmelte Nicola, doch ihre Worte verloren sich im Lärm.

Sie durchstreiften die Menge auf dem Platz und zwängten sich an laut lachenden und singenden Menschen vorbei. Lauter Fremde, kein einziges bekanntes Gesicht – schon gar nicht das von Davide.

Irgendwann hielt Nicola inne, drehte sich zur Seite und wollte etwas zu Emilia sagen, doch die Freundin war nicht mehr neben ihr. Der Schreck brannte wie hundert kleine Nadelstiche auf ihrer Haut. Sie fühlte sich wie damals, als sie sich von der Hand ihrer Mutter losgerissen und im Einkaufszentrum vor Udine hilflos verlaufen hatte. In jener langen Stunde, in der sich die Welt gegen sie verschworen hatte, war Nicola überzeugt gewesen, dass sie ihre Familie niemals wiedersehen würde. Sie war von Abteilung zu Abteilung geirrt und hatte immer verzweifelter nach ihren Eltern gerufen. Erst als das vor Angst verzerrte Gesicht ihrer Mutter direkt vor ihr aufgetaucht war, hatte die

Bedrohung sich verflüchtigt und einem Gefühl grenzenloser Erleichterung Platz gemacht.

Jetzt allerdings war sie keine fünf Jahre alt, und auf andere angewiesen war sie schon gar nicht.

Eigentlich hätte ihr nichts Besseres passieren können: Sie war allein auf der Suche nach Davide, das hieß, niemand konnte das Gespräch zwischen ihm und ihr belauschen, niemand sie durch peinliche Kommentare in Verlegenheit bringen. Aber erst musste sie ihn finden.

Ungeduldig hielt sie Ausschau, nicht nach Emilia, sondern nach ihm.

Einmal glaubte sie, sein Gesicht in der Menschenmenge zu sehen, aber als sie sich näherte, war es bloß irgendein Bursche gewesen, der Davide nicht einmal ähnelte. Der blaue Kapuzensweater hatte sie getäuscht.

Die hohen Fenster der Basilika fingen den Lichtschein der Fackeln ein. Der Mond war nicht zu sehen und auch keine Sterne, dafür bauschten sich dunkle Wolken am noch dunkleren Nachthimmel. Es roch nach verkohltem Holz und gebrannten Mandeln. Laute Gespräche, zustimmendes Nicken, das Austauschen von Blicken um sie herum. Dazu Musik aus Lautsprechern und nicht enden wollendes Gelächter, eine Geräuschkulisse, die ihresgleichen suchte. Nicola kam sich vor, als wäre sie unversehens in eine surreale Filmszene gerutscht.

Jemand bot ihr eine Kokosnussspalte an und wedelte damit zu nahe vor ihrem Gesicht herum. Wassertropfen flogen. Im abrupten Zurückweichen verschüttete Nicola den Rest ihres Biers. Ausgerechnet die Füße in den offenen, hohen Sandaletten bekamen den Schwall klebriger Flüssigkeit ab. Jetzt sehnte Nicola sich nach einer Dusche und nach ihrem frisch überzogenen Bett. Angeekelt kickte sie den Becher in einen Papierkübel.

Und dann sah sie es.

Weit vorn, unter einer mächtigen Säule, auf der die Wölfin Romulus und Remus säugte, kam ihr eine Bewegung, eine Geste vertraut vor. Als sie sich näherte, erkannte sie Emilia. Der Widerschein einer Fackel erhellte ihr ausgeprägtes Profil. Ihre geglätteten Haarsträhnen schaukelten wie Bänder um ihr

Gesicht. Sie unterhielt sich wild gestikulierend mit jemandem, der oder die im Schatten der Säule stand. Unsicher näherte Nicola sich den beiden.

Um sie herum hatten die Leute zu tanzen begonnen. Nicola kämpfte sich durch die wogende Menge. Im selben Augenblick, in dem sie Emilia erreichte, wurde diese von einem Arm auf die riesige Tanzfläche gezogen.

Der Arm gehörte zu Davide.

Betroffen wich sie zurück. Davide legte einen Arm um Emilias Schultern, der andere umschlang ihre Taille. Emilia drückte sich an ihn.

Tränen des Zorns stiegen in Nicolas Augen. Verschwommen sah sie die beiden Köpfe, die sich einander näherten, sah, wie Emilia ihre Wange an seine legte.

Zutiefst gedemütigt machte sie kehrt. Sie fand sich vor einem der Stände wieder, drängelte sich vor und bestellte, keinen Widerspruch duldend, ein Bier. Sie, die üblicherweise schon nach wenigen Schlucken Alkohol einen Schwips bekam, schüttete die bittere, schäumende Flüssigkeit in sich hinein und genoss das sich unmittelbar einstellende schummrige Gefühl.

»Drüben gibt es Aperol Spritz. Der schmeckt einem hübschen Mädchen wie dir doch eher als dieses Gesöff.«

Ein Fremder stellte sein eigenes Bier zur Seite, nahm Nicola das halb geleerte Glas aus der Hand und zog sie zum Nachbarstand.

Der Aperol lief kühl ihre Kehle hinunter.

Denen werde ich es zeigen, dachte Nicola. Die beiden Verräter, das werden sie büßen.

Über die Schulter des Mannes beobachtete sie Davide und Emilia, die, wie es schien, noch näher aneinandergerückt waren.

»Antonio. Ich bin Antonio«, stellte sich ihr Gegenüber nun vor.

Egal, dachte Nicola. Egal, wie alles andere auch. Gleichgültigkeit war jetzt angesagt, anderenfalls würde sie ausflippen. Sie durfte den Schmerz in ihrem Herzen unter keinen Umständen zulassen.

»Und du, meine Schöne? Wie heißt du? Und wie alt bist du?«

Sie warf ihm einen entschlossenen Blick zu.

»Achtzehn, mein Name ist Nicoletta. Aber meine Freunde nennen mich Nic«, sagte sie.

»Hallo, Nic. Ich dachte, du wärst jünger. Nimm es als Kompliment.«

Fasziniert von ihren eigenen Lügen starrte Nicola auf die goldenen Einschlüsse in Antonios bernsteinbraunen Augen. Hatte Aquileia nicht vor Urzeiten als Endstation der Bernsteinstraße gegolten?

Gar so schlecht scheine ich in Geschichte doch nicht zu sein, überlegte sie und fühlte sich mit einem Mal besser.

»Womit habe ich dieses entzückende Lächeln verdient?«

So, wie Antonio jedes seiner Worte betonte, bekamen sie eine zusätzliche, eine tiefere Bedeutung. Etwas Verheißungsvolles schwang in ihnen mit. Als er zu lachen begann, wusste Nicola, dass sie sich heute noch von ihm küssen lassen würde.

»Nic, ein Freund von mir gibt ein privates Mai-Fest in der Pineta, komm mit, ich lade dich ein.« Papier raschelte. »Willst du?«

Ein Schwall Pfefferminze wehte zu ihr herüber. Sie schüttelte den Kopf.

»Du hast schöne Locken.«

In diesem Moment tanzten Davide und Emilia dicht an ihr vorbei. Täuschte sie sich, oder hatte Emilia, die beste aller Freundinnen, ihr gerade eine Kusshand zugeworfen?

»Klingt verlockend. Das mit dem Fest.« Sie lächelte betont fröhlich. Sollte die falsche Schlange doch schauen, wie sie mit der Situation zurechtkam, wenn ihre Freundin beim Frühstück fehlte. Und Davide, den Langweiler, hatte sie schon vergessen. Sie hatte jetzt etwas Besseres vor.

Bestimmt legte Antonio seinen Arm um Nicolas Hüfte. »Du trägst Shorts? Um diese Jahreszeit?« Seine Frage war rhetorisch, denn seine Finger betasteten den Saum ihrer kurzen Hose.

Ihre Unsicherheit wegwischend, antwortete Nicola: »Dafür wärmt mich mein Schal.« Spielerisch schlang sie den Seidenstoff um ihren Hals.

Auf einmal stand Emilia vor ihr.

»Wo warst du denn?«, fragte sie.

»Ich stand die ganze Zeit da und habe die Tanzenden beobachtet«, entgegnete Nicola kühl. Sie schwankte leicht.

Sicher die hohen Absätze.

Neben ihr fragte Antonio mit katzenweicher Stimme: »Willst du mir deine Freundin nicht vorstellen, Nic?«

»Die da ist keine Freundin und war es auch nie.« Brüsk drehte Nicola sich weg und schmiegte sich an seine Seite.

»Wir feiern in der Pineta weiter«, sagte Antonio. »Wenn ihr wollt«, er zeigte auf Davide, der verlegen hinter Emilia stand und seine Sneakers fixierte, »könnt ihr mit uns kommen, du und dein Freund.«

»Das ist keine gute Idee, die Kleinen müssen morgen zeitig aufstehen, Schulbeginn ist um acht Uhr.«

Kurz dachte Nicola an ihre Mutter, die Emilia noch nie gemocht hatte. Wie recht Mama doch hatte!

»Bitte«, hörte sie Emilia sagen, »mach keinen Unsinn. Komm mit mir nach Hause. Ich kann dir alles erklären.«

»Ach«, höhnte Nicola, »dann ist es nicht das, wonach es aussieht?«

Mit Emilias Rufen im Rücken verließen sie den Platz vor der Kathedrale und gingen zu Antonios Auto.

Auf dem Weg von Aquileia in die Pineta verschwanden die von Fackeln und Lampen angestrahlten Silhouetten im Dunkel der Nacht. Rings um sie glänzte schwarzer Asphalt. Die umliegenden Wiesen und Felder, von den Schatten der Bäume wie verschluckt, waren nicht mehr als eine Ahnung.

Erst als sie ausstiegen und auf eines der drei Hochhäuser zueilten, begann Nicola, ihr Vorhaben in Frage zu stellen.

Ihre Füße in den ungewohnt hohen Sandalen begannen zu schmerzen. Das würde Blasen geben.

Aus der Ferne drang Musik zu ihnen herüber. Rauchiger Jazz.

Im grell aufflackernden Neonlicht des Treppenhauses sah Antonio viel älter aus. Tiefe, eingekerbte Falten um Augen und Mund verliehen seinem Gesicht etwas Verlebtes. Er blieb stehen und lehnte sich gegen die Wand. Behutsam nahm er ihre Hände in seine und betrachtete sie aufmerksam.

Nicola fühlte sich unwohl, traute sich jedoch nicht, etwas zu sagen. Ohne seinen Blick von ihr abzuwenden, führte Antonio ihren Zeigefinger zu seinem Mund und saugte daran. Sie unterdrückte aufsteigenden Ekel, versuchte, sich ihm zu entwinden, doch er hielt ihre Hand eisern fest.

»Die rote Farbe, sie schmeckt mir. Kirschen, Erdbeeren oder Blut?«

Nicola konnte ein Kichern nicht unterdrücken, und jetzt lachte er ebenfalls.

Antonio begann, im Singsang einen Vers zu rezitieren: »Kann wohl des großen Meergotts Ozean dies Blut von meinen Händen reinwaschen? Nein. Weit eher kann diese meine Hand mit Purpur die unermesslichen Gewässer färben und Grün in Rot verwandeln.«

Nicola gelang es, einen Schritt zur Seite zu machen, sie schaute ihn entgeistert an.

»Lady Macbeth sagt das in Betrachtung ihrer blutigen Hände«, erklärte er selbstgefällig. »Du kennst doch Shakespeare?«

»Rote-Bete-Saft«, erwiderte Nicola und überlegte, wie sie der Situation, in die sie sich hineinmanövriert hatte, wieder entkommen könnte.

Doch da standen sie schon vor der offenen Tür einer Wohnung, aus der, jetzt sehr laut, Jazzmusik drang. Mit einem flauen Gefühl folgte sie Antonio hinein.

Nicola sah sich einer Ansammlung von eigentümlich aussehenden Menschen gegenüber. Lauter Erwachsene. Niemand in ihrem Alter. Gestylte Frauen, zu viel Silber, zu viel Gold. Lässig gekleidete Männer mit gestutzten Bärten, gegeltem Haar, die meisten in schwarzen Polos oder eng anliegenden Hemden.

Wo war sie hier bloß gelandet?

Angst kroch ihren Rücken hinauf und setzte sich im Nacken fest. Das Blut pochte viel zu schnell in den Schläfen, Schwindel erfasste sie.

Ihr Blick fiel auf ein rundes Holztischchen unter einem geöffneten Fenster. Eine Frau zog dort eine Linie aus weißem Pulver, beugte den Kopf nach hinten und schnupfte. Als sie mit tränenden Augen Nicolas Blick begegnete, lächelte sie ihr auffordernd zu.

Nicola drehte sich weg.

Weiter vorn sah sie Antonio. Er überragte die meisten anderen hier. Sein Blick strich suchend über die Menge, doch Nicola hatte genug. Sie wollte nicht von ihm entdeckt werden und suchte Deckung zwischen zwei lachenden Frauen.

»Na, Kleine, willst du auch einen Zug?« Eine von ihnen hielt ihr eine selbst gedrehte Zigarette entgegen.

Nicola schüttelte stumm den Kopf.

Hinter ihr stand eine Gruppe, die einen Joint herumgehen ließ. Der Qualm roch nach frisch gemähtem Gras und gleichzeitig nach getrocknetem Heu. Nicola wurde bewusst, dass sie auf einer Drogenparty gelandet war.

Nichts wie weg von hier!

Unauffällig verließ sie den Raum. Im Flur lehnte eine Frau in High Heels an der Wand, ein Mann hatte seine Hand unter ihren Rock geschoben und küsste ihren Hals. Nicola ging an ihnen vorbei. Die beiden schienen sie gar nicht wahrzunehmen.

»Wohin des Weges, meine Schöne?«

Sie hatte es fast schon geschafft gehabt, doch da war er wieder, ihr neuer Freund. Und die goldenen Punkte in seinen Augen tanzten.

»Ist das dein erstes Mal?«

Röte schoss in ihre Wangen. Fragte er sie etwa, ob sie schon einmal Sex gehabt hatte?

Nicola machte einen Schritt zurück und spürte die Wand in ihrem Rücken. Er reichte ihr eine Pfeife, die sie ungeschickt in die Hand nahm und unter seinem wachsamen Blick zum Mund führte.

Es schmeckte bitter, doch Nicola tat, als würde sie den Rauch tief einatmen. Dabei begann ihr Hals zu kratzen und ihre Augen zu tränen.

»Ich habe noch besseren Stoff als dieses Zeug hier. Möchtest du eine Prise Opium? Es entspannt wunderbar, du wirst sehen.« Er leckte über seine Lippen. »Wir machen es uns irgendwo gemütlich.«

Nicola riss erschrocken die Augen auf. Sie musste hier raus, und zwar sofort.

»Gute Idee«, murmelte sie, »besorge den Stoff, aber beeil dich.«

Ohne auf sein Nicken zu achten, wandte sie sich ab. Aus den Augenwinkeln registrierte sie, dass Antonio den Flur verließ.

So schnell sie konnte, lief sie zum Ausgang. Hinter sich meinte sie, einen Ruf zu hören, doch da war sie bereits im Treppenhaus.

Kurz überlegte sie, den Aufzug zu nehmen, verwarf die Idee aber sofort wieder. Zu Fuß war sie schneller. Nur weg mit den Schuhen.

Sie wickelte die Riemen um ihr Handgelenk und hastete barfuß die Stufen hinab. Mindestens fünf Stockwerke hatte sie zu bewältigen. Auf der zweiten Etage hielt sie inne und lauschte. Von oben drang, nun schon etwas gedämpft, die Jazzmusik zu ihr. Schritte, die ihr folgten, waren keine zu hören. Auch der Lift schien nicht in Betrieb genommen worden zu sein. Aufatmend hastete Nicola weiter.

Vor dem Haus herrschte vollkommene Dunkelheit. Sosehr sie sich anstrengte, es wollte ihr nicht gelingen, etwas zu erkennen. Wo war die Straße? Nicola fühlte sich desorientiert, sie war benommen vom Alkohol und dem Zug aus der Haschpfeife. Verzweifelt hob sie ihr Gesicht zum Nachthimmel und meinte, vereinzelte Regentropfen zu spüren.

Auch das noch.

Wohin sollte sie sich jetzt wenden?

Kurz entschlossen bewegte sie sich in die Richtung, in der sie den Strand vermutete. Das Rauschen des Meeres wies ihr den Weg, aber spitze Steine peinigten ihre Fußsohlen.

Schwer atmend blieb sie schließlich hinter einer Badehütte stehen und versuchte zu begreifen, was geschehen war.

Wie hatte sie nur so blöd sein können.

Hilflos presste sie ihre Hand auf den Mund, Angst breitete sich in ihr aus.

Dumm und naiv hatte sie sich in Gefahr begeben.

Die Anspannung, die sie oben in der Wohnung erfasst hatte,

wollte einfach nicht nachlassen. Schweiß lief über ihren Rücken, die Brust und über die Stirn. Sie schmeckte Salz auf ihrer Oberlippe.

Die vereinzelten Tropfen waren in einen Sprühregen übergegangen.

Da, Rufe! Schritte näherten sich.

Nicola erstarrte, dann begann sie zu rennen. Weg von der Stimme und den Schritten, weg vom Strand, tiefer hinein in das angrenzende Wäldchen. Gefangen in einem Alptraum, stolperte sie über Wurzeln und Äste und meinte, eine Hand in ihrem Nacken zu spüren. Als sie es endlich wagte, kurz innezuhalten, um zurückzublicken, war sie allein. Tränen liefen ihr über die Wangen. Sie zwang sich, nicht laut zu schluchzen. Ihr Verfolger, wer immer es war, musste ganz in der Nähe sein.

Sie hielt den Atem an, bis silberne Sterne vor ihren Augen zu wirbeln begannen. Dann sog sie so leise wie möglich die feuchte Nachtluft in ihre Lungen.

Wie viel Zeit inzwischen wohl vergangen war?

Außer dem Knistern der regenschweren Blätter, dem Rauschen des Meeres und dem Summen des Windes konnte sie keine Geräusche ausmachen. Kein Rufen, keine Schritte, kein verräterisches Rascheln erreichte ihr Ohr.

Langsam ebbte das Gefühl, verfolgt zu werden, ab, vorübergehend wähnte Nicola sich gar in Sicherheit. Zitternd nestelte sie ihr Smartphone aus der engen Tasche ihrer Shorts.

»Emilia«, flüsterte sie, als die Freundin, mit der sie nie wieder sprechen wollte, sich meldete.

»Nicola, wo bist du?«

»Ich habe Angst, schreckliche Angst. Sprich leise mit mir, er könnte uns hören. Und hol mich hier ab, egal wie.« Sie redete weiter, überging Emilias Zwischenfragen. »Ja, ja. Antonio. Ich bin mit ihm in die Pineta gefahren. Jetzt sucht er mich.«

»Was ist passiert?«

Später, wenn sie in Sicherheit war, würde sie ihr alles erzählen, jetzt war dafür keine Zeit.

»Ich bin im Wäldchen direkt hinter dem Strand in der Pineta. Bitte komm und sag niemandem ein Wort. Verrate mich nicht.«

»Ich habe doch gar kein Auto. Wie stellst du dir das vor?«
»Mir ist ganz schlecht vor Angst, bitte lass dir was einfallen.«
»Ich frage Toto. Der wird uns holen, ich rufe ihn sofort an.
Bleib, wo du bist, rühr dich nicht von der Stelle.«
»Emilia, es ist dunkel, und es regnet. Ich hocke zwischen
Bäumen und Sträuchern. Bitte, Toto soll sich beeilen.«
Sie legten auf. Kurz darauf erschien eine WhatsApp-Nachricht auf dem Smartphone-Display: »Toto ist auf dem Weg.«
Fast hätte Nicola laut vor Freude gerufen. Ein Stein fiel ihr vom
Herzen. Sie riss sich zusammen und begann, lautlos zu zählen, um
sich vom Gedanken an ihre missliche Situation abzulenken.

Wie viel Zeit seit dem Anruf vergangen war, wusste sie nicht. Es
kam ihr bald schon wie Stunden vor. Aus Angst, jemand könnte
den Lichtschein bemerken, schaute sie nicht nach der Uhrzeit
auf ihrem Handy.
Aber Toto hätte längst hier sein müssen.
Da war etwas.
Das musste er sein.
»Toto«, flüsterte sie ins Dunkel des Wäldchens.
Und der Wald antwortete ihr. Laut.
Nicola lief davon. Vor dem plötzlichen Knacken, dem Knistern, dem Rufen.
Das Laub unter ihren Füßen war regennass, sie glitt darauf
aus, konnte nur mit Mühe das Gleichgewicht halten und hastete
weiter. Immer wieder verfing sich ihr langer Schal im Gestrüpp.
Es war beinahe so, als wollte er sie zurückzerren. Sie hatte kaum
noch Kraft.
Ein Keuchen, ein Keuchen war hinter ihr, sie hörte die Atemzüge eines sich nähernden Verfolgers.
Schneller! Schneller, trieb sie sich an. Es waren nur noch
wenige Schritte zur rettenden Promenade. Dort gab es vielleicht
andere Menschen.
Schon konnte sie die Lichter der Laternen hell durch die
Bäume schimmern sehen.
Nicola schrie vor Erleichterung auf. Gleich war sie dem Wald
und ihrem Verfolger entkommen.

Jetzt wagte sie es, sie rief laut um Hilfe.

Und stolperte.

Sie roch regennasse Erde, als sie auf dem Boden aufschlug.

Im Aufrichten wurde sie brutal nach hinten gerissen.

Dann wurde es schwarz um sie.

17

Der Wald war laut. Die Luft dröhnte vom Rauschen der Blätter, der Halme, der Gräser, der Piniennadeln. Und der Regen deckte mit seinem undurchdringlichen Schleier alles zu. Die Erde war aufgeweicht, immer wieder versanken Totos Füße im lehmigen Schlamm.

»Nicola!«

Seine Rufe wurden von den Stämmen der Bäume, vom Gewirr des Gestrüpps zurückgeworfen, sie zeugten von seiner Verzweiflung.

Seiner Panik.

Seiner Angst.

Er konnte seine Angst riechen. Der würzige Duft nach Pinien und feuchter Erde wurde überlagert von seinem Körpergeruch. Und von etwas anderem: einem Schwall säuerlich riechenden, fremden Schweißes. Unversehens hatte er sich dazugemischt, hatte sich mit seinem Angstgeruch vermengt.

Und Toto hatte verstanden.

Sie waren hier nicht allein. Da war noch einer.

Einer, den er zunächst deutlich riechen, dann auch hören, wenig später nur noch erahnen konnte.

Es war der, der hinter Nicola her war.

Ihr Verfolger.

Der, vor dem er sie beschützen sollte.

Toto musste sie finden, den Verfolger ablenken. Sich ihm stellen, mit ihm kämpfen, ihn überwältigen. Ihn festhalten, zur Aufgabe zwingen.

Dafür war er hergekommen.

Doch vorerst galt es, sich ruhig zu verhalten. Zu erstarren, mit dem Schatten der Pinien zu verschmelzen, um den Angreifer zu lokalisieren.

Die Borke der Rinde im Rücken, lehnte er schwer atmend am Stamm. Fieberhaft versuchte Toto, das wilde Trommeln seines Herzens zu besänftigen.

Dann erreichten ihn die Geräusche.

Erst ein Knistern, ein Knacken im Unterholz, schließlich ein leises Rufen. Immer wieder hörte er Nicolas Namen, zusammengezogen zu einer einzigen winzigen Silbe: »Nic!«

Das Rascheln der Blätter glich jetzt einem Seufzen. Es ließ ihn die Finger verkrampfen, die Lippen aufeinanderpressen.

Da, direkt vor ihm.

Totos Hand schwang vor, er versuchte, den Schatten zu greifen.

Erfolglos.

War es ein Stück Stoff gewesen, das an ihm vorbeigestreift war?

»Nicola«, flüsterte er in die Dunkelheit. »Nicola. Wo bist du? Ich bin es, Toto.«

Ein tiefer Laut, von irgendwoher, vielleicht ganz aus der Nähe, erreichte seine Ohren. Ungestüm schnellte Toto nach vorn, sprang durch die Farne, in der Geschwindigkeit nur behindert durch seinen kranken Fuß.

Da, knapp vor ihm – ein heller Fleck.

Doch kaum dass Toto sich ihm näherte, war er wieder verschwunden, verloren im Schwarz der Nacht, Sekunden später ragte der Schatten eines Riesen über ihm auf. Dunkel glühende Augen unter wilden Locken. Eine Hand mit Fingern, die als spitze Krallen endeten.

Totos Herz setzte einen Schlag aus.

Er machte sich so klein wie möglich und trat nach einem Schreckensmoment die Flucht an.

Raus aus dem Wald. Hin zum rettenden Auto.

Erst als er den Strand erreicht hatte und unter sich den nassen Sand spürte, machte er halt.

Verzweifelt streckte er sein Gesicht dem Himmel entgegen, der ohne Sterne war, und spürte die Regentropfen auf seiner Haut.

Nicola war noch immer da drinnen.

Drinnen im Dickicht. Ausgeliefert ihrem Verfolger.

Und er, er hatte versagt. Er hatte ihr seine Hilfe verwehrt.

In diesem Augenblick wuchs Toto über sich hinaus.

Plötzlich brauchte er keine Olivia mehr, die ihm erklärte, wie die Welt funktionierte, und keine Tante, die ihm sein Handeln vorgab. Selbst Emilia, seine Cousine, hatte in diesem Moment für ihn keine Bedeutung. Sie hatten ihre Macht über ihn verloren.

Er allein hatte es in der Hand.

Er würde Nicola retten.

Er ganz allein.

Ein Energieschub, wie er ihn nie zuvor verspürt hatte, ließ ihn kehrtmachen und zurück in den Wald rennen.

All seine Angst war verflogen.

Toto ließ den stärker gewordenen Regen sein Gesicht liebkosen und schrie seine neu gefundene Kraft heraus.

Er griff nach einem abgebrochenen Ast und hielt ihn vor sich, zum Zuschlagen bereit.

Im Winter, erinnerte er sich, war das üppige Gewächs hier bloß seelenloses dürres Gestrüpp. Jetzt erschien es ihm dicht und verwachsen wie undurchdringliches Dickicht. Doch es konnte ihn nicht aufhalten.

Brüllend stürzte Toto in den regennassen nachtdunklen Wald. Um ihn herum flogen erschrocken Möwen auf.

Er hatte die Witterung des Feindes aufgenommen, war ihm, wie ein Jäger dem Wild, auf den Fersen. Bald schon vernahm er sein wildes Hecheln.

Toto lief schneller. Er keuchte und schrie.

Er hörte davoneilende Schritte, hörte ein rasselndes Atmen.

Dann verschwamm alles um ihn herum. Toto taumelte, griff sich ans Herz und fiel.

Als er zu sich kam, starrte er in ein verzerrtes Gesicht.

Vor ihm lag Nicola.

Seine Nicola.

Sie starrte aus blicklosen, hervorquellenden Augen zurück.

Um ihren Hals lag ein Schal, viel zu eng.

Und es war kein Leben in ihr.

Lange konnte er seinen Blick nicht von ihr lösen.

Dann lief er zum Meer.

Er brachte ihr seine letzte Gabe.

Zart drückte er Muscheln auf ihre Augen.

Erst dann begann Toto zu weinen.

Der Feind war schneller gewesen, hatte sie vor ihm gefunden.

So rasch er konnte, humpelte Toto über den nassen Sand zurück zu seinem Auto, das er ganz vorn beim Strand geparkt hatte.

Als er sich in sein Fahrzeug setzte, stöhnte er auf.

Der dunkle Wald und der übermächtige Feind verschwanden hinter den Fensterscheiben, die durch die Feuchtigkeit seiner Kleidung von innen beschlugen.

Mit ungelenken Fingern, deren Kuppen immer eine Spur zu groß für die Tasten seines Handys zu sein schienen, wählte er Olivias Nummer.

18

Erschrocken fuhr Olivia hoch.

Verschlafen tastete sie nach der Ursache des Geräuschs, das um diese Zeit so gar nicht hierhergehörte.

Mit noch halb geschlossenen Augen entzifferte sie den Namen auf dem Display ihres Handys.

Toto.

Was dachte ihr Bruder sich nur dabei, sie in dieser Herrgottsfrühe aus dem Schlaf zu reißen? Es war kurz vor dem Morgengrauen.

Toto wusste, dass sie große Probleme hatte, einzuschlafen, und ebenso, über längere Strecken durchzuschlafen. Vor allem seit jener verhängnisvollen Panne auf der Autobahn. Schlaf war für sie wichtig geworden.

Mit diesem Anruf ging Toto entschieden zu weit.

Zornig ließ Olivia das Handy neben sich auf das Bettlaken fallen und schlüpfte in ihre Hausschuhe. Sie verließ ihr Zimmer, ohne das Licht anzuschalten, und tastete sich an der Wand entlang zum angrenzenden Raum.

»Toto!« Ihre Stimme hatte den Kommandoton, den sie sich normalerweise für ihren Beruf aufsparte.

Als keine Antwort erfolgte, schaltete sie das Licht ein und schloss geblendet die Augen.

»Toto, was machst du für Sachen? Du gefährdest meine Gesundheit mit deinen albernen Spielchen. Geht das nicht in deinen Kopf? Wie oft soll ich dir noch sagen, dass du meinen Schlaf nicht stören darfst?«

Sie öffnete ihre Augen vorsichtig, um sie an die Helligkeit zu gewöhnen, und sah ihr hoch aufgeschossenes Spiegelbild im gegenüberliegenden Fensterglas. Eine gute Erscheinung sah anders aus. Die dünnen Haare klebten an ihrem Kopf, das Nachthemd war zu groß für ihren knochigen Körper, der in letzter Zeit noch schmaler geworden war.

»Wie oft noch, Toto, wie oft?«, wiederholte sie gereizt.

Fast konnte sie ihn antworten hören: »Vier Mal noch, Olivia, vier Mal, und dann habe ich es verstanden.«

Schon wollte sie streng erwidern: »Reize meine Nerven nicht bis zum Äußersten.«

Aber dann bemerkte sie, dass ihr niemand geantwortet hatte. Totos Decke war zerknüllt, und das Kissen zeigte den Abdruck seines Kopfes, doch das Bett war leer und von ihrem Bruder keine Spur.

Wo war der Kerl, versteckte er sich?

»Toto?« Jetzt klang ihre Stimme schrill und viel zu laut. Mit einer ungeduldigen Handbewegung wischte Olivia sich den letzten Schlaf aus den Augen.

Sie ging zurück in ihr Zimmer.

Einen Moment lang starrte sie verständnislos auf ihr auf dem Bett liegendes Handy, dann tippte sie auf die Liste entgangener Anrufe. Tatsächlich, ihr Bruder, vor wenigen Minuten.

Zu ihrem Zorn gesellte sich eine Spur von Angst. Sie wählte die Nummer.

Besetzt.

Gerade als sie auflegte, kam der nächste Anruf.

»Du kleiner Spinner«, begrüßte sie ihren Bruder am Telefon. »Was sollte das?«

»Bitte, Olivia, lass mich jetzt nicht im Stich. Du musst mir helfen. Sofort.«

»Wo bist du überhaupt?«, fragte sie eine Spur weniger abweisend. In der Erwartung, sein rundes Gesicht im Vorgarten zu ihrem Schlafzimmer heraufgrinsen zu sehen, stellte Olivia sich ans Fenster und lehnte ihre Stirn an die Glasscheibe.

Sie sah in eine regennasse Nacht. Kein Mond. Keine Sterne. Kein Toto. Nur der Wind, der an den Holzbalken rüttelte.

»Tot. Sie ist tot.«

»Wer ist tot? Was redest du da? Und wo bist du?«

»Bitte, Olivia, hilf mir. Ich habe Angst.«

»Toto, sag mir doch, wo du bist.«

Doch die Leitung war schon unterbrochen.

Wütend wiederholte Olivia den Anruf und bekam nur wieder das Besetztzeichen. Jetzt war sie ernstlich besorgt.

159

Sie hastete ins Badezimmer und schlüpfte in ihre Jeans. Die raue Schafwolle des dicken Pullovers, den sie sich über ihr Nachthemd zog, kratzte auf ihrer Haut. Im Flur tauschte sie die Hausschuhe gegen Sneakers. Das Handy in der einen, die Autoschlüssel in der anderen Hand, lief sie hinaus. Sie musste Toto finden, bevor ihm etwas zustieß.

Regen und Wind peitschten ihr ins Gesicht, ließen ihr Haar flattern. Erst das Klingeln ihres Telefons brachte sie abrupt zum Stehen.

»Toto?«

»Olivia.« Die überdrehte Stimme ihres Bruders quälte ihr Ohr. »Sie ist tot.«

»Wer ist tot? Jetzt rede!«

»Ich bin aufgewacht, weil Emilia mich gerufen hat, über das Handy. Ich bin gleich losgefahren, ich durfte helfen.«

Ein Schreck durchfuhr Olivia.

Emilia? Emilia war tot?

Sie rang nach Luft. Mit weichen Knien hielt sie sich am Zaun ihres Hauses fest. Auf einmal war sie dankbar für Sturm und Regen. Das Unwetter holte sie in die Wirklichkeit zurück.

»Wo bist du?«

»In der Pineta, vor den drei Hochhäusern. Am Strand. Sie liegt hinten im Wald.«

»Rühr dich nicht von der Stelle. Ich bin in einer Minute bei dir.«

Während der Fahrt umklammerten ihre Hände das Lenkrad, bis ihre Knöchel weiß hervorstanden.

Hirngespinste. Sicher nur Hirngespinste.

Toto hatte manchmal Alpträume, die ihn tagelang beschäftigen konnten. Dass er dabei allerdings das Haus verließ, das war neu.

Aber was, wenn es stimmte, was, wenn ihre kleine Cousine wirklich tot in der Pineta lag?

Olivia konnte sich nur mit großer Mühe auf die vor Nässe spiegelnde Straße konzentrieren. Panik stieg in ihr auf.

Als sie die Hochhäuser erreichte und aus dem Wagen sprang, sah sie beinahe sofort Emilias auf dem Boden liegendes Fahrrad, sie selbst hatte es der Cousine zu ihrem dreizehnten Geburtstag geschenkt. Daneben geparkt, Totos Elektroauto.

Und die massige Gestalt ihres Bruders beugte sich über eine im Sand liegende Gestalt.

»Toto! Um Himmels willen!« Olivia hastete auf ihn zu und riss ihn an seiner Schulter zu sich herum.

Er taumelte und starrte sie aus glasigen Augen an.

»Ich bin zu spät gekommen.«

Sein unterdrücktes Stöhnen erreichte ihre Ohren, doch die Worte drangen nicht zu ihr durch. Jetzt erst erkannte Olivia die Gestalt zu Füßen ihres Bruders. Sie richtete sich auf und strich sich das Haar aus dem regennassen Gesicht.

Es war Emilia.

Die Cousine sah sie aus schreckgeweiteten Augen an, den Mund geöffnet, unfähig, auch nur ein einziges Wort hervorzubringen.

In Olivias Kopf drehten sich Kreise. Immer neue Muster entstanden im entsetzlichen Kaleidoskop ihrer Ängste.

Wenn Emilia lebte, wovon sprach Toto dann?

Aus Furcht vor dem, was sie jetzt erfahren würde, kniff sie einen Moment lang die Augen zusammen und erschrak, als Toto sie bei der Hand nahm.

Fast mit Gewalt zog er sie hinter sich her, hinein in den Wald. Zögernd folgte ihnen Emilia.

Olivia schluckte, als sie die Stelle erreichten. Vor ihr ausgebreitet wie ein Seestern, die Arme und Beine weit von sich gestreckt, lag Nicola, die beste Freundin ihrer Cousine und Totos heimlicher Schwarm. Ihre schönen grünen Augen waren unter Muscheln verborgen, aber der verzerrte Mund ließ keinen Zweifel daran aufkommen, dass sich der Tod sein Opfer nicht gnädig genommen hatte.

»Toto«, brüllte Olivia, »was hast du getan?«

»Ich habe nicht geholfen«, sagte er leise.

In diesem Augenblick begann Emilia zu schreien.

Sie hörte erst auf, als Olivia ihr eine Ohrfeige gab und sie danach fest an sich drückte. »Schhhht!«, machte sie. »Kleines, beruhige dich.«

Emilia befreite sich mit einer einzigen ruckartigen Bewegung von ihr. Sie starrte Olivia aus weit aufgerissenen Augen an. In der hereinbrechenden Morgendämmerung wirkte ihr Gesicht seltsam fahl, die Lippen schienen bläulich verfärbt, ihr Haar hatte einen metallischen Glanz angenommen.

Toto kniete mit gesenktem Kopf im nassen Laub vor Nicolas Leichnam.

Die ganze Szene hatte etwas so Unwirkliches, dass Olivia an der Realität zu zweifeln begann. Nichts anderes wollte sie, als den Ort des Grauens so schnell wie möglich zu verlassen.

Um damit alles ungeschehen zu machen.

Emilia öffnete den Mund, um etwas zu sagen, aber sie konnte nicht. Krampfhaft holte sie Luft und schlug dabei mit der zur Faust geballten Hand fest gegen ihre Brust.

So stand sie einige Zeit, ehe sie ihren Blick zum bedeckten Himmel wandte und flüsterte: »Ich bin schuld an ihrem Tod. Ich allein.«

Olivia wusste, sie musste handeln.

Jetzt.

»Komm.« Sie packte Emilia am Arm. »Toto, los, wir gehen zum Wagen. Sofort.« Sie klimperte mit dem Autoschlüssel.

Und beide befolgten wie in Trance ihre Anweisung.

Im Gehen tippte Olivia sanft auf Totos schwankenden Rücken. »Die Muscheln. Warst du das?«

Er nickte und sah sie, um Zustimmung heischend, an. Sie bemerkte, dass seine Augen rot gerändert waren, gerade so, als hätte er zu lange im Salzwasser getaucht.

»Geh mit Emilia und warte bei ihr im Auto auf mich«, wies sie ihren Bruder an.

Sie musste jetzt für ihn da sein. Sie musste ihn schützen. Er, der sich selbst kaum verteidigen konnte, durfte nicht in Gefahr gebracht werden.

Sie lief noch einmal zurück. Mit einer schnellen Bewegung nahm sie die Muscheln von Nicolas Gesicht. Dabei versuchte sie krampfhaft, den toten Blick aus den hervorgequollenen Augen zu meiden. Dort, wo die Muscheln eben noch lagen, hatten die Ränder einen deutlichen Abdruck in der Haut hinterlassen.

Olivia unterdrückte ein Würgen und schluckte die aufsteigende Magensäure hinunter. Sie hoffte, dass die Abdrücke verschwinden und der Regen alle Spuren verwischen würde.

Zurück auf dem Parkplatz, klappte sie mechanisch Emilias Fahrrad zusammen und legte es in den Kofferraum. Dann stieg sie ins Auto.

»Toto«, sagte sie zu ihrem auf der Rückbank kauernden Bruder, »du gehst jetzt zu deinem Wagen und fährst hinter mir her. Mach alles genauso wie ich. Verstanden?«

Toto schnäuzte sich in den Ärmel seines Pullovers. »Ich kann nicht«, begann er kaum hörbar, doch sie unterbrach ihn umgehend: »Natürlich. Du schaffst das. Keine Widerrede. Es muss sein.«

Olivia startete den Motor. Ohne Licht fuhr sie niedertourig vom Strand zur Straße. Hinter ihr folgte lautlos Totos Elektrofahrzeug.

Auf der Hauptstraße schaltete sie das Abblendlicht ein. Um keine Aufmerksamkeit zu erregen, hielt sie sich peinlich genau an die vorgeschriebene Geschwindigkeit.

Sie fuhren, ohne zu sprechen. Erst als sie den alten Hafen in Grado erreichten und Richtung der Colmata, ihrem Stadtteil, abbogen, brach Emilia das Schweigen.

»Du bringst mich nach Hause?« Sie klang überrascht.

»Nein. Wir fahren zu mir.«

Emilia entgegnete nichts. Blicklos starrte sie auf die Häuser, die sich grau von der Dämmerung abhoben.

In Olivias Haus ließen sie sich in stillem Einverständnis um den Küchentisch nieder.

»Gehen wir nicht zur Polizei?«

»Emilia, rede keinen Unsinn«, sagte Olivia. »Dir muss doch klar sein, dass das für uns alle schlimme Folgen haben kann. Bevor ich nicht die ganze Geschichte kenne, werde ich mich hüten, vorschnell und unüberlegt zu handeln.«

»Ja«, murmelte Emilia mit gesenktem Kopf.

Toto begann zu wimmern. Olivia sah ihren Bruder scharf an. Sein Gesicht war tränenüberströmt, die Augen noch röter als vorhin, und auf seinen Wangen zeichneten sich blassrosa

Flecken ab. »Stell Kaffee auf«, sagte sie streng, »das wird uns allen guttun.«

Sie musste ihn aus seinen Gedanken reißen, kannte ihn zu gut, um nicht zu wissen, was für ein Drama es auslösen würde, wenn sie Toto nicht rechtzeitig vor sich selbst schützte. Es war schließlich nicht das erste Mal.

Das Aroma des frisch aufgebrühten Kaffees vermischte sich mit dem der nassen Kleidung und dem beißenden Schweißgeruch, der von Toto ausging.

Olivia wandte sich an Emilia.

»Rede schon, Mädchen. Was hast du mit der ganzen Sache zu tun?«

Und Emilia erzählte.

Erzählte, wie sie sich davongeschlichen hatten, vor einer Ewigkeit, wie es ihr schien, wie sie mit dem Bus zum Fest nach Aquileia gefahren waren, um Davide zu treffen, in den sie beide verknallt waren, wie Davide sich ihr, Emilia, zugewandt hatte, woraufhin Nicola mit einem Fremden, von dem Emilia nur wusste, dass er viel älter war als sie und sich Antonio nannte, in die Pineta zu einem privaten Fest in einem der Hochhäuser gefahren war, und wie ihre Freundin sie, kaum dass sie zu Hause gewesen war, verängstigt aus dem Wäldchen hinter dem Strand angerufen und um Hilfe gebeten hatte.

Olivia ließ sie reden, sie unterbrach sie kein einziges Mal.

»Emi hat mich angerufen, und ich bin gleich hingefahren, um zu helfen.« Toto, der sich ein wenig beruhigt hatte, benutzte instinktiv den lang vergessenen Kosenamen seiner Cousine aus der Kindheit. »Emi wollte nicht, dass ich dich wecke.«

Er fing wieder zu weinen an, und Emilia tat es ihm gleich.

»Nicola ist tot«, schluchzte sie.

Olivias Hand klatschte auf den Tisch.

»Ruhe. Alle beide!«, befahl sie. »Ich brauche einen klaren Kopf.«

Augenblicklich hörte Toto zu wimmern auf. Emilias Gesichtsfarbe wurde noch einen Ton blasser, aber auch sie hörte zu weinen auf.

Nach einer Weile flüsterte Emilia: »Wenn Mama aufwacht

und Nicola und ich nicht im Zimmer sind, wie sollen wir das erklären?«

»Ich habe keine Ahnung. Aber Toto und du, ihr müsst geschützt werden. Wenn die Polizei davon Wind bekommt, dass einer von euch dort war, werdet ihr verdächtigt.« Sie atmete hektisch aus und fuhr sich durchs Haar. »Das müssen wir verhindern.«

»Da war ein Mann im Wald. Der hat Nicola wehgetan.«

»Toto, wenn du ihn gesehen hast, hat er vermutlich auch dich gesehen. Verstehst du, was das bedeutet? Er könnte behaupten, dass du der Mörder bist.«

Emilias Handy begann zu läuten.

Erschrocken starrten alle drei auf das Display.

»Mama«, brachte sie hervor.

»Geh nicht ran«, befahl Olivia, aber da hatte Emilia den Anruf bereits angenommen. Weinend berichtete sie ihrer Mutter, was geschehen war, und übersah die funkelnden Blicke ihrer Cousine.

Antonella kam in Pantoffeln, Morgenrock und Lockenwicklern innerhalb weniger Minuten die Straße heraufgerannt.

Als Olivia die Haustür öffnete, stürzte sie an ihr vorbei auf Emilia und Toto zu, versetzte beiden eine Ohrfeige und schrie außer sich: »Das arme Mädchen! Zum Glück ist euch beiden Idioten nichts passiert!« Dann schaute sie Olivia an und fragte: »Was sagt die Polizei? Wissen sie, wer es war?«

Alle drei starrten sie an.

»Mama«, sagte Emilia schließlich, »wir dürfen die Polizei nicht rufen. Olivia meint, die würden Toto und mich sofort verdächtigen.«

Toto reichte seiner Tante einen Becher Kaffee.

»Seid ihr noch ganz bei Trost?«

Statt den Becher entgegenzunehmen, zückte Antonella ihr Handy.

19

Der Tag hatte gut begonnen. Verdammt gut sogar.

Franjos Hand in ihrem Haar war das Erste gewesen, was sie nach der kurzen Nacht wahrgenommen hatte. Seine Finger, die ihre Locken lose durchkämmten und sie nach hinten in einen improvisierten Zopf zogen.

Das Bett stand an derselben Stelle wie früher, die Kissen rochen nach dem bekannten zitronigen Waschmittel, das in ihrer Kehle kratzte, und hoch über dem Fenster lungerte derselbe alte Mond, der sich ab und an hinter dem verrotteten Feigenbaum versteckte, wenn er nicht von Wolken verdeckt wurde.

Es war, als wäre sie nie fort gewesen, als hätte es die Monate ihrer Trennung nicht gegeben. Wohlig seufzend zog Maddalena die Decke ein wenig höher.

Franjo hatte cognacbraune Bettwäsche aufgezogen, jene, die sie ihm zu ihrem letzten gemeinsamen Weihnachten geschenkt hatte. In der Zimmerecke stand noch immer der hüfthohe Kandelaber mit den hinuntergebrannten Kerzen. Maddalena mochte den honigartigen Duft des Bienenwachses. Auch das schmal emporragende Regal, das ihr stets vorkam wie ein stiller Wächter über Franjos Bücher, stand erhaben wie eh und je an derselben Stelle. In der Nacht war es ihr nicht möglich gewesen, die Titel auf den Buchrücken zu entziffern, Maddalena konnte daher nicht sagen, ob und wie viele während ihrer Abwesenheit in diesem Zimmer hinzugekommen waren. Franjos Kochbücher nahmen fast die gesamte gegenüberliegende Wand ein, manche stapelten sich auf und unter dem kleinen Tisch.

Alte Bilder, gute Bilder. Vertraute Bilder.

Vor dem Bett lagen ihre hastig abgestreiften Kleidungsstücke. Auf dem Nachttisch konnte sie die leere Flasche und die kristallenen Weingläser erkennen. Den Geschmack des kraftvollen Refoscos, den sie in diesem Teil des Karstes Teran nannten, hatte sie immer noch auf den Lippen.

Alles war gut. Sogar Miroslavs schrille Stimme, mit der er draußen die Hühner – Franjo nannte sie Kapaune – rief, um ihnen ihr Futter zu geben, konnte das wärmende Gefühl nicht vertreiben. Sie war hier, hier bei Franjo, und er hüllte sie ein.

Träumerisch küsste sie die Narbe an seinem Zeigefinger, die ein Messer vor langer Zeit dort hinterlassen hatte. Franjos Hände waren übersät von Schnitten, alten und frisch verkrusteten. Das ist das Schicksal der Köche, behauptete er säuerlich, die scharfe Klinge bleibt keinem Küchenchef erspart, egal, wie gut er oder sie mit den Messern hantieren kann.

Maddalenas Lippen fuhren genießerisch über Franjos vernarbte Haut, verweilten kurz bei einer für sie neuen Stelle, um dann weiterzuwandern.

»Es ist merkwürdig«, meinte sie, »fast so wie eine persönliche Beleidigung. Ich habe früher jede deiner Wunden gekannt. Jetzt sind viele neue dazugekommen.«

Franjo zog sie, ohne zu antworten, zu sich.

In diesem Augenblick uneingeschränkter Vertrautheit begann Maddalenas Telefon zu vibrieren.

»Zoli. Da muss ich rangehen.« Sie richtete sich halb auf und drückte die grüne Taste.

»Wir haben eine Leiche. Eine strangulierte junge Frau. Er hat wieder zugeschlagen und diesmal gründlich«, hörte sie die Stimme ihres Kollegen.

»Wo seid ihr? Ich komme hin.«

Draußen war es beinahe schon hell.

Franjo löste sich von ihr, murmelte Unverständliches, stieg aus dem Bett und stellte sich ans Fenster. Sein Körper verdeckte die Scheibe vollständig und tauchte den Raum erneut in Dunkelheit.

»Du, ich muss los. Sofort.«

Maddalena stand hinter ihm und küsste seine nackte Schulter. »Sofort?«

»Du wusstest, dass ich eine Liebe auf Zeit bin.«

Bedauern schwang in ihren Worten. Warum musste sie gerade jetzt fort, jetzt, wo sie beide nach einer Ewigkeit das erste Mal wieder beieinander waren? Ohne vernichtenden Streit und verletzende Worte.

»Warte, meine Schöne. Ich bringe dich zu Zoli. Wo sind deine Kollegen?«

»Wir müssen nach Grado. In die Pineta.«

Franjo drehte sich zu ihr und schlang seinen Arm um sie. Er roch nach Piniennadeln, harzig, und gleichzeitig war da der frische Duft von Limetten. So vertraut und dennoch neu und aufregend.

»Danke«, flüsterte Maddalena und schlüpfte in ihre Jeans, ihre schwarz-rote Lederjacke und die Stiefel. Gleich musste sie Commissaria Degrassi sein, die kompetente Chefin ihrer Truppe. Aber kurz noch konnte sie sich der Illusion hingeben, es wäre ein ganz normaler Tag, und sie, Maddalena, hätte viele Stunden an der Seite ihres Liebsten vor sich. Daher verbot sie sich bis zum Eintreffen in der Pineta jeden weiteren Gedanken an Tatort und Opfer.

Die Fahrt an Franjos Seite durch den dem Tag entgegen-dämmernden Karst versetzte sie in einen Zustand romantischer Träumerei. Vielleicht waren sie beide Reisende durch die Zeit, kaum imstande, sich länger an einem Ort aufzuhalten, als die Zeiger der Uhr brauchten, um vorzurücken?

»Soll ich?«, fragte Franjo.

Maddalena verstand und nickte.

Er schob eine CD in das Fach, und die soulige Stimme von Nina Simone erklang. Ihr »Feeling Good« tönte leise durch den Innenraum des Wagens.

Das hier mit Franjo fühlt sich richtig an, dachte Maddalena in einem Moment ungetrübten Erkennens, verdammt richtig.

»Soll ich warten, während du die Situation vor Ort ab-checkst?«, fragte er nach einer Weile.

Nach Zolis Ankündigung konnte sie nicht davon ausgehen, heute noch Zeit für Privates zu haben. Wie gern würde sie den Tag mit Franjo verbringen oder wenigstens gemeinsam mit ihm frühstücken, ehe der Alltag sie einholte.

»Du weißt, dass es länger dauern wird.«

»Vermutet habe ich es. Trotzdem hätte ich gern auf dich gewartet, *bella mia*.«

Franjo und sie sprachen abwechselnd Italienisch und Slowe-

nisch miteinander. Maddalena mochte Franjos slawisch einge-
färbte Aussprache.

Als sie bei Monfalcone von der Autobahn abfuhren, zeigte
sich der Himmel über ihnen in einem endlos scheinenden Grau.
Es begann, stark zu regnen.

»Toll. Auf den Punkt. Das Wetter macht uns schon seit einiger
Zeit einen Strich durch die Rechnung.«

Zoli hatte nichts vom Regen erwähnt, aber er war immer kurz
angebunden und beschränkte sich auf das Notwendigste, wenn
er sie zu einem Tatort rief. Ein wenig kam es ihr vor, als wäre es
ihm unangenehm, seine Vorgesetzte verständigen zu müssen.

Das Wasser spritzte um die Räder, als Franjo auf dem Parkplatz hielt.

»Da, nimm«, sagte er und angelte einen Schirm von der
Rückbank, aber Maddalena lachte nur.

»An Regen bin ich inzwischen gewöhnt. Und ein Schirm ist
bei den Ermittlungen bloß ein Hindernis.«

Franjo schmunzelte. »So wie ein altmodischer Spazierstock?«

Sie küsste ihn und sprang über eine schlammige Pfütze hinweg aus dem alten Volvo. »Ich melde mich bei dir.«

Als Maddalena sich dem Tatort näherte, sah sie, dass ihr Team
vollständig versammelt war. Der Wagen der Spurensicherung
war ebenfalls eingetroffen. Männer und Frauen liefen durch das
Wäldchen. Weite Teile waren mit Trassierband gekennzeichnet
und abgesperrt. Dahinter vertrieb das grelle Licht der Jupi-
terlampen die Schatten. Ein Polizeibeamter suchte mit einem
Spürhund die Umgebung ab.

Beltrame kam auf sie zu. »Ein Jogger hat uns angerufen«, erklärte sie anstelle einer Begrüßung. »Zoli und ich hatten Dienst.«

Nebeneinander stapften sie durch den nassen Sand. Zoli wartete vor der Absperrung auf sie.

»Es ist ein sehr junges Mädchen. Diesmal hat der Täter ganze
Arbeit geleistet.« Er fuhr mit dem Zeigefinger über den Rücken
seiner Hakennase, als wollte er prüfen, ob sie noch an der richtigen Stelle saß.

»Wer hat hier ganze Arbeit geleistet, Zoli?« Maddalena ärgerte
sich über die Voreiligkeit seiner Schlussfolgerung.

»Der Vergewaltiger. Bleibt zu hoffen, dass wir jetzt die Sonderkommission bekommen. Ich habe den Eindruck, da könnte etwas draus werden.«

Das wurde ja immer schöner! Verhandelte neuerdings Zoli, der einst schüchterne Zoli, mit dem Commandante? Maddalena würdigte ihn keiner Antwort, bemerkte jedoch Beltrames Kopfschütteln. Sie sah zu den am Strand hockenden Möwen, die wegen des Regens ihre Köpfe unter das Gefieder gesteckt hatten. Wie es schien, waren das ihre vorläufig einzigen Zeugen.

»Sie sollten sich das ansehen, Chefin.« Beltrames Stimme klang belegt.

Es hatte von einer Minute auf die andere zu regnen aufgehört. Schwere Wolken, die weitere Niederschläge ankündigten, hingen bedrohlich über dem Horizont. Doch die Luft war klar, vom Regen erfrischt, und passte so gar nicht zu der schrecklichen Szenerie, die sich Maddalena in dem Wäldchen bot.

Ihr stockte der Atem, als sie das wie eine Blume ausgebreitete Geschöpf auf der Erde liegen sah. Kupferfarbene Locken hoben sich trotz der Nässe schimmernd vom lehmigen Boden ab. Es sah aus, als hätte jemand das Haar sorgfältig arrangiert. Unter einer kurzen Shorts bedeckten blickdichte schwarze Leggings die Beine. Die Füße des Mädchens waren nackt, Schuhe waren nirgends zu sehen. Keines der Kleidungsstücke war verrutscht, sie schien nicht ausgezogen worden zu sein. Aber die Knöpfe der kurzen Hose waren geöffnet und boten einen Blick auf die bleiche Haut um den Nabel.

Die kenne ich doch, dachte Maddalena und runzelte die Stirn. Ärgerlich, weil ihr nicht gleich einfallen wollte, wo sie diese rothaarige Schönheit schon einmal gesehen hatte, zermarterte sie sich ihr Hirn.

Um die erloschenen, stark hervortretenden Augen des Mädchens verliefen gezackte Wundmale, so als hätte sie jemand mit einem Zirkel hineingestanzt.

»Ritualmord.« Das Wort war ihr spontan entschlüpft und wurde unmittelbar von Zoli aufgegriffen.

»Sehe ich auch so, Chefin.«

Sogar die zurückhaltende Beltrame nickte.

Woher kannte sie die Kleine bloß?

Ein grüner Seidenschal war um den Hals des Mädchens geknotet. Maddalena musste den Bick abwenden.

»Was wissen wir?«, fragte sie barsch, bemüht, ihre Gefühle zu unterdrücken.

Bevor Zoli antworten konnte, hielt Beltrame ihr ein Diensthandy hin. »Ein Anruf vom Kommissariat. Scheint wichtig zu sein.«

Am anderen Ende meldete sich Lippi.

»Sie sollten sich das hier anhören, Chefin.« Er spielte ihr die Aufnahme eines eingegangenen Notrufs vor.

»Antonella Filiberto hier. Bitte schicken Sie jemanden zu uns in die Via Milano«, sie nannte stockend die Hausnummer. »Die Freundin meiner Tochter wurde ermordet. Sie liegt in der Pineta, im Wäldchen. Toto Merluzzi, mein Neffe, und meine Nichte Olivia waren mit meiner Kleinen, mit Emilia, in der Pineta. Toto hat sie gefunden. Bitte kommen Sie sofort.«

Maddalena ließ das Handy sinken. »Wir müssen los«, rief sie Zoli zu, der sich entfernt hatte, um mit einem Kollegen von der Spurensicherung zu sprechen. »Sie, Beltrame, halten hier einstweilen die Stellung.«

20

»Toto! Geh ins Badezimmer, wasch dich, und dann ziehst du dich um. Du kommst erst wieder herunter, wenn du sauber bist. Und beeile dich. Die Polizei wird gleich hier sein.«

Olivias Stimme klang böse. Diese Tonlage mochte er nicht. Seine Schwester konnte auf viele Arten mit ihm reden, die meisten gefielen ihm, aber diese nicht.

»Ich will nicht.« Er verzog das Gesicht und sah zu Tante Antonella, doch sein hilfesuchender Blick traf auf ein bestätigendes Nicken. Sie hatte heute kein Verständnis für ihn.

»Ja, Olivia hat recht. Hör auf sie. So solltest du niemandem begegnen.«

Toto sah an sich hinab. Gut, der Regen hatte seine Kleidung durchnässt, und Sand und Schlamm klebten überall. Aber so schlimm, wie die beiden taten, fand er das nicht. Emilia sah um nichts besser aus als er. Ihr Gesicht war verschmiert von der schwarzen Wimperntusche, und ihr Sommerkleid, eines, das er noch nie an ihr gesehen hatte, war auch nass und fleckig.

»Und sie?« Störrisch zeigte er auf seine Cousine. »Kann sie so bleiben, oder muss sie nach Hause und duschen? Warum wird sie anders behandelt als ich?«

Den Blick, den Tante Antonella und Olivia einander zuwarfen, konnte er nicht einordnen. Allerdings änderte sich der Gesichtsausdruck seiner Tante, und sie lächelte ihn an.

»Da hat er allerdings etwas Wahres gesagt, unser Toto. Keiner von beiden soll die Kleidung wechseln. Das wäre verdächtig. Die Polizei könnte annehmen, wir wollen Spuren vernichten.«

Toto wurde es bei diesen Worten ganz warm ums Herz. Als Olivia ergänzte: »Das habe ich nicht bedacht. Wäre eigenartig, wenn nur einer von beiden sich wäscht und der andere völlig verdreckt bleibt. Oder beide frisch gekleidet dasitzen, obwohl sie gerade eben vom Strand gekommen sind«, und ihn mit ihrer Schmeichelstimme lobte, fühlte er sich das erste Mal, seit er Nicola in der Pineta gefunden hatte, ein bisschen besser.

Emilia starrte auf ihren Kaffeebecher und fuhr mit dem Zeigefinger immer wieder im Kreis den Rand entlang. Die Bewegung hatte etwas Einschläferndes.

Auf einmal blickte sie hoch. Ihre Augen sahen durch das verschwommene Schwarz unheimlich aus. Wie tiefe Löcher. Toto wollte ihr nicht ins Gesicht schauen. Ruckartig drehte er seinen Kopf zur Seite.

»Mama«, hörte er Emilia leise sagen, »Caterina soll nach Hause kommen. Ich habe Angst.«

»Ja, das will ich auch«, pflichtete Toto ihr aufgeregt bei. »Aber sie soll Enzo nicht mitbringen. Er kann mich nicht leiden. Francesco darf kommen. Dann kann ich mit ihm spielen und ihm Märchen vorlesen. Er hat mich gern und ich ihn auch.«

Tante Antonella strich Toto über die Wange, ging zu Emilia und legte ihr den Arm um die Schultern. »Das ist im Moment keine gute Idee. Ich erzähle Caterina erst, was geschehen ist, wenn wir mehr wissen. Glaub mir, ich vermisse sie auch und wünschte, sie könnte bei uns sein in dieser schweren Zeit.«

Emilia begann leise zu weinen. Toto schmollte. Er hatte sich schon so auf seine große Cousine gefreut. Mürrisch klopfte er mit dem Fuß gegen das Tischbein. Wenn sie wüssten, dass er seine Tabletten schon eine ganze Weile ins Klo spülte, überlegte er schadenfroh. Erst am wachsenden Bart würden sie es bemerken.

»Hast du Kekse für mich eingekauft? Die mit Haselnuss-Schokolade? Andere mag ich nicht.«

Vielleicht würde Olivia heute ihre strengen Regeln, was sein Essen betraf, lockern. Heute war ein besonderer Tag. So einen hatte er noch nie zuvor erlebt.

Seine Schwester antwortete nicht. Toto, der sich darüber ärgerte, begann schadenfroh zu kichern. »Schau dich an! Für mich gibt es keine Schokokekse, aber du hast noch immer dein Nachthemd unter dem Pulli an.«

Sein Lachen steigerte sich. Und als er Tante Antonellas Lockenwickler, den rosa Morgenmantel und ihre Pantoffeln bemerkte, konnte er sich kaum mehr fassen. Wie hatte er das übersehen können? Er bekam fast keine Luft vor Heiterkeit.

»Jetzt wird er hysterisch.«

Emilia gab ihm unter dem Tisch einen festen Tritt. Das tat weh, aber es half nichts. Er hielt sich den Bauch vor Lachen, er konnte gar nicht mehr aufhören.

»Toto!«

Olivia sah ihn so böse an, dass ihm das Lachen im Hals stecken blieb. Mit einem Mal wurde er traurig.

Ihm fiel ein, dass sie ihn immer ermahnten, nur hinter vorgehaltener Hand zu lachen. Sofort wanderte seine Hand zum Mund. Dort blieb sie liegen, obwohl er gar nicht mehr lachen musste.

»Ach, Toto, du trauriger Clown, dir kann man einfach nicht böse sein.« Diese Worte seiner Tante waren ihm vertraut, und trotzdem hörte er sie immer wieder aufs Neue gern.

»Vielleicht sollte ich mir wenigstens die Wickler aus den Haaren machen?« Sie sah Olivia fragend an.

Die kam nicht mehr dazu zu antworten.

Es klopfte an der Haustür, und Totos Magen zog sich schmerzhaft zusammen. Mit einem Mal bekam er Angst. So ähnlich wie damals, als er die Prüfung für sein Fahrzeug hatte ablegen müssen. Nur viel, viel mehr. Sein Herz begann, sehr schnell zu klopfen. Er wollte in sein Zimmer, machte eine rasche Bewegung in Richtung der Stiege, aber Tante Antonella, die seine Absicht durchschaute, hielt ihn zurück.

»Du bleibst«, sagte sie bestimmt, und Toto setzte sich wieder neben seine Cousine.

Zwei Polizisten, ein spindeldürrer Mann, der wie ein Raubvogel aussah, und die Commissaria, die schon bei Olivias Freundin im Krankenhaus gewesen war, kamen zu ihnen in die Küche. Die Polizistin konnte sicher gut singen, ihre Stimme hatte einen schönen Klang, und ihre langen Locken gefielen ihm gut.

Sie wandte sich an Tante Antonella: »Lassen Sie uns alles in Ruhe durchgehen.«

Unaufgefordert, so als würde sie in diesem Haus wohnen und er und seine Familie wären die Gäste, nahm sie sich einen Stuhl und setzte sich zu ihnen an den Tisch. Der Raubvogel zog einen

Hocker unter dem Tisch hervor und holte ein Heft aus seiner Uniformjacke. Alles, was einer von ihnen sagte, schrieb er mit. Die beiden Polizisten schien die schmutzige Kleidung, die er und Emilia trugen, nicht zu stören. Sie lachten auch nicht über die Lockenwickler und die Nachthemden. Aber die Commissaria tat etwas anderes: Sie warf ihm, Toto, einen fragenden Blick zu. So als wollte sie mit ihren grünen Augen direkt in seine Gedanken schauen. Als wollte sie hineinstechen und irgendein düsteres Geheimnis darin finden. Eines, von dem er selbst nichts wusste.

Toto erschrak und zog scharf die Luft ein, als er verstand, warum es ihm unter ihrem prüfenden Blick sogleich wieder schlechter ging.

Sie hatte Nicolas grüne Augen.

Niemand außer ihm schien zu bemerken, dass die Polizistin Nicola die Augen gestohlen hatte.

Um ihn begann sich alles zu drehen. Er fühlte sich eingeengt, so als hätten sie ihn in einen Kasten gesteckt. Mit schweißnassen Fingern nestelte er an den Knöpfen seines Poloshirts. Er musste hier raus. Gleich. Sonst erstickte er.

»Ich sollte schon längst im Baumarkt sein.«

»Nein. Du gehst heute nicht zur Arbeit. Ich werde dich krankmelden«, erklärte Olivia.

Sie selbst war schon eine halbe Ewigkeit nicht mehr in die Schule gegangen. Und jetzt wollte sie ihn ebenfalls krankmelden. Auch das schien hier keinem aufzufallen. Außer ihm.

»Ich muss aber hin und das Werkzeug sortieren, und Fieber habe ich keines. Nicola war auch nicht krank und hatte auch kein Fieber. Sie war ganz kalt.«

Seine Tante gab einen erstickten Laut von sich, und der Polizist hörte kurz zu schreiben auf.

»Wann war das?«, fragte die Commissaria ruhig und starrte ihn wieder mit Nicolas grünen Augen an.

An Totos Stelle antwortete Olivia. Sie erzählte, was sie von Emilia und ihm erfahren hatte. Das stimmte alles. Aber dann begann sie zu schwindeln. Sie ließ ein paar Sachen aus. Emilia und er wechselten Blicke, und es kam ihm so vor, als ob seine

Cousine ihm sagen wollte, er solle den Mund halten, weil Olivia schon wisse, was zu tun sei.

Daraufhin wurde er noch aufgeregter, seine Haut wurde feucht, und seine Hände begannen noch heftiger zu zittern. Tante Antonella, die ihn sonst gleich beruhigt hätte, erkannte seine Not diesmal nicht. Alle ließen sie ihn im Stich.

»Ich musste sie beschützen. Es war meine Pflicht, aber es gelang mir nicht. Ein Vergewaltiger hat sich Violetta geholt und war dann hinter Nicola her.«

Alle starrten ihn an. Olivias Augen funkelten böse.

»Erzählen Sie uns bitte alles, was Sie wissen oder beobachtet haben.«

Der Polizist schrieb wieder in sein Heft.

Und die Commissaria rollte Nicolas Augen wie gläserne Murmeln im Sand.

»Die Muscheln ...« Toto ging die Luft aus. Er atmete verzweifelt ein, wischte über sein nasses Gesicht. Rieb seine heißen Ohren, riss den Mund auf und begann zu husten.

»Muscheln? Was ist damit?« Der Raubvogel schenkte ihm jetzt seine volle Aufmerksamkeit, das Heft war auf seine Knie gesunken.

»Ich habe ihr eine letzte Gabe gebracht. Ihre Augen ...« Er verstummte wieder, weil sein Magen auf sein Herz drückte und ihm schlecht wurde.

Olivia fixierte ihre schmutzigen Sneakers. Sie wirkte schuldbewusst. Schlagartig traf ihn die Erkenntnis.

»Du!«, schrie er und sprang auf. »Du hast ihr die Muscheln gestohlen, Olivia, und du«, er zeigte auf die Polizistin, »hast ihr die Augen genommen. Nicola konnte sich nicht wehren, weil sie tot war. Aber man bestiehlt keine Toten. Das ist eine Sünde.«

Toto taumelte, und Emilia begann zu weinen. Er hörte, dass Tante Antonella etwas rief, und sah, dass seine Schwester ihren Kaffeebecher fallen ließ.

Der Polizist hielt ihn am Arm. Richtig gepackt hatte er ihn, und die Commissaria stand ihm gegenüber und bohrte die Nicola-Augen in ihn hinein. Tief, immer tiefer und tiefer.

Der Raum begann sich zu drehen, in immer enger werdenden Kreisen, bis nur noch ein kleines schwarz-rotes Loch in der Mitte übrig blieb, das aussah wie ein Abbild der Jacke der Commissaria.

Dann verschwand auch das.

21

Maddalena atmete tief durch und wandte ihr Gesicht dem Himmel entgegen.

»Was war das eben für ein Drama?« Zoli schüttelte angewidert den Kopf.

Erst vor wenigen Minuten hatten sie das Haus der Merluzzis verlassen, um dem Notarzt nicht im Weg zu sein. Toto musste nach seinem Kreislaufkollaps stabilisiert werden. Dottore Beltrame, der Vater ihrer Kollegin, verpasste ihm eine Infusion. Olivia Merluzzi hatte sich mit Unterstützung ihrer resoluten Tante heftig und schlussendlich erfolgreich gegen einen Transport ihres Bruders ins Krankenhaus gewehrt.

»Einen Klinikaufenthalt kann ich nicht verantworten. Ich kenne ihn besser als jeder andere. Toto würde dort völlig durchdrehen. Er bleibt hier bei mir in seiner gewohnten Umgebung, nur so kann er wieder zur Ruhe kommen. Und die braucht er jetzt mehr als alles andere. Er ist sehr sensibel. Sie beide haben meinen Bruder völlig in die Enge getrieben.«

»Ich werde meine Nichte bei der Pflege unterstützen.« Antonella Filiberto duldete keinen Widerspruch.

Der Arzt, der die Familie schon lange kannte, hatte eingewilligt, Toto in häuslicher Pflege zu lassen, und diesem Arrangement seinen Segen gegeben.

Immer noch kopfschüttelnd marschierte Zoli zum Dienstwagen. »Den hätten sie nach Triest in die Psychiatrie bringen sollen. Da wäre er besser aufgehoben. Der Mann ist ja völlig durch den Wind. Ich dachte schon, er würde sich auf Sie stürzen, Chefin, und Ihnen die Augen auskratzen. Meine Hand lag schon an der Waffe. Was sollte dieses Gerede von den Muscheln?«

Zoli, der noch nie so viel am Stück gesagt hatte, sah Maddalena an und stellte direkt die nächste rhetorische Frage: »Was ist los mit dem? Glauben Sie, er hat etwas mit dem Mord zu tun? Der Kerl steht völlig neben sich, und seine Schwester und die Tante unterstützen ihn noch.«

Maddalena hörte zu ihrer Verwunderung Lippi aus ihm sprechen. Anders konnte sie sich die offensichtliche Veränderung ihres Kollegen nicht erklären. Inzwischen waren die Eltern des bedauernswerten Mädchens verständigt worden. Beltrame und Lippi hatten das übernommen. Maddalena war dankbar, dass ihr dieser unerfreuliche Weg erspart geblieben war. Die Tote befand sich bereits in der Gerichtsmedizin. Mit Grauen dachte Maddalena an den Kummer der Eltern.

Wann immer sie vor einem Opfer stand, verspürte sie neben dem Entsetzen, das ein gewaltsam herbeigeführter Tod in ihr auslöste, tiefe Trauer. Doch heute hatte sich ihr Herz gleich mehrfach schmerzhaft zusammengezogen. Die Kleine hatte ihr ganzes Leben noch vor sich gehabt und war nur zum falschen Zeitpunkt am falschen Ort gewesen.

Ärgerlich wischte sie sich bei diesem Gedanken über ihre Stirn. Was, verdammt noch mal, sollte sie gegen diese blöden Standardsätze in ihrem Hirn unternehmen? Vielleicht kannte Dottore Beltrame einen guten Neurologen, der ihr ein wenig auf die Sprünge helfen konnte. Jeder war schließlich, wenn er gewaltsam zu Tode kam, zum falschen Zeitpunkt am falschen Ort gewesen.

Sie zog ihr Smartphone aus der Hosentasche und wählte die Nummer des Literaturprofessors in Padua.

»Hat sich Ihr Mann schon zurückgemeldet?«, fragte sie kurz darauf harsch. »Ich warte und werde allmählich ungeduldig.«

Zoli, der stehen geblieben war, warf ihr einen interessierten Blick zu. Ihr Tonfall schien ihn zu faszinieren.

Maddalenas Augenbrauen hoben sich, als sie Signora Gaberdans Antwort hörte.

»Ich hätte es ihm gleich ausgerichtet, aber er klang noch sehr verschlafen, als er vorhin anrief, der Abend scheint länger geworden zu sein, als mein Mann ursprünglich beabsichtigt hatte. Ich dachte, ich erzähle es ihm, sobald er nach Hause kommt. Wissen Sie, Signora Degrassi«, Maddalena ärgerte sich über die lässig dahingeworfene Anrede, mehr aber noch darüber, dass sie das ärgerte, »ich bin ein wenig eifersüchtig. Lorenzo meint, eifersüchtig ohne Grund. Aber Sie kennen sicher das Sprichwort: ›Vertrauen ist gut, Kontrolle ist besser.‹« Sie schien auf Bestätigung zu warten, vielleicht auch auf verständnisvolle Worte. Als beides ausblieb – Maddalena hatte nur vernehmlich geschnauft –, sprach sie zögernd weiter. »Er hat von seinem Smartphone aus angerufen. Und mir kam das bedenklich vor. Dumm, ich weiß, aber manchmal brauche ich Sicherheit. Daher bat ich ihn um den Namen der Pension, in der er und seine Kollegen abgestiegen waren, und rief dort an. Ich ließ mich auf sein Zimmer verbinden, und stellen Sie sich vor, Signora Degrassi, mein Mann hob ab. Er hatte mich nicht angelogen, er war wirklich dort.«

Na, das wird sich zeigen, dachte Maddalena, der der Seelenfrieden ihrer Gesprächspartnerin egal war. Sie ließ sich den Namen und die Adresse der Pension geben und legte auf.

»Zoli, wir fahren nach Aquileia und sprechen dort mit dem Uni-Professor.«

»Sofern der Vogel nicht schon ausgeflogen ist.«

»Egal, ob er seiner Frau die Wahrheit gesagt hat oder nicht, er wird letzte Nacht nicht viel Schlaf bekommen haben. Den treffen wir vermutlich noch beim späten Katerfrühstück an.«

Während der Fahrt telefonierte Maddalena mit Lippi und ordnete an, die Bewohner und Nachbarn der drei Hochhäuser in der Pineta nach Auffälligkeiten und Beobachtungen in der letzten Nacht zu befragen. Es galt, so schnell wie möglich die Wohnung, in der das Fest stattgefunden hatte, zu lokalisieren. Diesen Antonio zu finden hatte oberste Priorität.

»Glauben Sie, Chefin, dass es sich bei dem Mann von gestern um unseren sexuell auffälligen Literaturprofessor Gaberdan aus Padua handelt?«, erkundigte sich Zoli und gab, kurz nachdem sie den Damm überquert hatten, Gas.

»Spekulationen überlassen wir den Geistersehern und Esoterikern. Die Fakten zählen.«

Erfreut registrierte Maddalena Zolis beleidigte Miene. Anscheinend bin ich wirklich überarbeitet, befand sie.

Einen Anruf von Franjo drückte sie weg. Dafür war jetzt leider keine Zeit. Zudem wollte sie nicht vor ihrem zunehmend anstrengender werdenden Kollegen mit ihrem Liebsten sprechen.

Vor der Pension »Zum alten Gladiator« in einer der Nebenstraßen Aquileias bremste Zoli scharf ab.

Wie vermutet, trafen sie den Professor im Kreise seiner Kollegen im Frühstücksraum der Pension an. Maddalena wusste sofort, wer in der Gruppe dieser Lorenzo sein musste. Der Mann war ihr auf Anhieb unsympathisch.

Sein enges schwarzes Hemd trug er drei Knöpfe zu weit geöffnet, sicherlich, um allen den Blick auf seine dunkel behaarte Brust zu ermöglichen.

Grauenvoll, dachte Maddalena und bemerkte aus den Augenwinkeln Zolis gebannten Blick auf den sich wild kräuselnden Urwald. Dem Kollegen schien zu gefallen, was er sah.

»Professor Gaberdan?« Zügig steuerte sie auf ihn zu.

Gelangweilt sah der Angesprochene von seinem Englischen Frühstück hoch. »Sie irren, meine Schöne. Der bin ich nicht. Mit wem haben wir das Vergnügen?«

»Commissaria Degrassi, Mordkommission.«

Ein schmächtiger Mann mit Bauchansatz und zurückgegeltem Haar hatte den Kopf gehoben und fragte: »Was habe ich mit Mord zu tun?« Er streckte ihr seine Hand entgegen, die Maddalena geflissentlich übersah.

Zolis Stimme unterbrach die gegenseitige Musterung. »Bitte folgen Sie uns ins Nebenzimmer.«

Verblüfft über so viel Eigenständigkeit, ging Maddalena mit ihrem Kollegen voraus, ohne noch etwas dazu zu sagen. Zoli hatte ein Aufnahmegerät mitgebracht und legte es neben sein Heft.

»Sie stehen auf Fesselspiele mit Studentinnen?«, eröffnete Maddalena das Gespräch.

»Was meinen Sie? Ich verstehe nicht«, wehrte Gaberdan mit einer unwirschen Handbewegung ab.

»Doch. Sie verstehen sehr gut«, entgegnete Maddalena knapp.

Zoli und sie wechselten einen Blick. Nervös nestelte der sichtlich verkaterte Professor an seinem Handy.

»Ginevra Missoni ist Ihnen doch ein Begriff?«

»Worauf wollen Sie hinaus?«

Maddalena meinte, Eigelb an seinem Kinn kleben zu sehen.

»Darauf, dass Sie unsere Fragen beantworten. Wo waren Sie gestern?«

In überheblicher Manier zählte Gaberdan, der sich nun wieder sicher zu fühlen schien, die Orte, an denen sie gewesen waren, auf und schloss damit, den späten Abend mit seinen Kollegen in der Bar der Pension verbracht haben zu wollen. Das Fest wäre ihnen zu laut und zu vulgär gewesen.

»Ja, ich kenne Signorina Missoni«, sagte er auf Maddalenas erneute Frage, »sie ist eine meiner Studentinnen. Aber was bedeutet das schon? Als Professor kenne ich naturgemäß viele Menschen eines bestimmten Alters.«

Zoli trommelte ungeduldig mit den Fingerkuppen auf die Tischplatte.

»Und was ist mit Violetta Capello?«

»Was soll mit ihr sein?«

»Kennen Sie sie?«

»Sollte ich?« Gaberdan verzog amüsiert sein Gesicht. »Wie schon gesagt, ich kenne viele Studentinnen. Doch nicht alle fessle ich. Und bevor Sie hier Sittenwächter spielen, darf ich betonen, dass, welche sexuellen Praktiken ich im Einverständnis mit welchen Partnerinnen auch immer bevorzuge, Sie das nichts angeht.«

Ehe sich Maddalena zu einer groben Antwort hinreißen ließ, stand sie auf, winkte Zoli mit einer Handbewegung, ihr zu folgen, und wies den Professor an, hier auf sie zu warten.

Seine Angaben wurden vom Besitzer der Pension bestätigt.

Auch für die Nacht, in der Ginevra Missoni vergewaltigt worden war, hatte Gaberdan ein nachweisbares Alibi. In der Wohnung seiner Mutter war, verursacht durch die starken Regenfälle, ein Wasserschaden aufgetreten, und er hatte bis in die frühen Morgenstunden gemeinsam mit seiner Frau und seiner Mutter versucht, die gröbsten Schäden zu beseitigen.

Nachdem sie Gaberdans Kollegen befragt hatten, die dessen Angaben über den gestrigen Abend ebenfalls bestätigten, besprach Maddalena sich kurz mit Zoli.

»Sein Alibi ist hieb- und stichfest, also vergeuden wir hier nur unsere Zeit.«

Klar war auch, dass sich dieser eitle Professor allein schon aufgrund seiner Statur kaum als Nicolas Antonio ausgegeben haben konnte. Emilias Beschreibung des Mannes war da eindeutig gewesen.

Das Mädchen hatte bereitwillig zugestimmt, als Maddalena sie bat, den Polizeizeichner nach ihren Angaben ein Phantombild anfertigen zu lassen. Sobald es fertig war, sollte es zur Unterstützung bei der Suche nach dem Mann an Beltrame und Lippi übermittelt werden.

»Haben Sie sich seinen Kollegen genauer angesehen? Ein abstoßender Mensch, aus seiner Brustbehaarung könnte man ein Toupet machen.« Zoli schüttelte sich.

»Sie haben recht. Und den blasierten Professor lassen wir jetzt erst mal ein bisschen schmoren.« Maddalena grinste ihn an. »Wir fahren, ohne uns zu verabschieden.«

Sie waren auf dem Weg zum Kommissariat, als Lippi anrief. »Wir haben die Wohnung, in der das Fest stattgefunden hat, ausfindig gemacht. Von einem Antonio keine Spur. Aber der Besitzer, ein gewisser Claudio Verdi, ist jetzt bei uns, wir haben in seiner Wohnung nämlich Drogen sichergestellt. Er wird gerade verhört.«

Zwanzig Minuten später eilten sie über den Parkplatz. Als sie die Polizeidienststelle betraten, kam ihnen Commandante Scaramuzza entgegen.

»Degrassi«, sagte er scharf, »Sie habe ich schon gesucht. Wir müssen reden.«

Wortlos folgte Maddalena ihrem Chef in dessen Büro und rückte mit einem unbehaglichen Gefühl in der Magengegend einen Stuhl vor seinen Schreibtisch.

An der Wand hinter ihm hing ein ihr bisher unbekanntes Geweih, vermutlich das eines Hirschs. Überall im Raum waren kleinere und größere Jagdtrophäen platziert. Unter den Kollegen ging das Gerücht, der Commandante sei in früheren Jahren ein begeisterter Großwildjäger gewesen, der jeden seiner Urlaube auf diversen Safaris in Afrika verbracht habe. Nun schaffte er es anscheinend bloß noch in die Alpen, wie der neueste Kopf-schmuck erkennen ließ.

»Sie sind wohl nicht ganz bei der Sache, Degrassi? Immer ist da dieser abwesende Blick in Ihren Augen.«

Was haben heute bloß alle mit meinen Augen?, dachte Maddalena verärgert.

»Ich verstehe nicht ganz.«

Scaramuzzas Faust donnerte auf den Schreibtisch. »Schweifen Sie nicht ab. Es gibt im Haus bereits Beschwerden über Sie und Ihre herrische Art.« Er machte eine Kunstpause, und seine Gesichtsfarbe wurde um einen Ton dunkler.

Maddalena hielt vorsichtshalber den Mund.

»Aber darauf werde ich jetzt nicht näher eingehen, das ist nicht mein zentrales Problem mit Ihnen. Ein wenig mehr Ordnung und strengere Regeln schaden niemandem in diesem Stall. Was mich auf die Palme bringt«, jetzt hob er seine Stimme, »sind die spärlich aufgeklärten Verbrechen in Ihrem Zuständigkeitsbereich. Dauernd sind Sie unterwegs. Ja, Ihre häufigen Picknickausfahrten mit Zoli sorgen für Gesprächsstoff. Zu Recht. In der Wohnung, in der sich das tote Mädchen von heute Morgen letzte Nacht aufhielt, war von Ihnen und Ihrem Chauffeur wieder einmal nichts zu sehen, Degrassi, also musste Lippi sich wegen der Befragung an mich wenden. Was sind das für Zustände? Wenn Sie das Chaos hier nicht bald in den Griff bekommen ...«

Maddalena saß einen Moment wie erstarrt und griff dann unbewusst auf eine Verlegenheitsgeste ihrer frühen Jahre zurück. Mit festem Zug wickelte sie eine ihrer Locken um ihren Zeigefinger. Erst als die Kopfhaut zu kribbeln begann, ließ sie los.

»Skalpierungsgelüste?« Commandante Scaramuzza richtete sich in seinem Sitz auf und schien anzuschwellen. Einen Moment lang sah es so aus, als würde sein Kopf das Hirschgeweih berühren.

Maddalena starrte ihren Chef zunächst nur verständnislos an, dann kapierte sie. Ertappt ließ sie die nächste Locke fallen. Sie verfluchte die tiefe Röte, die ihre glühenden Wangen überzog.

Wieder einmal schien sie bei ihrem Vorgesetzten ernste Zweifel an ihrer Professionalität erwirkt zu haben.

Der Commandante schnäuzte sich geräuschvoll und holte zum nächsten Schlag aus. »Und ausgerechnet Sie wollen eine Sonderkommission leiten? Junge Frau, Sie überschätzen Ihre Fähigkeiten gewaltig.« Er dehnte das letzte Wort in unangenehme Länge, sodass er hechelnd Luft holen musste, bevor er fortfahren konnte: »Bleiben Sie auf dem Boden. Sie werden jetzt diesen Antonio, Verdis geheimnisvollen Drogenkumpan, er heißt übrigens Corazon, zur Fahndung ausschreiben. Und zwar pronto.«

In bellendem Kasernenton informierte er sie darüber, dass Claudio Verdi, vom Auftreten des Commandante überaus beeindruckt, nicht nur sofort geständig gewesen war, was den Drogenkonsum und kleinen Handel mit verschiedenen verschreibungspflichtigen Substanzen betraf, sondern auch ohne Zögern alles preisgegeben hatte, was er über Antonio Corazon wusste, mit dem er sich hin und wieder im Lagunen Pub in San Lorenzo traf. Leider war das nicht viel, sie seien ja nicht mehr als Saufbrüder gewesen.

Maddalena nickte. »Ist das alles?«

»Ja glauben Sie, ich gebe mich mit so spärlichen Informationen zufrieden?« Wieder landete Scaramuzzas Faust vor ihr auf dem Schreibtisch. »Lippi hat den Verdächtigen über das Einwohnermeldeamt ausfindig gemacht und ist zur gemeldeten Adresse gefahren. Der Gesuchte war allerdings nicht vor Ort. Degrassi, passen Sie auf, wenn ich etwas zu Ihnen sage. Warum glauben Sie denn, dass Sie die Fahndung starten sollen? Weil wir ihn angetroffen haben?«

Maddalena balancierte einen kleinen Stapel Unterlagen, den er ihr über den Tisch zugeschoben hatte, ungeschickt auf den Oberschenkeln.

»Lesen Sie sich das gründlich durch. Erstklassige Vorbereitung erspart sinnlose Zeitvergeudung.« Er erhob sich und drückte ihr, über den Schreibtisch gebeugt, fest die Hand. Maddalena hielt den Papierkram wie einen Rettungsreifen umklammert und stand ebenfalls auf.

»Ich halte Sie auf dem Laufenden, Commandante«, erklärte sie ausdruckslos.

»Nichts anderes erwarte ich, junge Frau.«

Bemüht leise zog sie die Tür hinter sich ins Schloss. Erst auf dem Flur ließ sie sich einen Augenblick lang von ihren Gefühlen überwältigen. Zorn und Demütigung vermischten sich zu einer kaum zu zügelnden Wut.

Piero Zoli stand wartend in der offenen Tür seines Büros, das an ihres grenzte. Er vermied ihren Blick, stattdessen reichte er ihr wortlos die Thermoskanne.

»Danke.« Maddalena nickte und rief über ihre Schulter: »Lippi!«

Mit einem vagen Grinsen im Gesicht erschien der behäbige Kollege in der Tür zwischen den beiden Büros.

»Es macht Ihnen doch nichts aus, für mich in den Supermarkt zu gehen? Zwei dicke Ei-Thunfisch-Tramezzini wären jetzt genau richtig.«

Lippi starrte sie einen Augenblick fassungslos an, dann verließ er den Raum.

Als sie in dieser Nacht endlich nach Hause kam, war das Adrenalin, das sie während der vergangenen Stunden angefeuert hatte, restlos verbraucht. Überwältigt von großer Müdigkeit sank sie auf das Sofa in ihrem provisorischen Wohnzimmer. Ihr Magen begann heftig zu knurren. Sie würde noch einmal aufstehen müssen, um sich ein paar Eier zu braten. Lippis unwillig besorgte Thunfischbrote hatte sie gleich bezahlt und dann, vor seinen Augen, in den Papierkorb geworfen.

22

»*Tu es nicht!*«
Panik schwang in den Worten.
»Es ist zu spät«, murmelte sie.
»*Nein! Tu es nicht! Du hast noch die Wahl!*«
Sie hob die Arme, streckte sie weit von sich und drehte die Handflächen nach außen.
»Ich muss es tun.«
Das schrille Gekreische der Möwen verebbte, wurde leiser und leiser.

Angst war das Gefühl, das sie nun ständig begleitete. Schon vor dem ersten Heben der Lider, wenn sie noch orientierungslos durch die Dimension zwischen Schlaf und Erwachen irrte, wurde sie davon erfasst. Die Furcht war zu etwas körperlich Vertrautem geworden, vertraut wie das Schlucken, das Würgen und das krampfhafte sich Übergeben.

Violetta sehnte den Schlaf herbei, von dem sie sich kurzzeitige Erlösung erhoffte. Sie war nur noch eine durchsichtige Schattengestalt. Doch wenn sie wegdämmerte, schreckte sie nach wenigen Minuten wieder hoch, gepeinigt von den ihr in den Alpträumen auflauernden Kreaturen.

An die Fenster der Klinik stellte sie sich nicht mehr. Zu oft schon hatte sie in der flüchtigen Bewegung eines Astes oder im Schattenspiel auf der Wiese die Kontur des Wächters, jenes Mannes, der hinter ihr her gewesen war, gesehen. Damals, zwischen den Bäumen hinter ihrem Haus, hatte er sie zu Tode erschreckt. Und kein Mensch hatte ihr geglaubt. Doch sie wusste, dass er da gewesen war, auch wenn die Polizei es als Wahngebilde ihrer überreizten Phantasie abgetan hatte.

So war es gewesen.

War es denn so gewesen?

Immer häufiger vermischten sich Violettas Erinnerungen mit Schreckensbildern aus ihren Träumen.

Medikamente? Die halfen ihr nicht. Dabei hatte der behandelnde Psychiater einige Variationen ausprobiert. Wie ein Versuchstier hatte sie sich gefühlt. Den höflichen Rat: »Nehmen Sie das, es wird Ihnen guttun«, empfand sie bald schon als puren Hohn.

Weder die psychotherapeutischen Gespräche noch die psychologischen Testungen brachten Erfolg. Man hatte erwogen, sie über einen bestimmten Zeitraum in künstlichen Schlaf zu versetzen, hatte aufgrund ihrer geschwächten körperlichen Konstitution aber nach weiteren so anstrengend wie sinnlosen Untersuchungen wieder Abstand davon genommen.

Anfangs, im geschlossenen Bereich der Psychiatrie, war sie stumm geblieben. Wie zubetoniert hatte sie sich gefühlt. Mit bis zum Kinn hochgezogenen Knien hatte sie vor den jeweiligen Fachärzten gekauert, die Arme fest um die Beine geschlungen, und keine Antworten auf deren beharrliche und insistierende Fragen gewusst. Ihr fehlten die Worte, um das zu erklären, was in ihr tobte. Wie sollte man auch Fragen beantworten, die nur an der Oberfläche des Elends kratzten, egal, wie professionell sie gestellt wurden? Nur wenn die Rede von Selbstmordgedanken gewesen war, hatte sie vehement den Kopf geschüttelt. Wieder und wieder. Von denen würde sie sich nicht ins Gehirn schauen lassen, hatte sie sich eingeschärft.

Auf die Geschlossene war sie gebracht worden, weil die Commissaria darauf gedrängt hatte. Diese Degrassi. Auch eine, die es sich leichtgemacht hatte. Die versuchte erst gar nicht, ihr Gegenüber zu verstehen. Sie blieb genau wie alle anderen geradewegs an der Oberfläche kleben, lebte von ihren vorgefassten Meinungen und nahm sich dabei unglaublich wichtig. Gerade so, als wäre sie das Opfer gewesen.

Schlafen lassen hätte sie Violetta sollen, einfach nur schlafen.

Weil sie hartnäckig Suizidgedanken und -absichten leugnete, hatte sie den, wie vom Gesetz vorgesehen, nach zwei Tagen erscheinenden Unterbringungsrichter von ihrer Harmlosigkeit überzeugen können und war unmittelbar nach dem psychiatrischen Gutachten entlassen und in die offene Abteilung überstellt worden.

Von einem schrecklichen überwachten Schlafsaal in ein Dreibettzimmer.

Ihre Leidensgenossinnen hatte sie anfangs kaum wahrgenommen. Eine, um die fünfzig und übergewichtig, war wegen Depressionen hier, die andere, eine tätowierte Zwanzigjährige, litt unter Essstörungen. Mit beiden wechselte sie kaum ein Wort.

Die Angst war ihre ständige Begleiterin geblieben, und als sie schließlich übermächtig wurde und in nicht mehr zu beherrschende Panik überzugehen drohte, hatte Violetta ihre Abwehr aufgegeben. Wenigstens kurzfristig wollte sie das Ungeheuer, das in ihr lauerte, besänftigen.

Sie hatte sich den Gesprächen nicht mehr entzogen, war sogar in die Ergotherapie gegangen, hatte feuchten Ton in ihren Händen zermatscht und bunte Kreise auf raues Papier gemalt. Wenn sie sprach, was selten vorkam, klang ihre Stimme brüchig. Darüber erschrak sie.

Doch all ihre Bemühungen hatten ihr nicht helfen können. Als sie mitten in einer Einzeltherapiesitzung auf dem Fensterbrett im Behandlungsraum der Psychotherapeutin ein angebrochenes Päckchen Pfefferminzkaugummi gesehen hatte, war sie schreiend zusammengebrochen. Die Kraft zweier Pfleger reichte kaum aus, um sie zu bändigen.

Wieder waren die Medikamente umgestellt worden, diesmal, um sie noch ein Stück mehr von der übermächtig gewordenen Angst zu distanzieren. Aber sie wusste längst, dass es keine Tablette gab, die ihre Erinnerung tilgen konnte. Nichts vermochte die Ereignisse ungeschehen zu machen, nichts konnte es schaffen, sie in jene Wirklichkeit zurückzuholen, in der sie früher gelebt hatte.

Violetta war nun eine der anderen und sich selbst fremd. Dieser Eindruck, der sich schon vor dem Klinikaufenthalt in ihr festgesetzt hatte, war hier auf der Stärkeskala noch um einige Grade in die Höhe geschnellt.

Es schien ihr, als würde die frostige Kälte, die sich in ihr ausgebreitet hatte, auch ihre Umgebung mehr und mehr zum Erstarren bringen.

Und noch etwas war ihr abhandengekommen. In ihren Ohren fehlte die Musik, die sie früher stets begleitet hatte.

Wenn in der Gruppentherapie aufgezeichnet wurde, wie die Teilnehmer ihre Tagesverfassung beschrieben, mussten sie ihre Befindlichkeit in Ziffern zwischen Eins und Zehn angeben. Zuerst war Violetta das völlig absurd vorgekommen, jetzt wandte sie diese Technik selbst an.

Die Besuche ihrer Familie, die spät von den Geschehnissen erfahren hatte, ließen sie kalt. Violetta hatte beim Besuch ihrer Eltern teilnahmslos dagesessen und widerstandslos zugestimmt, dass ihr Vater sich von den Ärzten ihren Zustand erklären ließ. Früher hätte sie bei einem solchen Ansinnen getobt.

Zum Glück war sie von weiteren Fragen der Polizei bisher verschont geblieben, obwohl diese Degrassi ihr vor ihrer Einlieferung in die Klinik ein neuerliches Gespräch angedroht hatte. Aber Violetta hatte von der Möglichkeit eines Besuchsverbotes erfahren und war daher zuversichtlich, dergleichen unwillkommene Gäste abwimmeln zu können.

Zuversicht? Violetta überlegte vage, wie unzureichend Worte Zustände auszudrücken vermochten. Nein, zuversichtlich war sie nicht, schon lange nicht mehr.

Wieder hatte der Tag entsetzlich begonnen.

Kurz bevor sie endgültig erwachte, waren Szenen wie im Schnellspielmodus vor ihren Augen abgelaufen. Unfähig, die Stopptaste zu finden, hatte Violetta sich wie immer dem Grauen ergeben und verzweifelt ihre Fäuste an die Stirn gepresst, als gelänge es ihr so, die verstörenden Bilder in tiefer liegende Hirnschichten zu drängen.

Doch die Bilder würden bleiben, das wusste sie. Vielleicht verloren sie mit der Zeit an Intensität, auf mehr aber durfte sie keinesfalls hoffen. Weggehen würden sie nie, die Löschfunktion war außer Betrieb. Das war ihr inzwischen klar geworden.

Früher hatte Violetta sich zwar nicht durchschnittlich, doch wie eine normale Frau gesehen. Sie hatte, wie alle anderen, ihre Stärken und ihre Schwächen, ihre Vorlieben und ihre Abneigungen und, auch wie all die anderen, hin und wieder ihre eigenen, ganz speziellen Alpträume gehabt. Natürlich war es beängstigend gewesen, wenn sie mit pochendem Herzen vom nass geschwitzten Kissen hochgeschreckt war, doch hatte sie nach einem Glas Wasser problemlos weiterschlafen können und am nächsten Morgen nie mehr als eine dumpfe Erinnerung an diese Minuten gehabt.

Glückliche Zeiten, für immer vorbei.

Auch darum hatte Violetta eine Entscheidung getroffen. Eine, mit der ihre behandelnden Ärzte nicht einverstanden waren, jedoch machtlos, etwas dagegen zu unternehmen.

Denn heute war das Erwachen ebenso grauenvoll gewesen wie gestern und vorgestern und am Tag davor. Und morgen? Wie könnte es morgen besser sein?

Dieser Umstand war es, der sie in ihrem Vorhaben bestärkt hatte. Sie würde die Klinik verlassen. In wenigen Stunden schon. Die brauchte sie, um auf die Entlassungspapiere zu warten, sich zu duschen, anzuziehen und eine Kleinigkeit zu essen. Darauf legte das Krankenhauspersonal großen Wert, regelmäßige Nahrungszufuhr stand an oberster Stelle. Violetta vermutete, dass es etwas mit ihren essgestörten Zimmernachbarinnen zu tun hatte. Sie wurde, vermutlich der Einfachheit halber, gleich mitversorgt.

Schwer atmend stand sie vor dem Badezimmerspiegel und erkannte sich, wie an jedem Morgen seit jener Nacht vor beinahe drei Wochen, nicht mehr wieder.

Ihr der Commissaria entgegengeschleuderter Satz: »Violetta wohnt hier nicht mehr«, kam ihr in den Sinn. Wie recht sie doch gehabt hatte. Die Violetta von früher hatte ihren Körper längst verlassen und ihre Seele gleich mitgenommen. Nicht einmal ein Hauch von ihr war noch da.

Eine Fremde sah ihr ratlos aus dem Spiegel entgegen. Wo vormals der dunkle Bob das Gesicht umrahmt hatte, spross schwarzer Flaum aus der Kopfhaut. Die Augen blickten leer aus wimpernlosen Höhlen über eingefallenen Wangen. Die Brauen hatte sie radikal abrasiert, nur schwarze Punkte auf der blassen Haut deuteten noch ihren Verlauf an.

Aus dem ihr zugeteilten Schrank holte sie das weiße Shirt und die hellblau-weiß gestreifte Latzhose. Es war ihr wichtig, das Krankenhaus in denselben Kleidungsstücken zu verlassen, die sie bei der Ankunft getragen hatte. Sie fror, obwohl die Sonne gegen die Fensterscheibe knallte.

Draußen flog ein Vogel vorbei, und Violetta erschrak vor seinem schwarzen Schatten.

Auch der Cardigan wärmte sie nicht. Die Kälte kam von innen, da half keine Wolle.

Eine Schwester brachte ihr und den zwei Zimmergenossinnen die Tabletts mit dem Essen. Bis auf die übergewichtige Depressive, die gierig auf die Teller sah, nahm niemand Notiz davon, es herrschte Gleichgültigkeit im Raum.

Violetta nahm ein paar Löffel von der Suppe und aß Polenta mit Hühnerstücken und etwas Salat. Sie schmeckte nichts, machte die notwendigen Handgriffe automatisch und begegnete ausdruckslos den Blicken der Schwester.

Dann wurden die Papiere gebracht. Sie setzte ihre Unterschrift unter ihre Entlassung, nahm die gefüllten Tablettenspender sowie die Rezepte und konnte verschwinden.

Niemand schien ihr Fortgehen zu bedauern, Violetta fragte sich, ob es überhaupt registriert wurde. Die Zimmernachbarinnen würdigten sie keines Blickes, beide kauerten, in ihren eigenen Kummer vertieft, auf dem Bett.

Violetta schlüpfte in ihre beigen Espadrilles und verließ das Klinikgebäude.

Geblendet von der grellen Sonne schloss sie die Eingangstür hinter sich. Sie hielt die Hand schützend über die Augen und betrachtete die Umgebung.

Erst jetzt wurde ihr klar, wo sie sich befand. Instinktiv hatte sie angenommen, man hätte sie nach Monfalcone oder Udine gebracht und nicht hierher nach Triest.

Im Grunde war es ihr gleichgültig, denn was sie heute vor sich hatte, ließ sich in einem einzigen Wort zusammenfassen: Straßen.

Trotzdem stand sie jetzt vor der ersten Hürde, die zu nehmen war, wollte sie ihren Plan ausführen. In der Umhängetasche, die an ihrer Schulter baumelte, fand sie eine Mütze für ihren kahlen Schädel und ein paar Scheine und Münzen, allerdings zu wenige, um damit ein Taxi bezahlen zu können. Gerade mal ausreichend, um den Bus nach Grado zu nehmen.

Da das Krankenhaus hoch über Triest und dem Meer thronte,

musste sie sich zuvor zu Fuß auf den Weg zum Autobusbahnhof machen.

Violetta hatte kaum die ersten Schritte gesetzt, da hielt ein Wagen neben ihr, und eine Krankenschwester bot ihr an, sie ein Stück mitzunehmen.

»Wohin müssen Sie?«, wurde sie freundlich gefragt, als sie den Hügel hinunter ins Zentrum fuhren.

»Zum Bus.«

»Nein, ich meinte, wohin mit dem Bus?«

Zuerst zögerte Violetta mit der Antwort, erkannte dann aber, nichts verlieren zu können. Was sollte schon geschehen, wenn sie der Frau verriet, wo sie wohnte?

Bald schon würde sie dort, auf der Isola della Schiusa, ohnehin niemand mehr finden.

»Nach Grado.«

»Ich muss nach Monfalcone und kann Sie dort bei der Haltestelle absetzen.«

»Ja, danke.«

Bis auf wenige Sätze verlief die restliche Fahrt schweigend.

War die Straße schon immer so grau und so staubig gewesen? Violetta wusste es nicht und vergaß ihren Gedanken sofort wieder.

Sie bedankte sich und stieg in den Bus, der schon dastand. Früher hätte sie sich darüber gefreut, jetzt nahm sie es einfach zur Kenntnis.

Sie saß am Fenster, die Wange gegen die schmutzige Scheibe gelehnt. Von der Umgebung bekam sie kaum etwas mit, sie war viel zu sehr in ihre Gedanken vertieft.

Kreise. Alles drehte sich im Kreis.

Die Wohnung empfing sie abweisend. Irgendjemand, vielleicht ihre Mutter, hatte sauber gemacht. Es sah steril aus und unbewohnt. Fast wie die Vorwegnahme einer späteren Zeit.

Violetta ging zum Kühlschrank und nahm sich den beinahe noch vollen Gin. Sie setzte die Flasche an ihre Lippen und trank, bis sie husten musste. Als die Hitze in ihrem Magen sich explosionsartig ausbreitete, rang sie nach Luft. Sie wischte ihren Mund ab und steckte die Flasche in ihre Umhängetasche.

Jetzt noch die Autoschlüssel.

Einen letzten Blick warf sie auf ihre Wohnung, die in den vergangenen Monaten so etwas wie Heimat gewesen war, doch es lag kein Bedauern darin.

Den Blick in den Garten vermied sie sorgfältig. Es war keine Spur Sentimentalität in ihr, keinerlei Wehmut, als sie zu ihrem Fiat ging.

Emotionslos steuerte sie den Wagen, dachte nicht nach, hielt sich an die Verkehrsvorschriften und nahm wenig um sich herum wahr. Bei Palmanova fuhr sie auf die Autobahn.

Gleichmäßig näherte sie sich ihrem ersten Zielort.

In Tarvis angekommen, stellte sie ihr Auto auf einen Behindertenparkplatz und ging, ohne die verächtlichen Blicke der Passanten zu beachten, zu der Stelle vor der Kirche, wo das Muse-Konzert stattgefunden hatte.

In einer nahen Bar bestellte sie einen doppelten Gin. Mit verschränkten Armen saß sie auf der Terrasse und ließ die Bilder des Konzerts Revue passieren.

Der Platz füllte sich, die Zuschauer tobten, schwenkten Wunderkerzen, und Violetta sang mit.

Erst als der Kellner den nächsten Gin vor sie hinstellte, kam sie ein wenig zu sich.

Genau darum war es ihr gegangen: Sie wollte, sie musste unterscheiden, was Trugbild, was Wirklichkeit war.

Muse hatten hier gespielt, die Menge hatte gegrölt.

Sie trank.

Ohne zu bezahlen, der Kellner war füllig und langsam, ging sie zum Auto. Das Strafmandat auf der Frontscheibe warf sie in den Rinnstein.

Die nächste Station war nicht weit entfernt. Wieder versuchte sie, an der verlassenen Tankstelle Diesel einzufüllen, wieder kapitulierte sie vor der Bedienungsanleitung. Fast huschte ein Lächeln über ihr müdes Gesicht. Auch das war also geschehen.

Aus irgendeinem Grund hatte der Zapfhahn damals den falschen Treibstoff ausgespuckt.

Dunkle Riesenmäuler verschluckten sie kurz darauf, und Violetta versuchte, den Tunnel zu erkennen, in dem die Panne passiert war. Es wollte ihr nicht gelingen, obwohl sie damals die ungefähre Lage beim Protokoll angegeben hatte. Vielleicht lag es an den vielen Tabletten, vielleicht am Gin, jedenfalls fühlte sich ihr Hirn an wie in Aspik eingelegt. Keine Information drang durch die wabbelnde Masse zu ihr durch.

Ein Schlund ähnelte dem anderen.

Jetzt gab sie Gas. Von anhaltendem Hupen begleitet, überholte sie Autos und schoss, ohne zu blinken, durch eine Lücke der Lkw-Kolonne auf die Ausfahrt zum Parkplatz Carnia Ovest. Sie bemerkte, dass sie nass geschwitzt war und ihre Oberschenkel auf dem billigen Plastiksitz festklebten.

Hier hat es mich also erwischt, dachte sie und stieg aus.

Die Wipfel der Bäume schwankten, das Gras auf der Wiese wogte, und Violetta riss die Augen auf. Das Bild, das sie sah, war unklar, es zerfloss am Rand ihres Sichtfelds.

Tintenblau. Pfefferminzgrün. Nachtgrau.

Dann verschwanden die Farben. Aus Technicolor wurde Schwarz-Weiß. Es war totenstill.

Violetta sank auf die Wiese, verbarg ihr Gesicht im Gras.

Denn jetzt war er über ihr. Er drehte sie um. Sein Körper bedeckte den ihren.

Sie begann zu würgen, die Luft blieb ihr weg.

Etwas traf ihr Gesicht, und Violetta schreckte hoch.

»Tut mir leid«, rief ein kleines Mädchen und holte die Frisbeescheibe, die ihr Ziel verfehlt hatte, wieder zu sich.

Violetta setzte sich auf.

Das hier war die Realität. Alles andere nur ein Traum. Nicht mehr als ein Streich ihres Großhirns. Nichts war ihr jetzt geschehen. Wieder hatte sie nur geträumt. Am helllichten Tag und ohne zu schlafen. Eine Funktionsstörung ihrer Neurotransmitter.

Langsam verstand Violetta.

Das kleine Mädchen näherte sich und trat vor ihr von einem Bein auf das andere.

»Was machst du da? Bist du krank?« Die Kleine beugte sich zu ihr und reichte ihr die Hand. »Komm, ich helfe dir auf.«

Hellblondes, glattes Haar floss um ihr Gesicht.

Der Engel. Claire. Auch sie war real. Die Erinnerung traf Violetta unvorbereitet.

Sie sprang auf und hastete an dem erschrockenen Mädchen vorbei zum Auto.

Sie hatte erfahren, was sie wissen wollte.

Eine Stunde später parkte sie den Fiat in Grado. Mit ruhiger Hand zog sie den Schlüssel aus dem Zündschloss und schob ihn in ihre Tasche.

Suchend blickte sie sich um.

Mitten auf der verlassenen Baustelle wartete er auf sie.

Auf ihn war Verlass.

Wie oft war sie hier vorbeispaziert und hatte seine Feingliedrigkeit bewundert, damals, in ihrem früheren Leben. Im Winter war er mit Lichterketten geschmückt. Im Sommer erinnerte er sie an einen zartgliedrigen Saurier.

Und er war hoch. Grados höchster Kran.

Das Hinaufklettern gestaltete sich leichter, als sie es sich vorgestellt hatte. Größere Schwierigkeiten bereitete es ihr, den Schwenkarm zu erklimmen, ohne auszurutschen. Es war windig hier oben. Und kalt.

Über sich spürte sie die Flügelschläge der Möwen.

Sie hielt sich an den Verstrebungen fest, hievte sich unter großer Anstrengung hinauf und setzte sich auf das Gestänge.

Unter ihr breitete sich Grado in der Abenddämmerung aus. Sie konnte den Erzengel Michael auf der Turmspitze der Basilika sehen, und da er zu ihr blickte, wusste sie, dass der Wind von Westen kam.

Sogar ein Stück Meer konnte sie von hier aus erkennen. Der Geruch von frisch gebackenem Brot drang in ihre Nase.

Vorsichtig wandte sie den Kopf.

Da war ihr Kanal, der wie ein blau glänzendes Band die Isola della Schiusa vom Zentrum Grados trennte. Die Boote auf den Wellen waren auf Stecknadelgröße zusammengeschrumpft.

Sie schaute zum Himmel, der sich rosa verfärbt hatte.

Ein Ton schwang zu ihr herauf, dann ein zweiter, und schließlich erfasste sie die zurückgekehrte Musik mit aller Gewalt.

Violetta stand auf.

Jetzt hatte sie keine Angst mehr.

Sie fühlte sich frei.

»Tu es nicht!«

Panik schwang in den Worten.

»Es ist zu spät«, murmelte sie.

»Nein! Tu es nicht! Du hast noch die Wahl!«

Sie hob die Arme, streckte sie weit von sich und drehte die Handflächen nach außen.

»Ich muss es tun.«

Das schrille Gekreische der Möwen verebbte, wurde leiser und leiser.

Und hörte schlagartig auf.

23

»Violetta ist tot.«

Tante Antonellas Stimme überschlug sich. Aufgewühlt legte Toto das Ohr noch enger an die Wohnzimmertür. Ungläubig hörte er zu.

»Ich weiß. Es hat sich in Grado wie ein Lauffeuer herumgesprochen. Arbeiter haben die Arme gefunden. Oder das, was von ihr übrig geblieben ist. Es ist schrecklich, ich kann es nicht fassen. Der Kran ist vierzig Meter hoch. Stell dir das einmal vor.«

Toto wollte nicht glauben, was er da hörte. Violetta konnte nicht tot sein. Sie mussten sich irren. Sie war doch im Krankenhaus in Monfalcone, wo er und Olivia sie besucht hatten. Und schön hatte sie ausgesehen. Wie Schneewittchen aus dem alten Märchenbuch. Nein, sie war schon zu Hause. Jetzt fiel es ihm wieder ein. In ihrer Wohnung auf der Isola war ihm vor Schreck fast das Herz stehen geblieben. Sie hatte sich in ein Skelett verwandelt gehabt, mit Riesenaugen. Aber tot war sie deswegen nicht.

Er bekam durch die Tür hindurch mit, dass seine Schwester weinte. Am liebsten hätte er ihr ein Taschentuch gebracht und sie getröstet. Aber das ging nicht, er musste noch warten. Wenn er jetzt in das Wohnzimmer ging, hörten sie sofort auf zu reden. Und er bekam nichts mehr mit.

Sie sprachen gern, wenn sie glaubten, dass er es nicht hörte. Oder sie schickten ihn weg. Das alles gefiel ihm immer weniger. Er wollte sich nicht länger wie ein Kind behandeln lassen, immerhin arbeitete er im Baumarkt.

Nur kurz verdrängte der Ärger das Entsetzen.

Als seine Tante weitersprach, dachte er, ohnmächtig zu werden, so heftig setzte ihm plötzlicher Schwindel zu.

Bloß nicht gegen die Tür fallen, dachte er, sonst bemerken sie, dass ich lausche.

»Sie hätte in der Irrenanstalt bleiben sollen.«

»Psychiatrie, Tante, das heißt Psychiatrie«, fuhr seine Schwester auf.

»Olivia, ich meine es nicht abwertend, das ist die Aufregung, verzeih mir. Es ist furchtbar. Sie hat es dort nicht mehr ausgehalten und ist auf direktem Weg zum Baukran gegangen.«

»Antonella, wie kann man von Triest direkt nach Grado marschieren, um sich dann umzubringen? Da muss doch noch mehr gewesen sein.«

Toto dachte nach. Er könnte Tante Antonella eine Freude bereiten, indem er von hier nach Triest wanderte, dann hätte sie recht und Olivia den Schwarzen Peter.

War Emilia auch da? Er konnte ihre helle Stimme nicht ausmachen.

Sein Ohr schmerzte, weil er es so fest an die Tür presste. Ihm fiel ein, wie gern er mit Emilia und … und Nicola, er konnte ein leises Aufschluchzen nicht unterdrücken, Karten gespielt hatte. Als die beiden noch in die Volksschule gingen, war kein Tag ohne Quartett, Schwarzer Peter oder Uno vergangen. Später dann hatten die Mädchen diese Kartenspiele nicht mehr so gern gemocht, sie wollten unbedingt pokern. Aber das gefiel Toto nicht, denn es bereitete ihm Schwierigkeiten, ihre Tricks zu durchschauen, und er verlor immer. Dann fanden sie großen Spaß daran, ihm einen fetten schwarzen Punkt auf die Stirn zu klecksen. Als würden sie immer noch Schwarzer Peter spielen.

»Wie bitte?« Olivias Stimme war so nahe an seinem Ohr, dass Toto erschrocken zurückwich.

Er war am Grübeln gewesen und hatte überhört, was inzwischen besprochen worden war.

Die Tür wurde ruckartig geöffnet, und Olivia stand vor ihm. Sie machte ein böses Gesicht, eines, das er nicht mochte. Wenn sie ihn so anschaute, zog sich etwas in ihm zusammen, und er bekam Bauchweh.

»Wusste ich es doch! Toto hat wieder gelauscht. Jetzt hör mir genau zu: Der Lauscher an der Wand hört seine eigene Schand. Ich dulde das nicht. Wie oft muss ich dir noch sagen, dass so ein Verhalten ungehörig ist?«

Toto wollte nicht lügen. Er war sich sicher, wieder heimlich zuhören zu müssen, denn Olivia und seine Tante sagten ihm nicht alles, also entgegnete er: »Viele Male noch, dann habe ich es verstanden.« Jetzt hatte er ihre Erlaubnis, noch viele Male zu lauschen.

Das war die Abmachung. Wenn seine Schwester nichts dagegen einwendete, war es in Ordnung. Aber sie sah ihn weiterhin böse an.

»Du wolltest mich pflegen, nicht schimpfen«, setzte er nach.

Besänftigt nickte Olivia und machte ein freundlicheres Gesicht. »Und das tue ich auch nach bestem Wissen und Gewissen. Du bist mein Ein und Alles. Das kannst du mir glauben.«

Wenn er ihr das glauben konnte, wobei durfte er ihr dann keinen Glauben schenken?, fragte sich Toto. Wo log sie ihn an?

Schlagartig fielen ihm die Muscheln ein. Er begann zu zittern, und Tränen liefen über sein Gesicht. Fahrig wischte er mit dem Handrücken den Rotz unter seiner Nase weg.

»Wo hast du die Muscheln hingetan? Ich will sie haben.«

Olivias Gesicht wurde weicher. »Ich habe sie dem Meer und dem Sand zurückgegeben. Dorthin gehören sie«, entgegnete sie leise.

»Nicola hätte noch ihre Augen, wenn du nicht …« Von heftigem Schluchzen gebeutelt, verstummte er.

»Toto, mein Schatz.« Tante Antonella war dazugekommen und strich ihm sanft über sein Haar. »Beruhige dich doch. Alles wird gut.«

»Nichts wird gut. Keine Muscheln, keine Augen«, weinte er in ihre Bluse.

»Bring ihm ein Glas kaltes Wasser, das hilft«, wies Tante Antonella ihre Nichte an.

Immer wusste sie, was half. Kaffee, Tee oder Wasser.

Er konnte kaum schlucken, und die Flüssigkeit gelangte in die falsche Kehle.

»Ich bringe ihn auf sein Zimmer«, sagte seine Tante gleichmütig, und Toto versuchte, über ihre Schulter zu schauen. »Emi?«

»Emilia ist in der Schule, sie kommt aber zum Mittagessen. Du musst dich jetzt ausruhen. Olivia und ich kochen etwas

Schönes, und wenn Emilia da ist, rufen wir dich. Komm, Toto, jetzt stell dich doch nicht so an«, sagte sie sanft, als er sich wehrte.

»Ich bin doch kein Koffer, den man einfach wegstellen kann, wenn man ihn nicht mehr braucht.« Er schmatzte laut mit den Lippen, weil er wusste, dass weder seine Schwester noch seine Tante dieses Geräusch mochten.

Olivia wechselte einen Blick mit Tante Antonella und seufzte.

»Toto, mach nicht so ein Theater, benimm dich. Es gibt dann auch Ragù alla bolognese und Mandeltarte. Das magst du doch beides gern.«

Etwas besänftigt humpelte Toto neben Tante Antonella die Stiege hinauf in sein Zimmer. Er warf sich aufs Bett und vergrub sein heißes Gesicht im Kissen.

Fast automatisch glitt seine Hand um die Matratze herum, zu der geheimen Stelle, wo der Schlüssel zu seinem Schrein in die Stofffalte eingeklebt war.

Das kühle Metall in seiner Hand beruhigte ihn.

Etwas später, als die beiden in der Küche beschäftigt waren, schlich Toto die Stiege hinunter zum Vorzimmer, wo in der Ecke sein schmaler Schrank wartete.

Er bemühte sich, ganz leise aufzuschließen. Immer wieder drehte er sich um. Nein, niemand hatte ihn gehört. Andächtig strich er über seine Schätze, atmete ihren vertrauten Geruch ein. Nicolas Gesicht starrte ihn von den beiden Passfotos an. Toto konnte kaum mehr atmen, sein Herz drohte den Brustkorb zu sprengen. Wie wunderschön sie gewesen war mit ihren roten Locken und den grünen Augen. Er sah sie an und fühlte sich von ihren Blicken fixiert. Ihre kirschroten Lippen öffneten sich, und sie begann zu sprechen.

»Toto, lieber Toto, gib mir meine Augen zurück. Das bist du mir schuldig.«

»Wie soll ich das machen?«, flüsterte er, starr vor Angst.

»Suche die Muscheln. Olivia lügt, sie hat sie nicht dem Meer und dem Sand zurückgegeben, sondern vor dir versteckt. Wenn du sie gefunden hast, gehst du zur Commissaria. Drücke ihr die Muscheln auf die Augen. Auf meine Augen. Du drehst so lange, bis sie herausfallen. Und dann bringst du sie mir in den Schrank. Lege sie auf meine Fotos.«

»Verlasse dich auf mich«, flüsterte Toto, dem nun klar war, was er zu tun hatte.

»Ich vertraue dir ein Geheimnis an: Violetta lebt. Genauso wie ich.«

Er hatte es gewusst!

Die Lippen schlossen sich, und das Rot des Lockengewirrs verblasste.

Erhitzt und schwer atmend legte Toto seine Schätze zurück in den Schrein.

Als er den Schlüssel aus dem Schloss zog, stand Emilia vor ihm. Sie schleuderte ihren Schulrucksack auf den Boden und fuhr ihn an: »Toto, was hast du jetzt wieder angestellt?«

»Nichts«, murmelte er und versuchte, den wilden Schlag seines Herzens zu beruhigen.

»Wo sind die anderen?«

»In der Küche, kochen«, brachte er stockend hervor.

Hatte sie sein Geheimnis gesehen? Wohl nicht.

Sie schickte ihn nicht wieder hinauf. Anders als den anderen war ihr egal, wo er war.

Gut so, dachte Toto und machte sich an seine Aufgabe.

Zuerst durchstöberte er Olivias Mantel- und Jackentaschen, dann ihre Handtaschen. Irgendwo mussten die beiden Muscheln sein. Nicola log nicht.

Toto legte seine Stirn in Falten und dachte nach. Was hatte Olivia angehabt, als sie ihn und Emilia vom Strand abholte?

Ihm fiel ein, wie sehr er später gelacht hatte, weil sie unter ihrem Pulli immer noch das Nachthemd trug. Da war diese kleine Tasche über der Brust.

Wo war das Ding?

Toto überlegte, bis er ganz wirr wurde.

So schnell ihn seine Beine trugen, hinkte er in den ersten Stock. Jetzt war es ihm gleichgültig, ob sie den Lärm hörten.

Er ging zum Badezimmer und riss die Tür auf. Wie ein mutiger Krieger kam er sich vor. Fast wäre er über den Schmutzwäschekorb gestolpert, so schnell waren seine Bewegungen.

Langsamer, ermahnte er sich, immer mit der Ruhe.

Er hob den geflochtenen Deckel hoch und begann, die schmutzige Wäsche zu durchwühlen. Irgendwo hier musste es sein.

Enttäuscht hielt er inne. Da war kein Nachthemd.

Er biss sich fest auf die Lippen und schmeckte den metallischen Geschmack von Blut. Wieder dachte er nach.

In der Waschmaschine war es auch nicht und ebenso nicht bei der Bügelwäsche. Vielleicht hatte sie das Nachthemd schon in den Schrank geräumt?

Toto, der jetzt wieder versuchte, laute Geräusche zu vermeiden, schlich in Olivias heiliges Reich. Dorthin durfte er nur, wenn er sie vorher um Erlaubnis gefragt hatte.

Behutsam öffnete er die Lade, in der sie ihre Wäsche aufbewahrte, und tastete sich durch die feine Seide ihrer Höschen und BHs. Er zog die nächste Lade auf, und da waren sie, die Pyjamas und Nachthemden.

Als er schon aufgeben wollte, bemerkte er eine Plastiktüte, die unter einem Bettjäckchen verborgen war. Er hatte sich nicht geirrt: Seine Hände zogen das geblümte Nachthemd heraus. Und da waren sie, die beiden Muscheln. Genau wie Nicola es gesagt hatte.

Erleichterung erfasste ihn, und Toto sank auf den Schlafzimmerboden. Wieder wurde ihm schwindelig. Er schwitzte und zitterte gleichzeitig.

Dann sprang er auf.

Er stolperte die Stufen hinunter. Aufgestört vom Poltern, standen im nächsten Augenblick Olivia und Tante Antonella vor ihm.

»Toto, was ist?«

Weiter kam Olivia nicht, denn Toto hatte sich auf sie geworfen und seine Hände um ihren Hals gelegt.

»Ich habe die Muscheln gefunden, du verlogene Diebin!«

»Emilia«, schrie seine Tante, »hilf mir, komm schnell!«

Beide stürzten sich auf ihn und lösten mit Mühe seine Finger von Olivias geschwollenem Hals. Doch Toto wehrte sich. So schnell gab er nicht auf. Er drehte sich wild und erwischte Tante Antonellas Kopf mit der Faust.

203

Sie fiel, und aus einer Platzwunde über der Stirn lief Blut über ihr Gesicht.

Emilia schrie.

»Schnell, ruf die Polizei! Toto dreht durch!« Olivias Stimme klang rau und gequält.

Aber Toto drehte nicht durch, er wollte, dass seine Tante begriff.

Er beugte sich zu ihr, wischte das Blut aus ihrem Gesicht und hob sie hoch. »Violetta lebt. Nicola hat es mir gesagt. Ich habe auf sie aufgepasst. Und jetzt hole ich ihre Augen zurück.«

»Toto.« Tante Antonellas Stimme war sanft. »Alles wird gut.« Ihr Blick suchte Olivia.

Traurig verschränkte seine Schwester die Arme vor der Brust.

24

Maddalena brummte der Kopf.

Der Tag heute war schlimm gewesen.

Arbeiter hatten am frühen Morgen den auf dem Boden der Baustelle zerschmetterten Körper von Violetta Capello gefunden. Zoli und ihr war die Unfallortbesichtigung zugefallen, das Spurenteam klärte ab, ob auch Capellos Tod ein Verbrechen zugrunde lag.

Natürlich, hatte Maddalena gedacht, als sie die Plane, unter der die Leiche lag, betrachtete, natürlich lag dem Ganzen ein Verbrechen zugrunde. Wäre Violetta Capello nicht in jener Nacht diesem Schwein in die Hände gefallen, stünde die schöne, lebenslustige Lehrerin immer noch vor den Schülern ihrer Klasse, um ihnen mit Leidenschaft Musiktheorie und Kunstgeschichte zu vermitteln. Sie läge nicht hier, unter dem Kran, zerschmettert und leblos.

Sie hatte hart schlucken müssen. Wenigstens ersparte Zoli ihr mitleidige oder aufmunternde Kommentare. Dafür war sie ihm dankbar.

Einer der Spurenermittler, Biondo, ein grauhaariger kleiner Mann, hatte immer wieder den Kopf geschüttelt. »Ich habe schon viel gesehen. Aber aus vierzig Metern Höhe auf die Erde zu fliegen, sollte man ausschließlich den Vögeln überlassen.«

Ohne sich dagegen wehren zu können, hatte Maddalena sich Violetta Capello als schwarzen Vogel vorgestellt, der im Sturzflug dem Boden entgegenrast.

Scaramuzza war ebenfalls vor Ort gewesen und zornig in der Nähe der Absperrung auf und ab gestapft. Er sprach kein einziges Wort, warf nur hin und wieder Maddalena einen wütenden Blick zu.

Dieser Fall kam Maddalena vor wie eine endlose Aneinanderreihung von Unglücken. Sämtliche andere Ermittlungen waren beinahe zum Erliegen gekommen. Alle Energie war dem Auffinden des Verbrechers gewidmet, der, zumindest indirekt, für nunmehr zwei Todesfälle und vier Vergewaltigungen verantwortlich gemacht wurde.

Fast nebenbei hatten sie in einem Tankstellenüberfall nahe einer Raststelle ermittelt, immerhin mit schnellem Erfolg. Schon nach wenigen Stunden konnten die Tatverdächtigen, zwei Rumänen, gefasst und in Untersuchungshaft genommen werden. Doch die seit über einer Woche andauernde Fahndung nach ihrem Hauptverdächtigen, Antonio Corazon, war bislang ergebnislos geblieben.

Der stetig anwachsende Papierstapel auf Maddalenas Schreibtisch, darunter auch die Akten mit den unaufgeklärten Fällen der Vergangenheit, würde weiter warten müssen. Es fehlte entschieden an Personal. Scaramuzza tat ihren Wunsch nach Verstärkung jedoch stets mit einer verächtlichen Handbewegung ab.

»Ich bin Commandante und nicht der Weihnachtsmann. Strengen Sie sich mehr an, Degrassi, striegeln Sie die Pferde in Ihrem Stall, bis sie glänzen«, antwortete er lapidar.

Es war nicht so, dass in Grado überdurchschnittlich viele Verbrechen verübt wurden. Statistisch betrachtet lebten sie hier in einer heilen Urlaubswelt, doch die Statistik schien die Kleinkriminalität nicht zu berücksichtigen. Handtaschendiebstähle, Einbrüche in Sommerhäuser und Autodiebstahl hatten in den letzten Jahren mehr und mehr zugenommen.

In den vergangenen Tagen hatte Maddalena grübelnd vor den Fotos gestanden, die auf ihrer Pinnwand in Form einer Pyramide angeheftet waren.

Das Mordopfer Nicola Pavese, an der sich der Mörder nicht vergangen hatte, bildete die Spitze. Darunter hingen die Bilder der vier Vergewaltigungsopfer: Violetta Capello aus Grado, Ginevra Missoni aus Aquileia, Cinzia Gandolfini aus Görz und Maria Carisi aus Triest.

In der nächsten Reihe befanden sich die Fotos der Zeugen: Olivia Merluzzi, Claire und Maurizio Casella, Ginevras Vater Giancarlo Missoni und der slowenische Fernfahrer namens Andrej Mlakar, der Cinzia Gandolfini gefunden hatte. Außerdem Cesare Corallo, der Arbeiter aus der Fabrik in Torviscosa, der

Maria Carisis Angreifer wegfahren sah, Toto Merluzzi, Emilia Filiberto und schließlich Davide Delfabro, Emilias Freund.

Ganz unten hatten sie das fast unkenntliche Phantombild, das anhand der spärlichen Zeugenaussagen vom Täter angefertigt worden war, sowie je eine Aufnahme vom Uni-Professor Lorenzo Gaberdan und dem zur Fahndung ausgeschriebenen Antonio Corazon angeheftet. Die Person auf dem Phantombild konnte jeder der beiden sein – oder keiner von ihnen.

Verdammt, fluchte Maddalena immer wieder lautlos, verdammt, wir haben so gut wie nichts.

Sie hatten sämtliche Zeugen zur neuerlichen Befragung aufs Kommissariat kommen lassen. Lippi, Zoli, Beltrame und sie selbst hatten sie stundenlang befragt.

Die Befragungen im Umfeld der Opfer hatten zusätzlich Zeit gekostet. Ebenso die langen Gespräche mit den Kollegen aus Görz und Triest.

Doch nichts. Keine neuen Erkenntnisse. Corazon blieb verschwunden, und sie steckten fest – bis der Selbstmord der bedauernswerten Violetta Capello alle wieder aufgescheucht hatte.

Am Nachmittag hatten sie dann erfahren, dass man Toto Merluzzi mit der Ambulanz in die Psychiatrie gebracht hatte. Angeblich war er völlig ausgerastet und hatte Schwester und Tante tätlich angegriffen. Zoli, der schon beim letzten Besuch im Haus der Merluzzis an Totos geistiger Gesundheit gezweifelt hatte, konnte nach einem Gespräch mit Antonella Filiberto ein weiteres erstaunliches Detail beisteuern: Muscheln, die zu den Abdrücken um Nicola Paveses Augen passten, waren von Olivia Merluzzi aufbewahrt worden. Toto hatte sie bei ihr gefunden, was unmittelbar zu seinem Zusammenbruch geführt haben sollte.

Angeblich machte er nicht nur seiner Schwester, sondern auch den ermittelnden Beamten, vor allem Maddalena, wirre Vorwürfe, die sich in harschen Drohungen manifestierten.

»Chefin«, hatte sich Zoli empört, »nicht auszudenken, wenn der Kerl mit einem Messer bewaffnet hier reingeplatzt wäre und Ihnen etwas angetan hätte.«

»Zoli, bitte.« Erstaunt über die ausufernde Phantasie ihres Kollegen hatte sie Zoli ironisch gefragt, wofür denn Scaramuzza das Sicherheitssystem habe installieren lassen. Damit jeder Dahergelaufene ungehindert hier hereinkommen könne?

Und dann hatte es doch noch kurz so ausgesehen, als stünden sie vor einer entscheidenden Wende in ihrem Fall. Die Tür war aufgeflogen, und Lippi hatte mit leuchtenden Augen den Raum betreten.

»Wir haben ihn. Man hat ihn gefunden.« Er strahlte über das ganze Gesicht.

Einem Streifenpolizisten aus Duino war oben im Karst ein Wohnwagen aufgefallen, der auf einem nicht zugelassenen Campingplatz geparkt hatte. Da dies in den Frühjahrs- und Sommermonaten öfter vorkam, dachten er und sein Kollege sich zuerst nicht viel dabei.

Während sie ein Strafmandat wegen unerlaubten Parkens ausstellten, bemerkten sie eine Bewegung hinter einigen Sträuchern und sahen nach. Ein Mann, auf den die Beschreibung aus der Fahndung zutraf, war mit seiner Morgentoilette am Bach beschäftigt und hatte sie nicht kommen gehört. Als er die Polizisten sah, wollte er Reißaus nehmen, was ihn verdächtig erscheinen ließ.

Sie hatten ihn in Gewahrsam genommen und Kennzeichen und Fahrzeughalter überprüft.

Der Verdächtige verweigerte alle Angaben zu seiner Person. Man ging davon aus, Antonio Corazon geschnappt zu haben.

Eine halbe Stunde nach Lippis Meldung war der Verdächtige, flankiert von den beiden Polizeibeamten, in den Raum geführt worden. Tatsächlich sah er, obwohl inzwischen deutlich älter, der Person auf Corazons Führerscheinfoto an Maddalenas Pinnwand frappierend ähnlich.

»Hier haben Sie den Burschen, Commissaria«, hatte der ältere der beiden Polizisten erklärt. »Besonders gesprächig ist er allerdings nicht, und Papiere hat er auch keine dabei.«

Maddalena hatte Zoli und Beltrame gerufen und, als die Duineser Polizisten sich verabschiedet hatten, laut in die Hände geklatscht. Nicht nur der Verdächtige war zusammengezuckt.

»Also«, sie sah ihn direkt an, »kommen wir zur Sache. Es bringt nichts, wenn Sie uns Ihren Namen vorenthalten.«

Der Mann, dessen zurückgebundener dunkler Zopf fettig glänzte, entgegnete ruhig: »Ich habe nicht vor, Ihnen meinen Namen zu verheimlichen, Commissaria. Roberto Minucci. Ist es denn so ein großes Vergehen, sich in einem herrenlosen Wohnwagen einzunisten? Ich habe vor einiger Zeit meine Arbeit verloren und verfüge nicht über das nötige Kleingeld, mir ein Hotelzimmer zu nehmen. Trotzdem brauchte ich Abstand und Zeit zum Nachdenken.«

Maddalena und Zoli hatten einen überraschten Blick gewechselt. »Warum haben Sie das nicht den Kollegen gesagt?«

»Sie waren mir unsympathisch.«

Maddalena hatte Beltrame, der die Enttäuschung ins Gesicht geschrieben stand, angewiesen, Minuccis Angaben zu überprüfen. Jetzt saß sie hier, rieb sich die Schläfen und wartete darauf, dass die Kollegin zurückkam.

»Stimmt alles«, sagte Beltrame wenig später. »Roberto Minucci ist in Prepotto im Karst gemeldet, er lebt dort in einer Zweizimmerwohnung zusammen mit seinem Vater.«

Nicht weit entfernt von meinem Heimatort, Santa Croce, dachte Maddalena und nahm sich vor, heute Abend ihre Mutter in Mailand anzurufen. Resignierend entließ sie den Mann, von dessen Aussage sie sich den entscheidenden Durchbruch in den Ermittlungen erhofft hatte.

Als der Abend hereinbrach und Maddalena von der Überdosis Kaffee Herzklopfen bekam, löste sie sich endlich von den Spuren und Gesprächsprotokollen und schwang sich aufs Rad.

Die Fahrt entlang des Meeres belebte sie ein wenig, und als sie zu Hause angekommen war, erfrischte sie eine kalte Dusche noch mehr.

Sie band ihr feuchtes Haar im Nacken zusammen, zog ihr bestes Shirt über und steckte es in die ausgewaschenen Jeans. Dann schlüpfte sie in Lederjacke und Stiefel und setzte den Helm auf.

Ohne ihn vorher zu kontaktieren, fuhr Maddalena zu Franjo.

Der Karst sah an diesem Abend aus wie in ein künstliches

Licht getaucht. Über den Nadeln und Blättern der Bäume schimmerte es silbern. Ein Hauch von Sommer lag in der Luft. Traurig dachte Maddalena an Nicola Pavese und Violetta Capello, die nie mehr die Hitze des adriatischen Sommers auf ihrer Haut spüren würden.

Sie versuchte abzuschalten, sich auf den Abend zu freuen.

Miroslav war sichtlich weniger begeistert als Franjo, über dessen Gesicht ein Ausdruck unverhohlener Freude huschte, als er Maddalena die Stufen zu seinem Haus heraufkommen sah.

»Ich brauche dich jetzt«, flüsterte sie ihm ins Ohr, »bei mir geht so ziemlich alles schief, was nur schiefgehen kann.«

»Außer der Geschichte mit uns«, flüsterte Franjo zurück und umarmte sie stürmisch.

Maddalena wusste, dass seine Trattoria heute und morgen Ruhetag hatte, das war mit ein Grund für ihre Entscheidung gewesen, ihn unangemeldet zu besuchen. Er würde Zeit für sie haben, heute zumindest. Vielleicht konnten sie morgen sogar ihr gemeinsames Frühstück in Grado bei Giorgia und Dante nachholen.

Franjo verschwand kurz, schickte aber Miroslav mit einem Glas von dem bernsteinfarbenen Prosecco, den sie so gern mochte, und ließ ausrichten, er würde sich gleich zu ihr gesellen, sie solle es sich inzwischen gemütlich machen. Maddalena lehnte sich auf der Veranda im Holzstuhl zurück und beobachtete Miroslav, der mürrisch einen kleinen Gasofen vor sie stellte – die Abende und Nächte im Karst konnten auch im Mai noch sehr kühl sein – und dann einen Tisch für zwei Personen deckte.

»Wann hast du das vorbereitet?«, fragte Maddalena überrascht, als sie die goldbraunen Bratkartoffeln, das gegrillte Gemüse und das Steak betrachtete, Köstlichkeiten, die Franjo auf einer riesigen Platte anschleppte. Sie spürte, wie ihr das Wasser im Mund zusammenlief.

»Ein guter Koch muss auf alles vorbereitet sein«, erwiderte er augenzwinkernd und reichte ihr einen Teller mit rohem Wiesenspargel. »Den kannst du so essen«, erklärte er, als er ihr erstauntes Gesicht sah, »ich habe ihn heute frisch geholt. Schau«, er deutete zur Wiese vor dem Haus, »dort wächst er. Aber nur jetzt.«

Der Spargel schmeckte ausgezeichnet, und Maddalena begann sich zu entspannen.

Sie tranken Teran und genossen das Essen. Dann zauberte Franjo eine weitere Schüssel herbei.

»Das ist Sorbet von der Bachminze.«

Beim Wort Minze durchfuhr Maddalena ein kalter Schauer. Sie hatte sich vorgenommen, heute Abend nicht an die Arbeit zu denken, doch so leicht war das nicht. Natürlich hatten sie alle Zeugen nach Violetta Capellos Erinnerung an den Geruch von Minze gefragt, doch niemand hatte etwas damit anfangen können. Sie nahm sich dennoch vor, morgen noch mal mit den Kollegen von Görz und Triest deswegen zu telefonieren. Schnell schrieb sie ein Memo in ihr Handy.

»Magst du keine Minze, oder notierst du das Rezept?« Franjo sah sie gut gelaunt über den Schein der Kerze hinweg an.

»Weder noch«, antwortete sie und steckte ihr Telefon schnell wieder weg. »Schluss für heute mit der Arbeit.«

»Dem kann ich nur zustimmen.«

Den angebotenen Espresso lehnte sie ab, sie hatte heute schon ausreichend Koffein im Blut.

Später, in seinem Zimmer, öffnete Franjo ihr Haar und kämmte die Locken mit seinen Fingern. Sie liebte die Art, wie er sie berührte.

»Was habe ich dich vermisst«, murmelte er.

In der Nacht schreckte Maddalena hoch. Verwirrt blickte sie um sich. Im Traum war sie auf eine antike Säule geklettert, auf der Flucht vor ihrem Verfolger. Oben angekommen, fühlte sie sich sicher, bis sich kräftige Arme von hinten um ihren Hals legten. Zögerlich nur verschwanden die verstörenden Bilder.

Es ist Franjo, dessen Arme mich fest umklammert halten, stellte sie fest, doch das unangenehme Gefühl wollte lange nicht weichen.

Beim Frühstück musste sie eine Tablette gegen den Kopfschmerz nehmen. Sie kannte das schon, er schlich sich fast unmerklich an und baute sich heimlich hinter ihren Schläfen auf. Erst wenn der Schmerz mit voller Wucht tobte, verstand Maddalena, was in ihrem Körper vorging. Stressbedingte Migräne, diagnostizierte sie laienhaft.

»Nimm lieber zwei davon. Du hast einen harten Tag vor dir, meine Schöne.« Franjo sah sie besorgt an.

Gehorsam schluckte sie und spülte mit Kaffee nach. Mehr als ein Stück trockenes Brot brachte sie nicht hinunter, ihr Magen rebellierte wieder einmal. Das Frühstück in Grado hatten sie jedenfalls verschoben.

Franjo, der ihre Migräneattacken kannte, meinte, dass er gegen Mittag bei ihr auf dem Kommissariat vorbeischauen würde, um sich zu überzeugen, dass es ihr nicht schlechter ging.

Maddalena lächelte, die Tabletten hatten bereits zu wirken begonnen. Sie, die Franjo normalerweise davon abgehalten hätte, sie auf ihrer Dienststelle zu besuchen, registrierte überrascht, dass sie sich darauf freute.

»Schön, oh du Koch meines Herzens, bis später.«

Als sie ihn das letzte Mal so genannt hatte, hätte er sie fast die Stufen hinuntergeschubst. Das war kurz nach ihrer Affäre mit Tomaso gewesen.

Schon im Flur zu ihrem Büro spürte sie, dass etwas in der Luft lag.

Zoli schlich grußlos und mit gesenktem Kopf an ihr vorbei, voll bepackt mit Papierkartons.

»Ziehen wir um?«

»Nur ich.«

Bevor sie weiterfragen konnte, stand eine der älteren Sekretärinnen vor ihr. Es war eine von jenen, die ihr von Anfang an mit Misstrauen begegnet waren, und Maddalena, die nachtragend sein konnte, nannte sie im Stillen nur »die hinterhältige Irene«.

»Commissaria Degrassi«, sagte sie überfreundlich, »der Commandante erwartet Sie in seinem Büro.«

Als Maddalena bloß gleichgültig nickte, setzte Irene zuckersüß nach: »Sofort.«

Maddalena brachte den Motorradhelm in ihr Büro und hängte die Lederjacke über die Lehne ihres Stuhls. Mit leichtem

Unbehagen registrierte sie, dass die Tür zwischen den beiden Büros, die sonst üblicherweise offen stand, geschlossen war. Unmittelbar meldete sich der pochende Schmerz hinter ihrem linken Auge zurück.

Sie klopfte forscher, als ihr zumute war, an die Tür ihres Chefs. Nein, ihre Verunsicherung wollte sie sich nicht anmerken lassen.

»Jetzt treten Sie schon ein«, blaffte der Commandante und musterte sie mit hochgezogenen Brauen von oben bis unten. »Sie kommen wohl direkt vom Harley-Davidson-Treffen in Kärnten?«

Ohne ihre Antwort abzuwarten, knallte er einen Stoß Zeitungen vor sie auf den Schreibtisch.

»*Würger treibt Opfer in Selbstmord*«
»*Weiterer Tod auf der Liste des Würgers*«
»*Die Polizei tappt im Dunkeln*«
»*Großfahndung nach Würger*«
»*Schülerin und Lehrerin Opfer des Würgers*«

Die Schlagzeilen sprangen sie an wie bissige Kobras auf Beutezug.

»Liest man in Österreich keine Zeitungen?«

»In Österreich?«, echote Maddalena. »Was hat Österreich damit zu tun?«

»Sie hören nicht zu. Ich sprach vom Harley-Treffen. Egal, ich habe eine kleine Überraschung für Sie. Heute Vormittag gebe ich eine Pressekonferenz. Kollege Lippi, auf den ich mich hier wenigstens verlassen kann, bereitet die Unterlagen vor.«

»Ich —«, begann Maddalena, aber Scaramuzza schnitt ihr das Wort ab.

»Sie nicht. Sie haben andere Aufgaben zu erledigen. Oder wollen Sie sich unbedingt öffentlich blamieren? Nur zu, junge Frau.«

Maddalena stieg Schamesröte ins Gesicht. Zum letzten Mal hatte sie sich so gefühlt, als ihre Affäre mit Tomaso aufgeflogen war.

Scaramuzza betrachtete zufrieden das Ergebnis seiner Ausführungen und telefonierte dann von ihr abgewandt.

Das lass ich mir nicht länger gefallen, dachte Maddalena, ich sage ihm jetzt meine Meinung.

Aber als Scaramuzza wieder zu reden begann, schaute sie bloß betreten zu Boden.

»Ich habe Sie auf Ihre Misserfolge aufmerksam gemacht, schon bevor eines der Vergewaltigungsopfer aus Verzweiflung vom Baukran gesprungen ist.«

Es klopfte, und der Commandante donnerte: »Herein!«

Als sich die Tür öffnete, zuckte Maddalena zusammen. Im ersten Moment glaubte sie, sich in »Herr der Ringe« wiederzufinden. Legolas, der Elbenprinz aus dem Düsterwald, stand leibhaftig vor ihr. Das glatte blonde Haar war straff zurückgekämmt und hing weit über den Nacken. Sein blasses, kantiges Gesicht war rein und schön wie das eines jungen Mädchens. Seine hellblauen Augen blickten glasklar.

»Überraschung gelungen?«, fragte der Commandante sichtlich zufrieden, als er ihre Verblüffung bemerkte. »Darf ich bekannt machen: Maddalena Degrassi, unsere Commissaria, und das hier ist Arturo Fanetti, gerade erst der Polizeischule entschlüpft. Dieses Küken hat es aber bereits faustdick hinter den Ohren.«

Er ließ Maddalena Zeit, Fanetti zu begrüßen.

Was hatte der Alte da wieder ausgeheckt?

Legolas trug seine Kleidung auf eine Weise, als wäre sie ihm gleichgültig. An vielen winzigen Details erkannte Maddalena, das dem nicht so war. Trotzdem machte dies seinen besonderen Stil aus. Die braunen Jeans im Retroschick harmonierten perfekt mit dem malvenfarbenen Hemd. Der erste Knopf war geöffnet und ließ einen Blick auf die unbehaarte Brust zu. Über den Schultern trug er eine teure Jacke aus weichem Leder.

Der ist sicher von Kopf bis Fuß rasiert, dachte Maddalena und versuchte, ihn nicht anzustarren. Aber sie war noch nie zuvor einem Fabelwesen begegnet. Sogar die Schuhe zeugten von erlesenem Geschmack. Tabakbraune Budapester.

Seitdem der Prinz das Büro betreten hatte, war der modrige Geruch der verstaubten Jagdbeute abgelöst worden vom sandelholzartigen, grasigen Duft des Düsterwaldes.

»So. Genug der pubertären Schwärmerei«, fuhr der Commandante in ihre Gedanken.

Oder hatte sie sich das eingebildet?

Ein amüsiertes Lächeln kräuselte sich um Legolas' schön geformten Mund. Er schob das ausgeprägte Kinn noch ein Stück weiter nach vorn.

»Arturo Fanetti ist der Sohn meines geschätzten Freundes Vittorio Fanetti. Der ist Ihnen ja wohl ein Begriff?«

»Kaffee«, sagte sie.

»Scharf kombiniert, Degrassi. Sie sehen, lieber Arturo, von dieser Frau können Sie einiges lernen.«

Was hatte der Erbe einer der berühmtesten Kaffeedynastien Italiens bei ihr verloren?

Maddalena war ratlos, doch Scaramuzza sprach bereits weiter: »Der junge Mann ist ab sofort Ihr persönlicher Assistent. Ich habe ihn zu Ihrer Unterstützung geholt. Zoli hat bereits seinen Arbeitsplatz geräumt, er zieht zu Beltrame. Arturo wird sich das Büro mit Lippi teilen.«

»Da habe ich wohl ein Wörtchen mitzureden«, brach es kampfeslustig aus ihr heraus.

»Haben Sie nicht. Sie werden sehen, bald sind Sie beide ein unzertrennliches und sehr erfolgreiches Team. Wenn nicht, dann weiß ich, an wem es liegt.«

Legolas lächelte breiter und entblößte dabei eine Reihe porzellanfarbener, erstklassig regulierter Zähne.

»Er fängt sofort an. Sitzen Sie nicht untätig herum, Degrassi, gehen Sie und nehmen Sie den Burschen gleich mit. Bin ich denn hier der Einzige, der zu tun hat?«

Maddalenas Kopfschmerzen hatten sich in den letzten Minuten ins schier Unerträgliche gesteigert.

Auf dem Flur begegnete ihnen Zoli, der sie mit einem vorwurfsvollen Blick bedachte. Sie machte eine Kopfbewegung, die so etwas wie »Wir reden später« ausdrücken sollte.

»Ist er das?« Legolas' erste Worte trafen sie unvorbereitet.

»Wer?«

»Der Kollege, von dem Onkel Muzzi geredet hat. Der, der mir Platz machen muss?«

Onkel Muzzi? Das wurde ja immer grauenvoller.

Als sie in ihrem Büro saß, Legolas hatte ihr schwungvoll die Tür geöffnet, versuchte sie, den Alltag einkehren zu lassen.

Sie machte sich über den anstehenden Papierkram her, trennte Wichtiges von noch Wichtigerem und arbeitete sich konzentriert durch die Protokolle.

Noch immer war die Fahndung nach dem Hauptverdächtigen, Antonio Corazon, ergebnislos. Maddalena konnte nur abwarten.

Gegen Mittag kontrollierte sie den SMS-Eingang auf ihrem Handy. Franjo hatte sich gemeldet, er erwartete sie beim Auto.

»Ich mache eine kurze Mittagspause«, rief sie in Richtung der geschlossenen Tür, »Kollege Lippi soll Ihnen einen groben Überblick über unseren Fall geben. Danach besprechen wir uns.«

Es war ihr egal, ob Fanetti sie gehört hatte, aber Legolas schien auch das feine Gehör der Elben zu haben, denn er stand schon im Türrahmen.

»Lassen Sie sich Zeit, Commissaria. Ich treffe mich jetzt mit Fulvio Benedetti, einem Freund meines Vaters, wegen der neuen Wohnung in Grado.«

Gleich muss ich noch eine Tablette nehmen, dachte Maddalena verzweifelt, und vielleicht Beruhigungstropfen dazu.

Verärgert eilte sie neben Fanetti her zum Parkplatz, wo Franjo in seinem Wagen hinter der beschlagenen Frontscheibe wartete. Kaum dass er sie auf sich zulaufen sah, öffnete er die Tür.

»Komm, meine Schöne, herein mit dir ins Trockene.«

Maddalena schüttelte ihre regennassen Locken. »Bin ich froh, dich zu sehen. Meine Welt ist heute endgültig aus den Fugen geraten.«

»Wer war das denn eben, dicht neben dir?«

Hörte sie da eine Spur Eifersucht aus seinen Worten heraus?

Aus den Augenwinkeln sah sie, wie Fanetti in einen alten 2CV stieg. Das hatte sie nicht erwartet.

»Legolas, der Elbenprinz aus dem Düsterwald. Mein neuer persönlicher Assistent. Onkel Muzzi hat ihn mir aufs Auge gedrückt, weil er meine Kompetenzen anzweifelt. Er soll mich wohl überwachen.«

»Onkel Muzzi?« Franjo lachte, dann wurde er ernst. »Maddalena, das kriegst du schon hin. Du machst ihn gut, deinen Job.« Nach dem Imbiss bei Giorgia und Dante fühlte sie sich ein wenig besser. Sie hatte zwei Toasts gegessen und dazu ein Glas Weißwein getrunken. Zurück auf dem Polizeiparkplatz, sah sie Legolas elegant aus seinem heruntergekommenen 2CV steigen. Als er sie erblickte, lächelte er sie an.

»Der ist sicher schwul«, kommentierte Franjo rachsüchtig, aber hoffnungsvoll.

Doch Maddalena hörte nicht mehr zu. Der Aufkleber auf der Heckscheibe von Fanettis CV2, »Ich liebe die Adria« in Form einer Muschel, beanspruchte auf einmal ihr ganzes Denken.

25

Auf den Wellen wirbelte schmutzig graue Gischt.

Olivia stand regungslos an die Brüstung ihres schmalen Balkons gelehnt und starrte auf das aufgewühlte Meer.

Wie, um Himmels willen, sollte es jetzt weitergehen?

Konnte es überhaupt weitergehen?

Klar, irgendwann musste sie den Krankenstand beenden, sonst würde der Direktor die Sache auf seine Art erledigen. Kein Weg führte daran vorbei, dass sie dieses Frühjahr noch zurück in die Schule musste. Doch momentan verfügte sie nicht über die notwendige Kraft, sich den Ereignissen, dem Mord an Nicola und dem Suizid von Violetta, zu stellen. Von der Sache mit Toto ganz zu schweigen.

Ihr graute bei der Vorstellung, wieder vor ihrer Klasse zu stehen und den teilnahmsvollen bis schadenfrohen Blicken ihrer Schüler ausgesetzt zu sein. Schlimmer noch war die Tatsache, dass sie sich außerstande fühlte, auch nur mit einem ihrer Kollegen ein Gespräch zu führen. Schon die seichteste Konversation würde sie überfordern.

Sogar mit Fabrizio scheute sie sich zu reden. Er hatte einige Male angerufen und auch angeklopft, aber Olivia war auf seine Versuche der Kontaktaufnahme nicht eingegangen. Es war ihr klar, dass dies ein unreifes und unfaires Verhalten darstellte, doch sie konnte nicht anders.

Dabei wusste sie, dass auch Fabrizio litt. Violetta war schließlich ebenso seine Kollegin gewesen und Nicola nicht nur seine Schülerin, sondern auch seine Babysitterin.

Olivia nahm sich vor, demnächst zurückzurufen. Das zumindest war sie ihm schuldig – und sich selbst auch, wollte sie sich nicht endgültig vergraben.

Tief in ihrem Inneren gab sie sich die Schuld an allem. Wäre sie nicht mit Violetta zum No-Borders-Festival nach Tarvis gefahren, wäre diese vielleicht in Grado geblieben, schmollend zwar, doch gesund und unverletzt. Und hätte ihr Leben weitergelebt, umschwärmt von ihren Schülern und Kollegen und ohne eine Ahnung davon, was alles passieren konnte, wenn man eine einzige falsche Entscheidung traf.

Olivia wäre mit Violetta, die sie weiterhin als gefallsüchtige und oberflächliche Frau eingeschätzt hätte, niemals warm geworden, das wusste sie. Doch was spielte das für eine Rolle angesichts dieses sinnlosen Todes? Nun war Violetta nicht mehr da. Und dennoch präsenter als je zuvor. Sie war zu Olivias persönlichem Phantom geworden.

Zu diesem Konglomerat aus Schuld, Kummer, Zorn, Unverständnis und nagenden Selbstzweifeln gesellte sich der brennende Schmerz um Nicolas Tod.

Sie hatte der Kleinen das Radfahren beigebracht, hatte mit den beiden Mädchen Weihnachtssterne aus Stroh gebastelt, aus den Zapfen von Pinien und Zypressen Häuschen gebaut und ihnen bei den Schulaufgaben geholfen.

Es war zwar bei Weitem nicht so, dass das Spielen und Basteln mit kleinen Kindern auf der Skala ihrer Lieblingsbeschäftigungen weit oben angesiedelt war, aber sie hatte es als ihre Pflicht gesehen, Tante Antonella zu entlasten, ohne deren Unterstützung ihr Bruder und sie nach dem Tod ihrer Eltern unweigerlich getrennt worden wären. Zumal sie ihr bis heute bei Toto unter die Arme griff. Und sie hatte die Kleine gerngehabt.

Auch Toto, so schwierig sich der Umgang mit ihm und seiner körperlichen und geistigen Behinderung mitunter gestaltete, war stets am glücklichsten gewesen, wenn sich die beiden Mädchen bei ihnen aufhielten. Er hatte Nicola verehrt, sie geradezu angebetet. Manchmal vielleicht ein bisschen zu sehr. Emilia und Nicola waren schließlich keine Puppen, die man ständig kämmen, schminken und herzen durfte.

Aber das tat Toto. Denn wenn Toto liebte, dann tat er es mit all der Kraft seines großen unschuldigen Herzens.

In schlaflosen Nächten allerdings grübelte Olivia manchmal über Totos Unschuld nach, und leise Zweifel schlichen sich in ihre Gedanken, aber wenn sie dann bei Tageslicht mit ihrer Tante über ihn sprach, waren alle Sorgen wie weggeblasen. Olivia verglich Tante Antonella gern mit der Bora, diesem kräftigen

Wind, der alle Wolken verscheuchte und für schönes Wetter sorgte.

Tante Antonella liebte Toto wie einen Sohn. Geduldig und fürsorglich hatte sie stets jede seiner wunderlichen Marotten begleitet und ihnen dadurch den Anstrich der Normalität verliehen.

Ja, einige Male war es zu Zwischenfällen gekommen, über die Olivia lieber nicht nachdachte, aber es ging dabei immer nur um Kleinigkeiten. Toto war eben anders als andere, das war zu akzeptieren.

Vor dem Gespräch mit Nicolas Eltern hatte sie sich gefürchtet. Selbstverständlich waren Tante Antonella, Emilia und sie in das Trauerhaus gegangen, hatten Lasagne und Kuchen vorbeigebracht und ihr Beileid ausgesprochen. Doch vor dem stumpfen, leeren Blick in den Gesichtern der trauernden Eltern waren sie zurückgeschreckt.

Olivia meinte eine unmissverständliche Zurückweisung, eine unausgesprochene Anklage gespürt zu haben. Auf mehr als ein steinernes »Danke« hatten die beiden sich nicht eingelassen, und es war ihnen nicht zu verdenken. Zu viel Schmerz stand im Raum. Antonella und sie hatten lange überlegt, was die angemessenen Worte für einen derartigen Verlust wären. Sie hatten keine gefunden.

Vielleicht war Emilia die Einzige, die mit ihrem Tränenausbruch das erstarrte Herz von Nicolas Eltern hatte erreichen können. Nicolas Mutter war zu ihr gekommen und hatte ihr über das Haar gestrichen.

Der Vater hingegen hatte nur leise nach Toto gefragt und sich dann abgewandt.

Toto.

Ein Windstoß brachte salzige Gischt, und Olivia bemerkte, dass sie immer noch an der Brüstung lehnte.

Im Krankenhaus war man sich einig, dass der Verlust seiner Nicola und vor allem das Auffinden ihrer Leiche eine Art dissoziativer Amnesie hervorgerufen hatte. Toto schien nie ganz bei sich zu sein und konnte sich an einige Abschnitte seiner verzweifelten Suche nach Nicola nicht erinnern. Die diensthabende Psychiaterin hatte Olivia erklärt, Toto würde diese Erinnerungslücken brauchen, um sich zu schützen. Seine eigenen Verarbeitungsmechanismen seien zu schwach, um das Erlebte zu bewältigen, und sein aggressiver Impulsdurchbruch zu Hause sei als Minipsychose zu verstehen. Er müsse auf unreife Abwehrmechanismen wie Wahnvorstellungen zurückgreifen, um nicht vom allmächtigen Kummer um Nicola verschlungen zu werden. Daher hatte er mit der Vorstellung einer Rückgabe ihrer Augen auf magische Weise ihren Tod ungeschehen zu machen versucht.

Tante Antonella hatte etwas ratlos gemeint: »Ganz müssen wir das nicht verstehen. Die Hauptsache ist doch, dass es unserem Schatz bald wieder besser geht.«

Man kümmerte sich entsprechend um ihn, er bekam alle möglichen Therapien, doch Toto wollte nichts anderes als nach Hause. Wenn er Olivia und Antonella sah, weinte er wie ein kleines Kind. Für sie war es eine ungeheure Belastung, ihn in genau jener Abteilung zu wissen, in der sich auch Violetta vor ihrem Tod aufgehalten hatte.

Halb und halb waren sie zum Entschluss gekommen, Toto wieder zurückzuholen, doch Dottore Beltrame hatte ihnen, in Übereinstimmung mit den Ärzten der Psychiatrie, dringend davon abgeraten, die begonnenen Therapien abzubrechen.

Ganz wohl war ihnen beiden bei der Sache nicht, doch was sein musste, musste eben sein.

Als Olivia bei ihrer Tante klopfte, riss Emilia die Tür auf. Sie hatte erhitzte Wangen und tränenverschleierte Augen.

»Mama ist in der Küche. Ich war heute nicht in der Schule, ich kann nicht so tun, als wäre alles ganz so wie immer. Meine beste Freundin ist tot, und ich mache mir Tag und Nacht Vorwürfe.« Sie brach in Tränen aus.

Olivia legte den Arm um sie. »Ich verstehe dich gut. Auch ich kann nicht so tun, als wäre alles normal, das übersteigt unser aller Kräfte. Was glaubst du, warum ich bisher nicht in die Schule konnte? Dir wird es guttun, ein paar Tage zu Hause zu bleiben.«

»Sag das Mama. Vielleicht hört sie auf dich. Zu mir sagt

sie bloß albernes Zeug wie ›Wer vom Rad fällt, soll wieder aufsteigen und weiterfahren, sonst wird er nie wieder fahren‹, als könnte man das vergleichen.«

Antonella, die so tat, als hätte sie nichts gehört, stellte einen Topf Spaghetti alle vongole auf den Küchentisch. »Zuerst wird gegessen, dann geredet«, verkündete sie streng.

Emilia brachte kaum einen Bissen hinunter. Sie pulte das Fleisch aus den Muscheln und sortierte es fein säuberlich neben den Nudeln auf ihrem Teller. Olivia suchte ihren Blick, doch ihre Nichte verweigerte ihn.

Muscheln!

Olivia zuckte zusammen, als ihr Totos Muscheln einfielen. Sie überlegte verängstigt, was die Commissaria wohl daraus schließen würde.

Als Antonella begann, den Tisch abzuräumen, rutschte Emilia unruhig auf ihrem Stuhl hin und her. Sie bückte sich und zog etwas aus ihrer Schultasche.

»Bitte setzt euch wieder, ich muss euch etwas sagen. Zuerst habe ich nicht daran gedacht, weil so viel Schreckliches passiert ist, aber inzwischen habe ich mich gefragt, wo Nicolas lila Stofftasche geblieben ist. Sie hatte sie an jenem Abend mitgebracht, aber danach habe ich sie nicht mehr gesehen. Also begann ich zu suchen und fand sie unter meinem Bett.« Sie atmete heftig. »Ihr Tagebuch war da drin. Natürlich weiß ich, dass es eine Verletzung der Privatsphäre bedeutet, fremde Tagebücher zu lesen, aber ich dachte …« Tränen hinderten sie am Weitersprechen.

Olivia durchfuhr ein Adrenalinschub, und ihre Tante war blass geworden.

Trotzdem fragte Antonella gefasst: »Emilia, was hast du gelesen? Stand etwas Wichtiges darin? Müssen wir es der Polizei übergeben?«

»Mama, nein. Wenn die es in die Finger bekommen, ist Toto geliefert.«

»Toto?«, fragten beide gleichzeitig.

»Sie hat immer wieder geschrieben, dass sie sich von ihm verfolgt und beobachtet fühlt. Er passt sie vor dem Haus ab und wartet nach dem Tanzunterricht vor der Tür. Das steht da. Sie hatte Angst vor ihm.«

»Und du hast das nicht gewusst?«

»Doch, klar. Nicola hat es mir gegenüber hin und wieder erwähnt, aber ich habe dem keine Bedeutung beigemessen. Ich hätte auf sie hören sollen. Sie fand Toto unheimlich, hat behauptet, er klaut ihr Sachen.«

»Das geht jetzt aber zu weit. Man soll nicht schlecht über Tote reden, aber das sind doch Hirngespinste«, entgegnete Antonella scharf.

Olivia war unendlich dankbar für ihre Worte.

»Wenn alles stimmt, was sie aufgeschrieben und zu dir gesagt hat, dann müsste ich doch etwas bemerkt haben«, sprach Olivia ihre Gedanken laut aus. »Toto hatte nichts von Nicola, es wäre mir aufgefallen. Vergiss nicht, ich räume sein Zimmer regelmäßig auf.«

»Mama, Olivia, da ist noch etwas. Ich dachte bisher, es wäre bloß wieder eine von seinen komischen Reaktionen.«

»Was meinst du?«

»Ihr wisst doch, er macht manchmal ruckartige Bewegungen. So, als hätte man ihn bei etwas ertappt.«

»Wovon redest du? Jetzt rück schon mit der Sprache heraus, Kind.«

»Ihr habt bei Olivia gekocht. Es gab die Mandeltarte, die Toto so gern isst. Als ich nach der Schule hinkam, stand er im Vorzimmer vor dem schmalen Schrank in der Ecke. Er wäre vor Schreck fast aus den Socken gekippt, als er mich sah. Vielleicht hat er da drin etwas versteckt?«

Olivia überlegte angestrengt. Zu dem Schrank gab es schon lange keinen Schlüssel mehr.

»Das kann nicht sein«, wehrte sie heftiger als beabsichtigt ab.

»So«, sagte Antonella bestimmt. »Genug der Spekulationen. Wir warten einmal ab, bis es Toto besser geht, dann sehen wir weiter. Erst wenn wir in Ruhe mit ihm gesprochen haben, überlegen wir, was wir der Polizei sagen.«

Olivia fiel ein weiterer Stein vom Herzen. Dennoch nagte ein Zweifel an ihr. »Tante, wollen wir ihn besuchen? Ich mache mich frisch und komm dann mit dem Auto. Bist du in einer Stunde fertig?«

»Lass dir nur Zeit und hetze dich nicht. Ich weiß noch nicht, ob ich mit dir komme, ich bin etwas müde heute.«

Olivia ging, sobald sie daheim die Haustür aufgeschlossen hatte, zielstrebig hinauf in Totos Zimmer. Die Worte ihrer Cousine ließen ihr keine Ruhe.

Gründlicher denn je durchforstete sie das Reich ihres Bruders.

Wie zu erwarten gewesen war, fand sie nichts, was nicht ins Zimmer gehört hätte. Erleichtert atmete sie auf. Sie hatte es gewusst, alle Verdächtigungen waren aus der Luft gegriffen.

Lass es gut sein, dachte sie, und sie dachte es immer noch, als sie wie in Trance das Stemmeisen aus dem Werkzeugkasten nahm und hinunter zum Schrank ging.

Das alte Holz bot ihr keinen Widerstand.

Ein eigenartiger, fast modriger Geruch war das Erste, was sie wahrnahm. Der Schrank war bis obenhin vollgestopft. Vorn standen aufgereiht Putzmittel und einige Flaschen aus ihrem Chemieunterricht, aber dahinter – Olivia hielt zu Tode erschrocken die Luft an – lagen eindeutig Reliquien. Sie fand keinen anderen Ausdruck dafür. Toto musste sie im Laufe der Jahre an sich genommen haben.

Wie hatte ihr das entgehen können?

26

Toto saß im Speisesaal des Krankenhauses. Es war auf der Spitze eines Berges gebaut worden. Ein scharfer Wind pfiff um das Gemäuer und rüttelte an den Fensterscheiben. So hoch oben kam er sich wie ein verlassener Vogel in einem Nest vor. Ein Küken in einem Adlerhorst. Er wagte nicht, in die Tiefe zu blicken, obwohl alle vom Meer unter ihnen schwärmten.

Olivia und Tante Antonella wussten, dass er unter Höhenangst litt. Warum hatten sie ihm das angetan?

Niemand von den anderen Patienten sprach mit ihm, aber viele schauten ihn merkwürdig an. Sie tuschelten hinter seinem Rücken. Das hatte er im Gefühl.

Toto senkte den Blick.

Eine Frau in weißer Tracht stellte eine Schale Suppe vor ihm ab. Auf der gelblichen Flüssigkeit schwammen Fettaugen. Auch sie starrten ihn an. Er blickte weg. Der Löffel blieb unberührt neben dem Teller liegen.

Nicola, seine Nicola lebte nicht mehr.

Inzwischen hatte man ihm erklärt, dass ihre Augen mit ihr begraben wurden. Es war ihm klar, aber auch wieder unklar, was sie sagten. Er kannte sich nicht mehr aus.

Früher war sein Leben so einfach gewesen: Aufstehen, duschen, gute Seife, Frühstück – zwei Croissants mit Marmelade und einen Milchkaffee –, Arbeit, Witze mit Kollegen, Mittagessen in der Kantine – Lasagne, viel Prosciutto, wenig Gemüse und Salat –, Arbeit, nach Hause mit dem eigenen Fahrzeug, gesundes Abendbrot mit Olivia, Tante Antonella, manchmal Emilia und Nicola, Fernseher, Badezimmer, Spaziergang, Bett, Schlaf.

Jetzt war alles kompliziert geworden. Schwieriger als Pokern oder ein langer Film.

Unauffällig griff er in die Tasche seiner Jogginghose. Ja, er war noch da, sein wertvollster Besitz. Alles andere hatten sie ihm abgenommen. Nur den Schlüssel zu seinem Schrein hatte er erfolgreich vor ihnen verbergen können.

Kaum hatte man sein Essen abgeräumt – nach der Suppe gab es bloß Würstchen mit Kartoffelbrei und danach ein wenig Obst –, kündigte sich Besuch an.

Erwartungsvoll blickte Toto zur Tür. Aber statt Tante Antonella, die ihm sicher etwas zum Naschen vorbeigebracht hätte, stand Olivia in der Tür seines Einzelzimmers.

»Toto«, sagte sie, und ihr Mund war ganz schmal, »Toto, wir müssen reden.«

Maddalena befand sich in einem emotionalen Ausnahmezustand.

Ihr ging einfach nicht mehr aus dem Kopf, was ihr vorhin schlagartig eingefallen war.

Diese verteufelten Muscheln bereiteten ihr Sorgen.

Was für eine Motivation könnte Olivia Merluzzi gehabt haben, die Muscheln, die ihr Bruder dem armen Mädchen auf die Augen gedrückt hatte, aufzubewahren?

Es war offensichtlich, dass die Merluzzi versucht hatte, etwas zu vertuschen. Wahrscheinlich vermutete sie, dass ihr Bruder enger in die Sache verwickelt war, als er zugegeben hatte. Oder nahm sie an, dass der junge Mann den Mord beobachtet hatte und daher zusammengebrochen war?

Grübelnd ging sie zum Fenster, um frische Luft hereinzulassen, als jemand heftig an ihre Tür klopfte. Auf ihr »Herein« stürmte die hinterhältige Irene in ihr Büro.

»Ich habe jemanden für Sie«, sagte sie aufgeregt. »Er läutete, wies sich aus und kam dann einfach hereinspaziert. Einfach so, als wäre nichts dabei. Sie werden nicht glauben, mit wem wir das Vergnügen haben.«

Der Mann, den die Sekretärin in den Raum führte, sah Roberto Minucci, den die Kollegen aus Duino gestern vorbeigebracht hatten, zum Verwechseln ähnlich, stellte Maddalena verwundert fest. Gleiches Fetthaar, ähnlicher Körperbau, verwaschene Gesichtszüge. Die beiden hätten als Brüderpaar durchgehen können.

Sie bat ihn, ihr gegenüber Platz zu nehmen. Er aber blieb

stehen und sagte mit rauer Stimme:»Mein Name ist Antonio
Corazon, und ich bin freiwillig hier.«

Maddalena durchfuhr ein Gefühl der Euphorie. Sie bat Corazon, einen Augenblick draußen zu warten.

»Zoli, ich möchte, dass Sie zu mir kommen«, bellte sie gleich
darauf in den Hörer.»Antonio Corazon ist eben bei uns aufgetaucht, und ich möchte Sie beim Verhör dabeihaben. Sie
übernehmen das Protokoll.«

Ach, Zoli. Anfangs war es ein unerfreuliches Gespräch gewesen, das sie vorhin mit ihm geführt hatte. Ihr Kollege war
allen Ernstes davon ausgegangen, sie, Maddalena, hätte sich bei
Scaramuzza über ihn beschwert und dadurch seine Versetzung
in ein weiter abgelegenes Büro erwirkt. Seine Erleichterung,
als sie ihm den tatsächlichen Sachverhalt schilderte, war ihm an
seinem Gesicht abzulesen gewesen.

Die Tür zum angrenzenden Büro öffnete sich einen Spaltbreit.
»Sie haben doch nichts dagegen, dass ich dabei bin?« Legolas
lächelte charmant und strich sein Hemd glatt.

»Natürlich habe ich nichts dagegen«, antwortete Maddalena
freundlich.»Aber halten Sie sich bitte zurück«, fügte sie leise
hinzu.

Zoli erschien zwei Minuten später. Er rückte erwartungsvoll
Heft und Stift zurecht, und Legolas holte Corazon herein. Der
machte eine ungeduldige Handbewegung, dann begann er zu
reden.

»Ich heiße Antonio Corazon und möchte ein Geständnis
ablegen im Fall von Nicoletta, dem ermordeten Mädchen.«

Im Raum war es still geworden.

»Olivia, was ist denn? Du machst das böse Gesicht.«

Toto hatte sich auf sein Bett gesetzt und war bis an die Wand
zurückgerutscht.

»Toto, ich komme gleich zur Sache. Emilia hat Tante Antonella und mir anvertraut, dass du es warst, der damals Nicolas
Haare abgeschnitten hat. Emilia wollte nicht, dass du bestraft
wirst, daher hat sie die Schuld auf sich genommen. Warum hast
du uns das nie erzählt?«

»Nein. Ich war das nicht.«

»Du musst es nicht abstreiten. Niemand bestraft dich deswegen. Es ist schon so lange her. Ich habe Nicolas Locken in dem alten Putzmittelschrank gefunden.«

Der Schrein.

Sie hatte den Schrein geöffnet.

Sein Geheimnis war gelüftet worden.

Angst schnürte Totos Kehle zu. Er umklammerte den Schlüssel in seiner Hosentasche.

Nein. Es konnte nicht sein. Er spürte, wie ihm heiße Wut in den Kopf stieg.

»Lügnerin«, brach es aus ihm hervor.

»Toto, mach keine Szene. Nicht schon wieder dieses Theater.«

Die kalten Worte seiner Schwester brachten ihn endgültig auf die Palme. Was erlaubte sie sich?

Er riss den Schlüssel aus der Hosentasche und warf ihn vor sie auf den Boden.

»Da«, sagte er. »Du lügst. Wenn der Schlüssel bei mir ist, kannst du nicht in meinem Schrein gewesen sein.«

»Schrein?« Olivia hob den Schlüssel betont gleichmütig auf. Diese Gleichgültigkeit machte ihn rasend.

Toto sprang vom Bett und gab seiner Schwester einen Stoß.

»Ich bin kein Kind. Ich bin ein Mann.«

»Toto, das wissen wir. Doch darum geht es jetzt nicht. Beruhige dich und sag mir, warum du Nicola so viel weggenommen hast, und warum hast du alles aufgehoben? Weißt du, dass sie Angst gehabt hat vor dir? Es steht in ihrem Tagebuch.«

»Vor mir hat sie sich nicht gefürchtet. Nur vor dem anderen, vor dem ist sie davongelaufen.«

Plötzlich sprangen die Gedanken so schnell in seinem Kopf, dass er ihnen nicht mehr folgen konnte. Die Zeiten überschlugen sich, Tag, Nacht, gestern und heute. Bilder aus dem Wäldchen gelangten an die Oberfläche, Bilder, die neu für ihn waren.

Er sah die Sträucher, hörte den Regen, der auf die Blätter schlug, das Flüstern der Stimmen.

Er sah den Fremden.

Und er sah sich selbst, wie er Nicola durchs Gebüsch folgte. Er musste sie schützen, sie sicher nach Hause bringen. Dann stand er in Violettas Garten, die Arme weit ausgebreitet.

»Ich war ihr Wächter. Abend für Abend habe ich sie beschützt.«

»Toto, wovon redest du? Wen hast du beschützt? Wo bist du gewesen?« Angst schwang in der Stimme seiner Schwester mit. Sie war ganz weiß im Gesicht geworden und schwitzte.

Toto stellte sich vor sie hin, einen Meter, nicht weiter, entfernt.

»So bin ich gestanden. Zwischen den Bäumen in Violettas Garten. Und im Wäldchen bin ich mit den Bäumen verschmolzen. Meine Arme, die waren wie Äste.« Er machte eine ruckartige Bewegung, die an den Flügelschlag eines Raubvogels erinnerte, und Olivia wich erschrocken zurück.

Die Angst seiner Schwester gab ihm ein bisher unbekanntes Gefühl. Es war ihm gelungen, sie zu erschrecken.

»Bei Nicola war ich auch. Fast jeden Abend habe ich ihr Haus bewacht. Sie hat mich gesehen, aber niemandem etwas erzählt. Sie mochte mich.«

»Wir alle mögen dich«, sagte Olivia leise und rückte an die Wand zurück. »Bitte sag mir, dass du sie nur bewacht hast, sie nur beschützen wolltest und keiner von ihnen etwas angetan hast.«

Wieder kreisten Erinnerungsfetzen wie Mosaiksteine in seinem Kopf und setzten sich langsam zusammen.

Das Muster bekam die Farben der Nacht. Da war das Dunkelgrün des Wäldchens, das beige Schimmern des Sandes, das düstere Blau des Meeres, das Rot von Nicolas Locken und das fast durchsichtige helle Grün ihres Schals.

Stoff, grüner Stoff.

»Ich wollte ihr nicht wehtun. Keiner von beiden. Und dann ist es einfach passiert.«

»Geständnis?«, fragte Maddalena in die entstandene Stille hinein.

Fanetti atmete geräuschvoll aus.

»Ich bin Drogenkonsument, und ich verkaufe ein bisschen. Ja, und ich habe eine Vorliebe für sehr junge Frauen. Das gebe ich alles zu. Sie können mir dafür den Prozess machen. Aber was ich nicht getan habe, ich habe das Mädchen nicht angerührt. Es ist zu keinem noch so geringfügigen Übergriff gekommen. Bitte glauben Sie mir, ich habe sie nicht getötet.«

Antonio Corazon sah Maddalena direkt in die Augen. Was hatte das Mädchen an diesem schmierigen Typen bloß finden können?

»Sie geben also zu, dem Mädchen an jenem Abend zum Strand und in den Wald gefolgt zu sein?«

»Ja, ich bin ihr nachgelaufen. Die Kleine war richtig süß.«

»Wenn Sie unschuldig sind, warum sind Sie erst jetzt zu uns gekommen, obwohl seit über einer Woche landesweit nach Ihnen gefahndet wird?« Zoli hatte seinen Habicht-Blick aufgesetzt.

»Ich war in Stregna, das ist ein kleines Dorf am Judrio, nahe der slowenischen Grenze.«

»Beantworten Sie die Frage.«

»Ich sage das deshalb, weil ich dort nichts davon mitbekommen habe, dass ich gesucht werde. Erst Stanko, ein Freund, hat mich darauf aufmerksam gemacht und mich schließlich dazu überredet, mich zu stellen. Glauben Sie mir, es ist mir nicht leichtgefallen, ich habe riesige Angst, dass Sie mir den Mord anhängen.«

»Was ist am Strand, im Wald passiert?«

»Ich habe ihr nichts getan.«

»Warum haben Sie das Mädchen dann verfolgt?«, fragte Fanetti unaufgefordert dazwischen.

»Es war die Wohnung eines Bekannten. Ich wollte ihm keine Scherereien machen. Wegen der Drogen, Sie verstehen? Ich wollte ihr erklären, dass die Polizei nichts davon wissen darf, deshalb bin ich der Kleinen nach. Aber sie hatte sich vor mir versteckt.«

Zoli warf Maddalena einen genervten Blick zu, der wohl so etwas wie »So wird das nichts« ausdrücken sollte. Sie hingegen hatte das Gefühl, kurz vor einer entscheidenden Wende zu stehen.

230

»Noch mal, Signor Corazon. Was ist dort geschehen?«

»Das Mädchen war nirgends zu sehen und hat auf meine Rufe nicht reagiert. Ich wollte schon zurückgehen, da habe ich ihn gesehen. Ich dachte einen Moment lang, er wäre ein Bär, so unförmig wirkte der Mann. Ehrlich, ich bekam es mit der Angst zu tun und lief zurück.«

Konnte es sein, dass Corazon die Wahrheit sagte? Toto Merluzzi war doch erst viel später an den Tatort gekommen, überlegte Maddalena, aber die Beschreibung deutete eindeutig auf ihn.

»Zoli.« Maddalena stand auf.

»Wir müssen los«, erklärte Zoli an Fanetti gewandt, der sofort aufsprang. »Nicht Sie. Die Commissaria und ich. Sie bleiben hier.«

Sie ließen Corazon in der Obhut des Neuen und machten sich auf den Weg.

»Ich glaube, Chefin«, sagte Zoli, als er den Wagen startete, »der dicke Toto ist uns eine Erklärung schuldig.«

Toto lag auf dem Bett. Sein Kopf schlug monoton gegen das Kissen. Schweiß perlte auf seiner Stirn. Olivia strich ihm über das Haar.

»Ganz ruhig, mein Schatz, ganz ruhig. Du musst aufwachen. Es ist nur ein böser Traum.«

»Warum hat sie sich vor mir so gefürchtet? Ich wollte ihr nie etwas tun. Nur beschützen wollte ich sie.«

»Jetzt ist keine Zeit für Träume, Toto, du musst bei der Wahrheit bleiben. Nichts von alldem ist wirklich geschehen. Du hast niemandem etwas zuleide getan. Das alles ist nur in deinem Kopf.«

Toto war ruhiger geworden. Wenn Olivia das sagte, musste es stimmen. Sie kannte sich in seinem Gehirn viel besser aus als er selbst. Sie antwortete oft schon auf Fragen, die er noch gar nicht gestellt hatte. Manchmal dachte er, sie könne seine Gedanken lesen.

»Morgen kommt Tante Antonella, sie bringt dir Mandeltarte.«

Toto drehte sich zu seiner Schwester, legte seinen Kopf mit

den kreisenden Bildern auf das Kissen und riss die Augen weit auf. Er wollte wach bleiben und nicht mehr weiterträumen.

Denn nur im Traum hatte er Nicola den Knopf ihrer Shorts aufgerissen, damit sie wieder besser atmen konnte. Und der Schal war viel zu eng für ihren schlanken Hals gewesen, hatte ihr die ganze Luft abgeschnürt.

Toto weinte.

Die arme Nicola.

»Du magst doch Mandeltarte?«

»Dann hat sie nicht mehr geatmet, und die Augen sind wie Murmeln aus ihrem Gesicht gesprungen«, sagte er leise.

»Oder hättest du lieber Nuss–Schokolade?«

Olivia hatte jetzt wieder das schöne Lächeln, das Toto so gern mochte. Es tat ihm wohl. Sie gab ihr Bestes für ihn.

Und alles war gut. Nichts war geschehen.

Die Schwester, die auf ihr Läuten den Summer betätigte, stand abwartend in der geöffneten Glastür.

Maddalena schob Zoli vor. »Guten Abend, dürfen wir bitte eintreten?«

»Die Besuchszeit ist längst zu Ende.« Sie wies ungehalten auf ein Schild. »Zu wem wollen Sie überhaupt?«

Offensichtlich hielt sie Zoli und Maddalena für Besucher, fast gleichzeitig zückten sie ihre Dienstausweise.

»Zu Signor Merluzzi. Kriminalpolizei Grado. Es ist dringend.« Zolis Stimme klang samtig.

Der Flur war in ein gelbliches Licht getaucht, und Maddalena dachte einen Moment lang an Angelina Maria und an deren letzten Aufenthalt in diesem Krankenhaus vor mehr als einem Jahr. Irgendetwas, dem sie nicht genauer nachgehen wollte, schnürte ihr die Kehle zu. Sie fühlte sich mit einem Mal einsam. Welche Schicksale mochten sich hinter all den Türen verbergen?

Sie klopfte.

Augenblicklich wurde die Tür aufgerissen, und sie sah sich Olivia Merluzzi gegenüber. Mein Gott, war die Frau blass. Die dunklen Schatten unter den Augen zeugten von großer Müdigkeit. Ihr helles Haar hatte sie so straff aus dem Gesicht gebunden, dass es an den Ansätzen spannte. Die Falten um ihren schmalen Mund machten sie älter, als sie wohl war.

»Was wollen Sie hier?«

Maddalena meinte Panik in ihrer Stimme zu hören.

»Wir wollen zu Ihrem Bruder.« Zolis Stimme klang freundlich, aber bestimmt.

»Toto darf nicht gestört werden. Schon gar nicht von Ihnen. Sie regen ihn unnötig auf. Das hier ist ein Krankenhaus, und mein Bruder hatte gegen Abend eine Krise. Er braucht jetzt Ruhe.« Olivia Merluzzi blockierte die Tür, die Beine gegrätscht, die Ellbogen in den Türstock gerammt.

Wäre die Situation nicht so ernst, hätte Maddalena geschmunzelt.

Zoli reagierte auf ihre Kopfbewegung. Er nahm Olivia Merluzzi sanft beim Arm.

»Antonio Corazon, nach dem gefahndet wurde, ist aufgetaucht. In diesem Zusammenhang müssen wir Ihren Bruder befragen. Es geht immerhin um Mord.«

Olivia machte den Weg frei.

Toto Merluzzi kauerte auf dem Bett. Als er sie sah, stand er schwerfällig auf.

Bevor er etwas sagen konnte, ergriff seine Schwester das Wort: »Was wollen Sie wissen?«

Sie bot ihnen mit einem Kopfnicken einen Platz in der Fensternische an. Maddalena setzte sich rittlings auf einen Stuhl. Zoli blieb stehen.

Vor dem Fenster, weit unter ihnen, wölbte sich dunkel das Meer, nur erkennbar durch die aufblitzenden Lichter vorbeifahrender Schiffe.

Maddalena schob vorsichtig einen Teller mit einem halb aufgegessenen Apfel beiseite. »Signora Merluzzi, was ist der Grund dafür, dass Sie die Muscheln von Nicolas Augen genommen und in Ihrem Wäscheschrank aufbewahrt haben?«

Olivia Merluzzi ging unruhig vor ihnen auf und ab.

»Es war so ein Gefühl. Ich weiß selbst nicht, weshalb ich die Muscheln nicht einfach liegen ließ. Es war unlogisch, wahrscheinlich wollte ich nicht, dass mein Bruder verdächtigt wird.«

»Nun«, Maddalena wählte ihre nächsten Worte sorgfältig, »Antonio Corazon war in dem Wäldchen und hat nach Nicola gesucht. Er sah einen Mann, auf den die Beschreibung Ihres Bruders zutrifft.«

»Wie kann der Mann das behaupten?«, fragte Olivia mit brüchiger Stimme. »Toto kam doch viel später.«

»Weil er mich gesehen hat. Er war hinter Nicola her. Aber dann ging er weg. Und ich war allein.« Toto Merluzzi kam auf sie zu.

Maddalena registrierte seinen Pyjama, einen kindlichen hellblauen Overall mit dicken dunkelblauen Tupfen.

»Allein?«, fragte sie.

»Ja, der Mann war fortgegangen. Jetzt waren nur noch Nicola und ich da. Nicola hatte Angst. Ich konnte sie hören.«

Zoli und Maddalena tauschten einen Blick.

»Nicola lebte also noch, als der Mann das Wäldchen verließ?«

»Ja.« Totos Gesichtsfarbe hatte sich verändert.

»Aber Sie haben uns nie von dem Mann erzählt.«

»Olivia weiß es. Aber sie ist eine Diebin und Lügnerin.«

»Nicola lebte also noch. Was ist dann passiert?«, wiederholte Maddalena, wurde aber von Olivia Merluzzi am Weiterreden gehindert.

»Nichts ist passiert. Warum fragen Sie das? Toto hat die Leiche des bedauernswerten Mädchens gefunden. Und wenn da ein Mann war, der zugibt, dort gewesen zu sein, dann ist mein Bruder höchstwahrscheinlich dem Mörder begegnet.«

Toto verzog sein Gesicht, warf die Stirn in Falten, als müsste er eine schwierige Rechenaufgabe lösen, und sagte langsam, jedoch ehe seine Schwester ihn daran hindern konnte: »Nein. Der Mann ist einem Mörder begegnet. Mir.« Mit großen Augen starrte er auf Maddalena und Zoli. Seine Unterlippe zitterte. »Es ist einfach passiert«, flüsterte er.

Maddalena scheute sich vor der nächsten Frage, aber sie musste sie stellen. »Haben Sie Nicola Pavese erwürgt?«

»Ja, ja, das habe ich.« Er nickte heftig. »Und den anderen Frauen habe ich auch wehgetan.«

Die Stille, die sich nach seinen Worten im Krankenzimmer ausbreitete, wurde von Olivia Merluzzis Aufschrei jäh zerrissen.

Zoli legte seinen Kuli ordentlich neben das Heft und klappte es zu.

27

Franjo hatte das erste Mal bei ihr übernachtet und damit Angelina Marias alter Villa einen neuen, einen guten Geist eingehaucht. Als Maddalena früh am Morgen mit einer Zigarette auf der Terrasse stand, kam er mit zwei Bechern Kaffee und bestaunte mit ihr den rosafarbenen Sonnenaufgang über dem Meer.

»Wollen wir die Reparaturen im Haus gemeinsam in Angriff nehmen?« Franjo sah sie liebevoll an und strich ihr über die Wange.

»Ein wenig Zeit habe ich schon, nachdem wir diesen Erfolg verbuchen konnten. Mir stehen noch zwei Wochen Urlaub zu.« Maddalena zögerte. »Und an Überstunden hat sich auch einiges angehäuft.«

»Überstunden?« Franjo hob belustigt die Augenbrauen in die Höhe. »Dafür hast du noch nie Zeitausgleich genommen. Und das wird sich auch nicht ändern. Mir machst du so leicht nichts mehr vor.«

»Lass uns zu Giorgia und Dante spazieren und endlich das Frühstück nachholen«, wich sie aus.

Maddalena schlüpfte in ein Sommerkleid und Sandalen. Als sie sich vor dem Spiegel drehte, sah sie, dass Franjo eine kleine Reisetasche in ihr Schlafzimmer gestellt hatte.

»Nanu?« Sie sah ihn fragend an.

»Ich habe nicht vor, am nächsten Morgen die Klamotten vom Vortag anzuziehen, wenn ich bei dir übernachte«, erklärte er lächelnd.

»Aha, deshalb also Zahnbürste und Rasierzeug in meinem Badezimmer.«

Wieder spürte Maddalena die Freude auf die gemeinsame Zeit mit ihm. Anders als früher fühlte sie sich von seiner Gegenwart nicht mehr eingeengt und hatte auch nicht mehr das Gefühl, etwas im Leben zu verpassen, wenn sie zu viel Zeit mit ihm verbrachte.

»Als Erstes müssen wir auf die Isola della Schiusa. Ich habe im Auto meine Brieftasche liegen gelassen.«

»Gut, dann warte ich solange in der Bar bei Stefano.«

Kaum dass Maddalena ihren Caffè macchiato umgerührt hatte, kam Franjo schon wieder auf sie zu.

»Hast du dir mal überlegt, ein kleines Boot anzuschaffen?« Er zeigte auf den Mandracchio, den alten Innenstadthafen, gegenüber der Bar. Das Blau-Weiß der Boote überdeckte alle anderen Farben.

Maddalena betrachtete die kleinen Segelschiffe mit ihren im leichten Wind schwankenden Masten. Im Osten waren die Plätze für die Gradeser reserviert, im Westen für Gäste.

»Franjo«, Maddalena lachte und nahm seine Hand, »wir wollen nichts überstürzen, und so ein Liegeplatz kostet ein kleines Vermögen.«

Ein mächtiger Schatten beugte sich über sie. Maddalena sah auf. »Commandante.«

»Bleiben Sie sitzen. Genießen Sie den Sonntagmorgen in trauter Zweisamkeit? Das sehe ich gern.« Scaramuzzas Stimme klang gönnerhaft, und Maddalena verbiss sich eine zynische Antwort.

Sie stellte die beiden Männer einander vor, und Scaramuzza setzte sich ungebeten zu ihnen.

»Caffè doppio.«

Stefano reagierte augenblicklich auf den Befehl.

Franjo unterdrückte ein Grinsen.

»Wissen Sie denn, mit wem Sie es hier zu tun haben, junger Mann?«

Franjo sah Maddalena mit Lachfältchen um die Augen an, er amüsierte sich offensichtlich über ihren grimmigen Gesichtsausdruck.

»Das hier«, fuhr Scaramuzza fort, »ist meine fähigste Mitarbeiterin. Ihr und Arturo Fanetti, ihrem neuen persönlichen Assistenten, ist es gelungen, ein mörderisches Verbrechen aufzuklären.« Er wandte sich an Maddalena. »Stimmt's, junge Frau? Ich hatte recht. Arturo ist ein Ass auf seinem Gebiet.«

Maddalena korrigierte ihren Chef nicht.

»Wir sehen uns doch später in der Basilika und hören uns gemeinsam den Fischerchor an? Was für ein Vergnügen.«

»Selbstverständlich«, log Maddalena.

»Franjo«, sagte sie leise, als sie Hand in Hand den alten Hafen entlanggingen, »ich könnte ihn ohrfeigen. Du hättest seine Pressekonferenz erleben sollen. Wie ein aufgeblähter Gockel verbuchte er den Erfolg allein auf sein Konto. Ich durfte zwar neben ihm sitzen, doch geredet hat die ganze Zeit über er. Die Stimmung auf dem Kommissariat war danach dementsprechend gedrückt. So ein Verhalten ist nicht eben motivierend für die Mitarbeiter, die sich die Beine ausgerissen haben.«

»Nimm es locker. Du wirst den alten Knaben nicht mehr ändern. Sei stolz darauf, dass du den Fall gelöst hast. Mit Legolas an deiner Seite war das auch nicht anders zu erwarten«, fügte er grinsend hinzu.

»Ohne das Geständnis von Toto Merluzzi hätten wir noch eine Weile ermitteln müssen. Die Aussage von Antonio Corazon hat seine bestätigt.«

»Na, siehst du, genieße es einfach.«

»Und trotzdem habe ich ein unangenehmes Gefühl bei der Sache. Ja, er hat das Mädchen getötet, aber ich bin mir nicht sicher, ob alle seine Aussagen für bare Münze zu nehmen sind. Er wurde von seiner Schwester und seiner Tante immer sehr behütet und lebt zumindest teilweise in seiner eigenen Welt. Auch deshalb fällt es mir bezüglich der Vergewaltigungen schwer, ihm ein so systematisches Vorgehen anzulasten. Ich denke, ich muss der Sache noch mal gründlich nachgehen. Vielleicht sollte ich mit Toto Merluzzis behandelndem Arzt sprechen?«

»Habt ihr nicht Chloroform in seinem Schrank gefunden?«

»Schon, aber Olivia Merluzzi schwört, es stamme aus ihrem Chemieunterricht und sei noch so voll wie zu dem Zeitpunkt, an dem sie es dort hineingestellt hat.«

Sie bogen vom Hafen in die Via Severo und gingen über die Via Pola zur Riva Brioni.

»Wir haben außer seinem Geständnis nichts, und das bereitet mir Sorgen«, fuhr sie nach einer Pause fort. »Ein guter Anwalt

238

könnte hier einiges machen. Zu Recht. Andererseits ist die Beweiskette schlüssig. Ja, das ist sie«, wiederholte sie fast trotzig, wie um sich selbst zu bestätigen. »Für keinen der Tatzeitpunkte hat Toto Merluzzi ein Alibi, stets war er allein und unbeaufsichtigt. Er ist mobil und verfügte über Chloroform. Es ist also anzunehmen, dass er die Taten tatsächlich begangen hat. Jetzt geht es darum festzustellen, ob er zum Zeitpunkt des Mordes und der Vergewaltigungen voll zurechnungsfähig war.«

»Du sagst es selbst, meine Schöne, du hast deine Arbeit geleistet. Entspann dich.«

»Und trotzdem«, beharrte sie. »Es bleibt etwas zurück. Habe ich mich denn geirrt? Könnte mir ein Fehler unterlaufen sein?«

Franjo beugte sich zu ihr. Sanft strich er über ihre Wange.

»Du hast dein Bestes gegeben. Nichts anderes ist von Bedeutung.«

Maddalena blickte ihn an. Sie lächelte, konnte den Zweifel in ihren Augen jedoch nicht verhehlen.

Wie gern würde sie Franjo zustimmen.

Epilog

Sie saß vor dem sorgfältig gedeckten Tisch im Schatten der weit auslaufenden Steinveranda. Der Oleander blühte in kräftigen Farben, und eine Wespe surrte um die Crostata al Limone.

»Danke, Mama.« Ginevra lächelte verhalten.

Alle bemühten sich, ihr das Leben so angenehm wie möglich zu gestalten.

Ihre Mutter buk Ginevras Lieblingskuchen, der Vater hatte für sie sein Spezialgetränk mit dem phantasielosen Namen »Rosamarina« zubereitet, Prosecco vermischt mit Lemon Soda und Rosmarin, und ihr Onkel Giuseppe war mit Prosciutto aus San Daniele und klebrig-süßen Zuckermelonen gekommen.

Alle waren so fürsorglich und aufmerksam, dass es zum Aus-der-Haut-Fahren war. Ginevra fühlte sich undankbar, aber es war einfach zu viel.

»Hör doch mit dem Nägelkauen auf«, ermahnte ihre Mutter sie.

Noch ein paar dieser gut gemeinten Bemerkungen, und sie würde aufspringen und das Tischtuch unter den Gedecken, dem Kuchen und dem Cocktail herausreißen.

Ach, zum Teufel mit den bescheuerten Gedanken. Die fühlten sich zunehmend wie Zwangsvorstellungen an.

»Ginevra«, sagte ihre Mutter, »reichst du mir bitte die Karaffe?«

Bevor ihre Mutter den Krug packen konnte, stellte Ginevra sich vor, würde er langsam ihren Händen entgleiten, das Glas würde klirrend zerbersten und das Wasser mit den Zitronenscheiben sich über den Boden ergießen.

Nein, so konnte es nicht weitergehen.

Sie wusste, dass ihre merkwürdigen Anwandlungen auf das Verbrechen zurückgingen, sie waren Symptome ihrer posttraumatischen Belastungsstörung.

Klar, sie kämpfte dagegen an, ging regelmäßig zweimal die Woche zur Therapie und schrieb ihre Träume auf. Aber reichte das? War das genug, um wieder ein einigermaßen normales Leben führen zu können?

Ihr Fuß hatte unkontrolliert zu wippen begonnen.

»Ginevra.« Diesmal war es die Stimme ihres Vaters, die sie zurückholte. »Was ist los mit dir?«

Na, was wohl?, dachte sie.

Sie nahm ein Grissini und wickelte Prosciutto darum. Dann schälte sie den Schinken wieder von der schmalen Salzstange und klaubte akribisch jeden Hauch Fett vom Rand.

Ein Sonnenstrahl zwängte sich zwischen Schirm und Oleander und zerschnitt das Wasser mit den Zitronen in zwei funkelnde Hälften.

»Bist du nicht froh, dass sie den Kerl geschnappt haben?« Die Stimme von Onkel Giuseppe drang nur leise zu ihr durch.

»Doch. Sehr.« Ginevra schaute auf und blickte in fragende Gesichter. »Was starrt ihr mich an? Was glaubt ihr denn? Natürlich bin ich erleichtert. Ich hatte fürchterliche Angst, er könnte es noch mal versuchen oder mir auflauern. Immerhin war ich die Einzige, die ihn zumindest schemenhaft gesehen und seine Stimme gehört hat.«

»Kind, warum hast du uns nichts von deinen Ängsten erzählt?«

»Papa, dafür gibt es die Therapie. Dort rede ich über alles. In meiner Situation will ich nichts anderes als banalen Alltagstrott.« Ginevra unterdrückte die aufsteigenden Tränen.

»Ja, Kleines. Und wir beschützen dich.«

»Genau das halte ich nicht länger aus. Ihr klebt an mir wie Sirup. Nie bin ich allein, immer will jemand etwas von mir oder bringt mir Sachen, die ich nicht brauche. Wisst ihr, dass ich überlegt habe, mein Studium abzubrechen? Es macht keinen Sinn mehr, zurück nach Padua zu gehen. Alessandro will ich nicht treffen und Lorenzo schon gar nicht. Und Jura interessiert mich auch nicht mehr«, brach es aus ihr heraus. »Immer muss ich so tun, als wäre alles in Ordnung. Ein bisschen Therapie, gutes Essen, viel Schlaf. Ja, glaubt ihr denn, davon wird irgendetwas besser? Die meiste Zeit über fühle ich mich wie gelähmt. Ich habe zu gar nichts mehr Lust. Mein Körper ist wie eine Hülle, die mein Hirn und mein Herz erdrückt. Nicht mal die Fragen der Polizei konnte ich mehr ertragen.«

Ginevra strich die verschwitzten Locken aus ihrer Stirn. Irgendwie fühlte sie sich jetzt besser.

»Wir bekommen das schon hin.«

»Giancarlo, sei still«, sagte ihre Mutter leise.

Die Augen ihres Onkels funkelten. Alle schauten ihn an. »Ich habe eine kleine Garçonnière im obersten Stock des Zipser-Hauses in Grado. Wie wäre es, wenn du für eine Weile dort einziehst?«

Ginevra überlegte lange, dann stahl sich ein zaghaftes Lächeln auf ihre Lippen. Eine Idee begann sich in ihrem Kopf zu formen.

»Mhmm, ich könnte mir ein Urlaubsjahr nehmen, dann müsste ich das Studium nicht abbrechen. Ich schau mich nach Arbeit in Grado um, im Gastgewerbe ist sicher etwas frei.«

»Die Leiterin der Bibliothek ist in meiner Leserunde.« Ihre Mutter klang eifrig. »Die könnte ich fragen, ob sie jemanden brauchen.«

Ginevra nahm ein Stück von der Tarte. Plötzlich schmeckte es ihr.

»Weiß jemand, wer der Kerl ist, den sie verhaftet haben?«, fragte ihr Vater.

»Viel stand nicht in den Zeitungen«, sagte Onkel Giuseppe und kramte in seiner Tasche.

Ginevra, die eine von Maddalena Degrassi vorgeschlagene Gegenüberstellung abgelehnt hatte, bemerkte die besorgten Blicke, die ihre Eltern wechselten.

»Der ›Il Piccolo‹ ist schon von voriger Woche«, erklärte ihr Onkel, »aber die brachten ein Täterfoto.«

Gegen ihren Willen warf sie einen Blick auf die Schlagzeile: *»Körperlich und geistig beeinträchtigter Mann gesteht Mord und Vergewaltigungen«.*

Dann betrachtete sie das Bild. Grobkörnig zeichnete sich eine unförmige, massige Gestalt mit einem dicken schwarzen Balken über den Augen ab. Eine Gestalt, die ganz und gar nicht zu der Erinnerung passte, die sie an jene Nacht hatte.

Ginevra verspürte ein unangenehmes Kribbeln auf ihrer Haut. Nervös wandte sie den Blick ab und begann, wieder an ihren Nägeln zu beißen.

Rezepte

Tante Antonellas **Ragù alla bolognese**
Franjos **Jota Carsolina**
Nicolas **Rosmarin-Ciabatta**
Tante Antonellas **Torta di Mandorle**
*Commissaria Maddalena Degrassis Lieblings-***Frico**

Tante Antonellas
Ragù alla bolognese

Zutaten für 4 Personen:
Antonella, Emilia, Olivia und Toto

150 g Pancetta
2 Tassen gehackte Zwiebeln
3 gehackte Knoblauchzehen
2 Tassen gehackte Möhren
2 Tassen Staudensellerie
300 g Rinderhackfleisch, 300 g Hackfleisch vom Kalb, am besten zweimal durchgedreht
1 Rosmarinzweig (vor dem Servieren herausfischen)
1 Messerspitze Thymian
ca. 150 ml trockener Rotwein
300 g geschälte Tomaten
150 g Tomatenmark
1 Prise Muskat
Olivenöl, Salz, Pfeffer
500 g Tagliatelle
Parmesan und Basilikum zum Servieren

Zubereitung:
Pancetta, Zwiebeln, Knoblauch, Möhren, Staudensellerie fein hacken und unter ständigem Umrühren wenige Minuten bei

hoher Temperatur in Olivenöl anbraten. Dann das Hackfleisch und den Rosmarinzweig und Thymian hinzugeben. Salzen und pfeffern.

Mit etwas Rotwein ablöschen und etwa 10 Minuten lang dünsten. Tomaten und Tomatenmark, restlichen Rotwein und etwas Wasser hinzufügen und warten, bis die Flüssigkeit komplett verdunstet ist. Prise Muskat dazugeben.

Temperatur reduzieren und das Ragù bei gelegentlichem Umrühren zugedeckt etwa 4 Stunden köcheln lassen.

Die Tagliatelle in Salzwasser bissfest kochen, kalt abschrecken und auf Tellern portionieren.

Darüber je 2 Kellen Ragù und in die Mitte frisch geriebenen Parmesan und gezupfte Basilikumblättchen geben.

Franjos
Jota Carsolina

Zutaten für 4 Personen:
Maddalena, Franjo, Miroslav und Mateja

200 g rote Bohnen
2 große Kartoffeln
1 geräucherte Schweineschwarte
1 Schinkenknochen
4 Knoblauchzehen
40 g Gerstenmehl
100 ml Olivenöl
500 g Sauerkraut
300 g Pancetta
1 große Prise Kreuzkümmelpulver
2 Lorbeerblätter
Salz
Pfeffer

Zubereitung:
Bohnen über Nacht einweichen. Wasser wechseln, Bohnen, Kartoffeln, Schwarte und Schinkenknochen mindestens 1 Stunde lang kochen. Wenn die Kartoffeln und die Bohnen gar gekocht sind, Knochen, Schwarte und einige Bohnen entnehmen und den Rest der Bohnen und Kartoffeln fein pürieren.
Die ganzen Bohnen und die klein gehackte Schwarte kommen später zum Kraut und ebenso etwas später das Püree aus den Kartoffeln und den Bohnen.
Inzwischen in einem anderen Topf die fein gehackten Knoblauchzehen mit Gerstenmehl in Olivenöl anrösten, bis es hellbraun wird. Sauerkraut, würfelig geschnittenen Pancetta, Kreuzkümmelpulver und Lorbeerblätter hinzufügen. Alles mit Wasser bedecken, mit Salz sowie Pfeffer würzen und unter gelegentlichem Umrühren so lange kochen, bis die Flüssigkeit fast verkocht ist.
Nun das gekochte Sauerkraut mit den entnommenen ganzen

Bohnen mischen und weitere 20 Minuten kochen lassen. Dann erst Kartoffel-Bohnen-Brei hinzufügen und alles noch etwas weiterköcheln lassen.

Abschmecken und über Nacht stehen lassen. Erst am nächsten Tag wieder aufwärmen und servieren.

Nicolas
Rosmarin-Ciabatta

Zutaten für mehrere Personen:
Nicola und ihre Eltern

3–4 Rosmarinzweige
1 Würfel frische Hefe
500 ml kaltes Wasser
800 g Mehl
3 TL Salz
grobes Meersalz zum Bestreuen

Zubereitung:
Rosmarinnadeln von den Zweigen zupfen, fein hacken. Hefe-würfel in kaltem Wasser auflösen, mit Mehl, Rosmarin und Salz vermengen und zu einem Teig verkneten. Mit einer Frischhalte-folie abdecken, einige Zeit gehen lassen.
Teig herausnehmen und auf ein Backblech mit Backpapier legen, einritzen und mit grobem Meersalz, Rosmarinnadeln bestücken und mit etwas Mehl bestäuben. Im vorgeheizten Backrohr bei 180–190°C etwa 30–35 Minuten backen.

Tante Antonellas
Torta di Mandorle
Totos Lieblings-Mandeltarte

Zutaten für 4 Personen:
Antonella, Emilia, Olivia und Toto

Für den Teig:
200 g Mehl
100 g kalte Butter in Stücken
1 Prise Salz
2 EL kaltes Wasser
getrocknete Hülsenfrüchte zum Blindbacken

Für die Füllung:
3 Eier
3 Eiweiß
150 g Kristallzucker
150 g Ricotta
3 EL Zitronensaft
2 TL abgeriebene Zitronenschale
75 g zerlassene Butter
1 Bourbon-Vanilleschote
150 g gemahlene Mandeln
120 g Mandelblättchen
Puderzucker zum Bestäuben

Zubereitung:
Mürbeteig: Mehl, Butterstücke, Salz und 2 EL Wasser rasch
verkneten und in Frischhaltefolie für etwa 2 Stunden in den
Kühlschrank legen. Danach den Mürbeteig auf bemehlter Fläche
ausrollen und eine Form mit Butter einfetten. Teig einpassen
und den überstehenden Rand abschneiden.
Backpapier auf den Teig legen und mit getrockneten Hülsen-
früchten bei 200°C 20 Minuten blindbacken. Danach Backpapier und Hülsenfrüchte entfernen.

Füllung: Eier und Eiweiß mit Zucker schaumig schlagen, Ricotta, Zitronensaft und -schale beimengen, dann die zerlassene Butter zugeben, Vanilleschote auskratzen und ebenfalls beimengen, alles unterrühren und als Letztes die gemahlenen Mandeln unterheben.

Füllung auf den heißen Mürbeteig-Boden streichen und im vorgeheizten Backofen bei 180°C etwa 40 Minuten backen. Die Creme muss fest und leicht gebräunt sein. Danach herausnehmen und abkühlen lassen.

Mandelblättchen in einer Pfanne anrösten, auf der Tarte verteilen und mit etwas Puderzucker bestäuben.

Commissaria Maddalena Degrassis Lieblings-
Frico

Zutaten für 2 Personen:
Maddalena und Franjo

2 große, mehlig kochende Kartoffeln
1 Mozzarella
75 g Parmesan
75 g Latteria
Salz
1 Ei
Öl zum Braten

Zubereitung:
Kartoffeln schälen, kochen und zerstampfen. Mozzarella in kleine Stücke schneiden und die Flüssigkeit gut ausdrücken, Parmesan und Latteria reiben. Käse, Salz und Ei zu den Kartoffeln mischen.
Laib formen und mit Parmesan bestäuben, in heißem Öl anbraten, dann wenden, bis alles goldbraun ist.

Andrea Nagele
TOD AM WÖRTHERSEE
Broschur, 272 Seiten
ISBN 978-3-95451-288-1

»*Unsentimental, glasklar und erschreckend tief führt uns die Autorin in seelische Ab- und Beweggründe.*« ekz

www.emons-verlag.de

Andrea Nagele
TOD AUF DEM KREUZBERGL
Broschur, 256 Seiten
ISBN 978-3-95451-485-4

»*Andrea Nageles Markenzeichen: die ausgefeilt gestalteten Charaktere.*« Kärntner Woche

www.emons-verlag.de

Andrea Nagele
TOD IN DEN KARAWANKEN
Broschur, 240 Seiten
ISBN 978-3-95451-961-3

Kommissar Simon Rosner hat sich in eine Entzugsklinik zurückgezogen, um seine Alkoholsucht behandeln zu lassen. Sein Aufenthalt wird jedoch jäh unterbrochen, als ihn ein alter Schulfreund um Hilfe bittet. Dessen dreizehnjährige Tochter ist verschwunden; die Mutter des Kindes verhält sich seltsam unbeteiligt. Stück für Stück gewinnt Rosner Einblick in eine familiäre Katastrophe – und gerät in einen Strudel aus Erpressung und Mord.

www.emons-verlag.de

Andrea Nagele
GRADO IM REGEN
Broschur, 240 Seiten
ISBN 978-3-95451-785-5

»*Eine tiefgründig ausgearbeitete Geschichte.*«   StadtZeitung Klagenfurt

www.emons-verlag.de

Andrea Nagele
111 ORTE IN KLAGENFURT UND AM WÖRTHERSEE, DIE MAN GESEHEN HABEN MUSS
Broschur, 240 Seiten
ISBN 978-3-95451-591-2

»Mit diesem Buch findet man alles, was im mittleren Kärnten interessant, originell, in irgendeiner Hinsicht sehenswert ist: kulturelle Sehenswürdigkeiten ebenso wie naturkundliche Besonderheiten. Bekanntes und Unbekanntes abseits der bekannten Pfade – und so ist dieses Buch gleichermaßen für Touristen wie auch für Einheimische geeignet.«   Pressebüro für Reisen

www.emons-verlag.de